NAHUÍ OLLÍN

TRIÁNGULO MORTAL

Una novela negra

SALTOAL**REVERSO**

TRIÁNGULO MORTAL:
UNA NOVELA NEGRA
© Nahuí Ollín
Ciudad de México, México, 2025

SALTO AL REVERSO

De esta edición:
Editorial Salto al reverso, 2025
editorialsaltoalreverso.com

Primera edición: agosto de 2025

Diseño de portada: Fiesky Rivas
Fotografía: Jorge Manuel Prado Brabata

...y el autor en más polidas palabras no las escrebir, debe ser sin culpa, porque a cada cosa se debe dar lo que le conviene.
AMADÍS DE GAULA
GARCI RODRÍGUEZ O GARCI-ORDOÑEZ DE MONTALVO

Tal vez sea la propia simplicidad del asunto lo que nos conduce al error.
EDGAR ALLAN POE

A ti, que tienes esta obra en tus manos
y estás en la disponibilidad de dedicarle algo
de tu tiempo libre.

PREFACIO

Una muy querida y entrañable amiga me invitó a participar en un taller literario para escribir una novela. No sabía bien a bien en lo que me metía, pero acepté la invitación. El taller, la mar de interesante, despertó en el magín el anhelo de redactar una novela, sin suponer el reto que esto implica y, por si fuera poco, el atrevimiento: intentar llevarla cabe el realismo mágico; *vanitas vanitatum et omnia vanitas*, bien dice el Eclesiastés, que en buen romance vendría a ser algo así como «vanidad de vanidades y todo es vanidad».

Andando los días y el taller, por supuesto, a pesar de saber que, para poder redactar una buena novela, es más que pertinente hacer una investigación sesuda sobre el tema a desarrollar, me vine a dar cuenta de que no podía salir todo del magín como presumía en un principio, antes de enfrentar la página en blanco. Pertinente es leer a los autores que han sobresalido en el género que se ha de emprender; las horas y horas que lleva sólo el trazar el bosquejo de lo que se pretende; y, al final, darla a la imprenta con la ilusión de que alguien más que uno y alguno que otro conocido o desconocido se tome la molestia de leer lo que vamos redactando, el producto final, y tener a bien darnos algunos consejos sobre el manuscrito.

Por algún motivo, aún oculto para su seguro servidor, le vino en mientes un buen día aquello que el maestro Edgar Allan Poe tuviese a bien decir: «Todas las obras de arte deben empezar por el final». Cautivado por la frase, y sobre todo de alguien que supo del género, me enfrasqué no en el principio, sino en el final y esperé que la novela tuviera un resquemor a obra de arte. ¿Lo logré? ¡Ah, apreciable lector y querida lectora! Eso queda a tu juicio y beneplácito: si disfrutaste y te cautivaste; o que te sepa simple y sin chiste, que todo puede suceder, con los personajes o diálogos flojos y, el colmo de males, fácil de resolver...

Pero ya me extiendo y abuso de tu paciencia. Antes de que don Francisco de Quevedo salga del Parnaso o, peor aún, me dedique unas redondillas por quebrantar aquella su recomendación de «Dios te libre, lector, de prólogos largos y de malos epítetos», me paso a retirar para que empieces la lectura y sepas por ti mismo o misma (asegún tu preferencia) de qué va y que no te cuenten del asunto o, más triste aún, del final de este *Triángulo mortal*, una novela negra.

TRIÁNGULO MORTAL

LIBRO I

Que trata sobre los actores del drama
y cosas referentes a ellos que conocerá
quien lo leyere o la escuchare

I
LA ESCENA DEL CRIMEN

El teléfono móvil vibraba sin parar sobre la mesa de noche: cristal imitación veneciano con base de piedra, donde había también un habano que esperaba a ser fumado y estaba sobre un libro abierto que podía decir mucho de la personalidad del habitante, *120 días de Sodoma*, del Marqués de Sade. Al primer intento le siguieron seis más, hasta que se hizo el silencio en la habitación de color rojo ocre. Esta constaba de una cama; sobre ella, enmarcada en madera labrada estilo colonial siglo XVII, se encontraba una marina que representaba la silueta de una mujer observando el atardecer, mientras unas gaviotas caminaban sobre la resaca en busca de cangrejos. Una cómoda del mismo material con un espejo ovalado labrado estaba ubicada frente al lecho.

A la izquierda de la cama, un aguamanil y su jarra de cerámica estaban sobre una mesa de granito circular que se apoyaba sobre tres patas de bronce retorcido, cuyos pies tenían forma de cabeza de león rugiendo; un clavo sostenía un sombrero negro de fieltro de ala ancha que estaba a corta distancia sobre el perchero, donde estaba colgado el saco color azul a rayas delgadas blancas, que hacía juego con el pantalón y el chaleco que el ahora difunto usó ese día en vida. En su rostro se podía leer lo que le pasó por la mente en sus últimos momentos, antes de dar el brinco a lo desconocido: «¿Qué carajo está pasando?».

Más tarde se le contarían veintisiete puñaladas en el cuerpo; ninguna mortal, pero dolorosas según las palabras del policía encargado de levantar el acta horas más tarde.

—¡Ouch! ¿Eso seguro dolió, eh, compita?

Las puertas del armario con espejos de cuerpo entero estaban cerradas; las persianas verde aguacate que cubrían la única ventana que daba a la calle, semiabiertas, permitían que la claridad difusa de la mañana, aún contaminada por la lluvia térmica de la noche anterior, descubriera a medias la penumbra que rodeaba al cuerpo inerte. Un fuerte olor a cigarro puro impregnaba el ambiente, así como los aromas de algunas botellas de licor abiertas. De la cama, cuya cabecera era de metal trabajado en formas caprichosas y no bien definidas y que soportaba un colchón más bien magro con resortes que empezaban a notarse por los costados y los pies, colgaba inerte el brazo derecho del hombre, cubierto por la manga larga de la camisa de tono azul pastel con puño blanco. En él, una mancuerna de plata poco a poco se manchaba de la sangre que vertía desde el hombro y que empezaba a ennegrecer el tapete donde se encontraba la cama y pringaba los zapatos de charol blanco y negro pulidos hasta la saciedad. El peso del hombre ya sin vida acentuaba la debilidad del lecho, testigo silencioso de lo que había acontecido durante las horas pasadas o si alguien preguntaba, la cantidad de inquilinos que habían reposado y retozado sobre él a lo largo de su existencia.

La puerta, pintada de color verde aguacate por la parte interna, estaba entreabierta. Daba a un pasillo con tres habitaciones más, escalera de caracol, plantas en macetas, algunas naturales y otras no, situadas en dos de los apartamentos vecinos. Las paredes estaban pintadas de un tono verde pastel, sin adornos, y el baño comunal se localizaba al fondo a la derecha, como siempre.

La habitación estaba en el tercer piso de un edificio de mediados del siglo XIX, sin elevador en cuyo exterior a nivel de calle se podían observar las clásicas ventanas ovaladas, enmarcadas en ladrillo, con enrejados de acero y con ventanas de madera, cerradas por la noche, pero abiertas durante el día para iluminar la consejería, lugar donde se recibía el correo cuando este llegaba, se pagaba la renta y se notificaba a los vecinos del solar cualquier información relevante a la convivencia:

NO colgar en las escaleras a secar la ropa interior.
NO se permiten mascotas de ninguna clase.
NO dejar colillas de cigarrillo
o cabos de tabaco en el piso.
La hora de visitas diarias es de siete de la mañana
a once y treinta de la noche, si la visita llega antes
o se va después de dichas horas, una multa
del tanto por ciento a la habitación será cargada
sin excepciones.
Está prohibido escupir.
A cualquier persona que sea sorprendida orinando

en los pasillos o en la fachada de la propiedad se
le rescindirá el contrato de arrendamiento
de inmediato.

Pasando la recepción, siguiendo un pasillo semioscuro, se llegaba a los lavaderos. Eran sólo cuatro y no faltaban los tendederos de asolear que iban de pared a pared. En el pasillo estaba clavado un calendario con treinta y una casillas, sin especificar día o mes para el caso, donde cada vecino tenía la obligación de reservar su día o días de lavado. Pegado con cola, estaban sus reglas. Junto al calendario, se hallaba un anuncio de la lavandería del barrio que, como casualidad, indicaba la ascendencia de sus dueños. Llevaban en el negocio en ese mismo lugar desde principios del siglo XIX. Sobre la puerta de entrada, colgaba desde entonces un letrero que decía: «Los chinos».

Pintado junto a la entrada de la lavandería, también desde siempre, aparecía el mismo anuncio: «Lavamos y planchamos su ropa sucia con discreción».

La conserje era una mujer de mediana edad entrada en carnes, cuyo conocimiento de la vida vale un Potosí, si es que hay alguien que esté dispuesto a escuchar el prólogo de quince minutos que, por lo menos, le llevaba «entrar en materia», si es que recordaba «la materia». Ella llevaba registro de quién entraba y salía, pues pasaba medio día detrás del mostrador. Después de almorzar a las doce, se dedicaba a recorrer los pisos, ya sea barriendo o trapeando o regando las plantas que algunos de los vecinos tenían frente a sus puertas. Decía no ser chismosa, pero no le importaba pegar una oreja de vez en cuando a las puertas de las doce habitaciones y llenar su vida gracias a las miserias y alegrías de los inquilinos.

Tenía su habitación en el mismo patio que los lavaderos, al fondo a la izquierda. Era la única que contaba con baño privado, sin embargo, pocas veces se le podía encontrar en su cuarto. La mayor parte del día oscilaba entre la consejería y su recorrido por los pisos, cual celador de presidio, buscando cualquier anormalidad de los inquilinos, ya sea para enterarse de sus mundos o, lo que le causa más placer, reportarlos con el dueño del edificio o de «la casona», como le llamaban en el barrio. Entonces disfrutaba sus caras de angustia luego de recibir una notificación directa. Justificaba sus acciones con un cliché que escuchó en uno de esos filmes de policías y ladrones:

—No es nada personal, sólo negocios.

Su actitud le tenía granjeada la aberración general del respetable, pero eso la tenía sin cuidado. Se afirmaba en cumplir con su deber y que no estaba ahí «para hacer amigos, ni mucho menos, que eso no lo necesita», le habían escuchado responder en más de una oportunidad en La oficina, una tienda de abarrotes ubicada en la esquina norte de la cuadra donde suele comprar los enseres para su oficio, sus alimentos, su tabaco barato que liaba en papel cebolla y su litro de aguardiente semanal. Acostumbraba beberlo como agua bendita o vino de consagrar, con unción y beatitud reflejada en el rostro, con los ojos cerrados y virados hacia atrás durante los tres primeros vasos de la noche, que daría envidia al mismo Sancho Panza, de ilustre memoria. No solía beber de día, pero nunca dejó pasar una oportunidad si su comadre, la Junquillo, apodada así por ser un poco corcovada, la invitaba a por unos tragos «de lo fino» en la cantina del barrio Sal si puedes. El bar anunciaba, además de aguardientes, rones, tequilas y mezcales finos, pulques curados y naturales, con o sin tlachique, «lo más exótico de la casa», según el cartel pegado en la puerta que daba paso a los mingitorios mixtos y cubiertos de aserrín para facilitar su limpieza y matar malos olores. Una vez que entraban en el tugurio, lo más cierto era que se perdían hasta el amanecer del otro día, y que el humor de la casera, más conocida como la Cara de Ángel por las marcas de viruela que le llenaban el rostro, se tornaba de lo más negro y rencoroso posible.

II
EL OCCISO

os días antes de enfrentar la fatídica realidad final de todo ser vivo y cuya experiencia ninguno de ellos puede contar, el Coqueto, conocido así en el barrio por el tic nervioso de su ojo izquierdo, salió de la casona y se dirigió al trabajo como siempre: vestido a lo catrín, con un habano encendido en la comisura de los labios, el sombrero de medio lado, la mano derecha dentro del bolsillo de pantalón. Caminaba rumbo a la parada de la *guagua* que lo dejaría a un par de manzanas del banco donde trabajaba como cajero.

Gozaba el Coqueto de fama de ser fácil de palabra, con el piropo a flor de labios. No era ni feo ni guapo, pero al decir de las comadres del barrio tenía ese «no sé qué» que producía en las mujeres y en ciertos hombres un cosquilleo en las entrañas. Usaba bigotito a la mexicana de los años cuarenta, recortado al filo de los labios; las cejas eran rectas y los ojos, que parecían despedir fulgores, de un intenso color negro, que con el contraste del color aceitunado de su piel, producían en quien los fijaba un desasosiego que no era fácil de explicar. De anchos hombros y piernas que se adivinaban bien torneadas debajo del pantalón, su andar emanaba seguridad, lo cual en ciertas personas producía la sensación de transmitir protección; eso lo ayudaba las más de las veces, al dar el primer paso para la conquista, con un cincuenta por ciento de adelanto.

Amaba su trabajo. Contar dinero ajeno le proporcionaba un placer similar al de acorralar a una mujer o a un hombre, si se terciaba, o poder pasar una noche de tragos y otros placeres un tanto retorcidos para los gustos de la mayoría de la gente. Siempre miraba a la clientela tratando de identificar con quién podría pasar *esa noche* que esperaba con ansiedad todos los días desde que abría los ojos, sin importar que la anterior hubiera estado llena de tabaco, alcohol, drogas y sexo sin restricciones. Cuando nada pasaba, iba al cabaré El Molinillo. El nombre, según la madama dueña del antro, doña Teodora, como se llamaba a sí misma y que decía evocaba a la gran prostituta y emperatriz romana, era «sugerente, atractivo y muy cosmopolita». Ahí los *muxhes*, llamados travesti en otras partes, imitaban a mujeres famosas de todos los años y todos los géneros artísticos, en el estilo que en el norte dan por llamar drag queen. Uno en particular llenaba su modelo y sus ansias cuando iba: la *Mata Hari*. Al recordarla, sonrió y sintió una ligera erección.

—*Tate* en tu vaina, machete —se dijo con una malicia que se reflejaba en sus ojos y el ritmo de su caminar.

Esperaba la *guagua* con paciencia. Tenía tiempo y se dedicó a mirar a su alrededor, siempre con la esperanza de encontrar esa nueva víctima de sus pasiones carnales, ya fuera de inmediato o que tuviera que trabajarla por un tiempo. Eso le enardecía más la sangre: la expectativa, la seducción y la planeación de lo que le haría a esa compañía desconocida; ni siquiera imaginaba cómo sería, pero estaba seguro de que le inculcaría ese placer extraño que le carcomía por dentro y que no encontraba nunca cómo satisfacerlo, siempre en busca de más.

Un automóvil se detuvo a unos metros de la parada y se estacionó junto a la acera donde se encontraba una de esas joyerías para ricos. Era de esas donde la marca de renombre marcaba el precio de toda clase de artículos que cumplían con funciones regulares: dar la hora o adornar dedos, orejas, cuellos, tobillos, caderas, siempre inalcanzables para el resto de los mortales.

Una mujer de mediana edad, delgada, alta, de cabello pintado de rubio pajoso, vestida en traje sastre color gris perla, bajó por la portezuela que mantenía abierta el chofer, vestido de negro y gorra tradicional, que hacía pose de ser importante en el mundo, a pesar de ser un don nadie una vez que se quitaba el uniforme.

—La espero aquí, señora concejal —le dijo en tono impersonal a la mujer, que no se dignó a mirarlo mientras que con paso seguro se dirigía al local.

Las ventanas, además de las alarmas, tenían un enrejado de acero pulido y afilado como navaja de afeitar. Esto permitía recordarle, a quien fuese lo suficientemente ingenuo como para intentar robar lo que había dentro, los riesgos de perder los dedos de las manos más rápido de lo que podía decir «¡Jesús!», al verlos cortados de un solo tajo.

El Coqueto la siguió con la vista y un silbido para manifestar su admiración por sus formas, al tiempo que memorizaba, más por costumbre que por otra cosa, las placas del auto. Se preguntó quién sería la catrina esa, ya que se preciaba de conocer, al menos de vista, a todas las mujeres del barrio.

La *guagua* llegó unos segundos después y provocó que sus pensamientos cambiaran de dirección. Sacó de su bolsillo el sencillo necesario para pagar el pasaje, mientras con una mirada rápida buscaba el mejor lugar para sentarse o veía si entre los pasajeros había alguien que le llenara el ojo. Se ubicó en el centro del pasillo, detrás de una mujer joven, que usaba falda a cuadros rojos, con un suéter blanco de mangas a medio brazo. Llevaba en uno de ellos un bolso grande de plástico, de los que llaman del mandado, colmado hasta el borde de alimentos y enseres domésticos. No le vio el rostro ya que lo tenía medio cubierto por el fleco lacio de su cabello negro, pero, al recorrer con la vista su cuerpo, se dio cuenta de que no se afeitaba las piernas. En un susurro, al tiempo que le pegaba la pelvis a los glúteos en un movimiento que parecía inocente dado el vaivén del vehículo, le dijo al oído:

—Si así está el camino, ¿cómo estará la fiesta, chiquita?

La mujer no volteó a mirarlo, pero trató de separar su cuerpo, o al menos que no se le metiera entre las piernas. Estiró la mano, haló el cable y dio timbrazos hasta que llegaron a la parada. Con el bolso del mandado, lo golpeó lo más fuerte que la situación le permitía y el Coqueto soltó una risita traviesa y complacida, mientras le decía en voz baja:

—Así mero me gusta, chiquita. Dame más duro que es como me gusta.

Después de una corta parada, el camión siguió su ruta hasta llegar al destino en que se apeaba. Enseguida comenzó una ligera caminata de dos manzanas que hizo sin prisa, pues como siempre tenía el tiempo medido y sobrado para chequear su tarjeta y enfrentar su jornada laboral de ocho horas con una hora de almuerzo fijada al medio día. Siempre iba a la misma fonda: La Esquinita, donde servían comida corrida de tres servicios:

sopa del día

o

caldo tlalpeño

o

ensalada

———

sopes de frijoles con queso y salsa

o

enchiladas rojas, suizas o verdes

———

arroz blanco con verduras acompañado de

chuletas de cerdo

o

picadillo de res

o

pollo en mole

———

café o agua del día y postre incluidos

No iba por la sazón de la matriarca cocinera, sino por verle las nalgas a la hija de la doña, joven de entre diez y nueve y veintidós años que nunca le dirigía la palabra, ni a él ni a ninguno de los clientes. No porque fuese muda, pero su madre le hubiera roto la cabeza enfrente de todos si socializaba. Ya había sufrido una experiencia así a los quince años cumplidos, cuando uno de los clientes intentó «conocerla mejor», parodiando al lobo del cuento, pero, como le dijo la matrona mientras le daba un revolcón por la fonda halándole el cabello:

—¡¿No ves, so bruta, que ese lo único que quiere es abrirte la patas y hacerte de cochinadas?! ¡*Ai* de ti si vuelves a parlotear como cotorra con alguno de esos que entran aquí!

Desde entonces, la Güirigüiri, como le decían en forma cariñosa sin que nadie le llamara por su nombre de pila, Amparo, guardó un silencio sepulcral, mientras planeaba todo tipo de venganzas contra la madre que la había humillado en público. Aquella ofensa colmaría el vaso de las vejaciones recibidas, las cuales se extenderían aún más con método y sutileza que causaría envidia al inquisidor más ducho en la materia. La niña no llegaba a decidir cuál de todas las venganzas planeadas era la más dolorosa y, sobre todo, la que no levantara sospechas de su autoría. Sin embargo, en su fuero interno, sabía que nunca haría nada y esperaría a que la vida siguiera su curso. Esto significaba que la bruja falleciera de anciana o de cualquier otra causa, natural o no, o bien encontrar al hombre que la sacara de esa vida, para que, lo más seguro, le ofreciera una todavía más triste y golpeada de la que deseaba dejar atrás.

El Coqueto registró en el reloj chequeador su tarjeta, como siempre, diez minutos antes de lo necesario.

Se sirvió un café del servicio para empleados, con dos terrones de azúcar y un poco de crema artificial. Se pavoneó un poco por los pasillos del banco al dirigirse a la ventanilla que tenía asignada ese día, la número cinco. Era su favorita, ya que estaba a medio piso y desde ahí podía ver con claridad todo el movimiento del banco, desde las otras ventanillas, hasta los escritorios donde los agentes diversos prestaban sus servicios a la clientela.

Haló la silla, tiró de la gaveta donde estaban los billetes y confirmó las cantidades de efectivo, tanto en sencillo como en papel, que se especificaban en el registro para entrega a la supervisora del día. Contó con unción y placer, los acomodó en forma simétrica, siempre con el valor apuntado hacia él. Cerró el cajón, paseó la mirada por los pasillos, las cámaras de seguridad y los guardas que estaban en posición un tanto descuidada, como siempre antes de abrir las puertas. Bebió un sorbo de café mientras que con la otra mano acomodaba el bolígrafo de tinta azul frente a él. Se cercioró de que el lector de tarjetas bancarias estuviese encendido y en funciones. Se sentó en su silla alta y se dispuso a esperar el comienzo de su día laboral, con la expectativa de cada mañana, siempre la misma desde hacía cuatro años que trabajaba en ese banco: ¿cuál de sus clientes podría ser su acompañante de lujuria para esa noche?

III
LA SEÑORA DEL CONCEJAL

onó la campanilla de la puerta de acceso a la joyería al tiempo que entraba. Como siempre, los dependientes se tornaron melosos y con fingida reverencia le dieron los buenos días. A pesar de que aún faltaba media hora para abrir el local, el trato deferente que el dueño de la joyería le otorgaba a la esposa del concejal del vecindario —a cambio de ciertos beneficios que ambos suponían ocultos, pero que todos los dependientes conocían—, los obligaba a ser más considerados de lo normal con la clienta. La llamaban Labradorita, no tanto por la gema engastada en el anillo de uno de sus dedos que, a pesar de no ser muy atractiva a primera vista, al girarla en forma especial destellaba una iridiscencia de tonos que iban del azul al violeta; sino porque todos sabían que sus padres habían sido braceros en el norte durante los años sesenta. La piedra preciosa, según le dijeron la primera vez que compró una engastada en un anillo de oro blanco, tenía propiedades para ayudarle con su intelecto, intuición e inspiración. Maliciosa, una de las dependientas le comentó:

—Es como traer las auroras boreales en el dedo; además, si tiene dolores de esos mensuales, pues le ayudará a no sentirlos más y también a combatir el estrés que significa estar casada con tan importante personaje para nuestra comunidad.

De una puerta simulada como pared en el fondo del local, salió un tipo de mediana estatura y edad indefinida. Vestía todo de negro, con sombrero del mismo color, de copa plana y ala ancha, cabello rizado a los lados de las orejas y nariz un tanto larga y ganchuda, con una sonrisa tatuada en el rostro que no daba la sensación de dar simpatía, sino más bien de una desconfianza en el prójimo que trataba de disimular. Respondía al nombre de Jacobo, aunque en secreto y en la soledad de sus habitaciones prefería la versión hebrea de su nombre: Ya'aqov. Este Harpagón moderno no sólo pretendía casar a sus hijos con personajes adinerados, sino también asegurarse de ser el único heredero, ya sea a través de préstamos leoninos a su clientela o de vender sus productos con intereses más altos que los bancarios. En sus palabras, siempre se podían renovar con un módico aumento, que más recordaban a las tiendas de raya del Porfiriato mexicano y que causaban una esclavitud económica. Para cuando la clientela se daba cuenta de la trampa, se hallaba tan dentro de ella que no tenía más que dos salidas: volarse la tapa de los sesos con dignidad espartana o seguir empeñándose con él, porque bien mencionaba a conveniencia con voz meliflua y aterciopelada: «¿Qué tanto es tantito?».

Resuelto a mantener lo más posible la relación con la esposa del concejal, de quien esperaba una larga carrera dentro de la política y, por tanto, entradas y beneficios económicos asegurados para su casa, Jacobo hizo una ligera inclinación de cabeza, se tatuó la mejor sonrisa en su repertorio y le preguntó en qué podía ayudarle.

La concejala, como le llamaban algunos, le correspondió con una mirada fría, pero con una sonrisa de dientes blancos y bien cuidados, aunque un poco grandes que denunciaban la sangre de sus antepasados precolombinos, de los cuales se sentía orgullosa. Después de intercambiar los saludos de rigor y un poco vanos, Jacobo entró en la materia que le interesaba más, siempre hablando en primera persona del plural.

—Doña Malinalli, este lugar siempre se llena de luz con su presencia, y estamos prestos a servirle… en lo que podamos, se comprende. ¿Qué la trae hoy por aquí, ya que no le esperábamos? De haber sabido que vendría, tendríamos ciertas joyitas que nos parece serían no tan sólo de su agrado, sino que irían a la perfección con su rostro, su porte y su figura.

—No se preocupe, maese Jacobo. Sé que siempre está dispuesto a consentir mis pequeñas extravagancias, mientras mi marido pueda pagarlas, se entiende —respondió al tiempo que alargaba un papel doblado por la mitad y lo entregaba al judío—. El motivo es que descubrí esta notita en mi mesa de noche y no pude resistir el venir lo antes posible para ver cuál es la sorpresa que el concejal tiene para mí, en fechas que no son ni de aniversario, santo o cumpleaños.

El hombre la desdobló sin prisa y leyó el contenido un tanto escueto. Levantó la mirada, aún con la sonrisa de lobo y releyó la nota. Era clara como el agua: un pedido de un collar de tres vueltas de perlas rosadas, con aretes a juego, que debían entregarse a la portadora, pero no especificaba el nombre de la doña. Para colmo de males, esa misma nota había sido despachada el día anterior a una mujer, joven, ni fea ni bonita que se había aparecido en el local a medio día, con más pinta de trabajadora sexual, que de dama de respeto. Hizo un rápido cálculo de los riesgos y la ganancia. Si no entregaba lo que decía la nota, por un lado, pondría en riesgo su relación con el concejal, de quien sospechaba no le era muy fiel a su mujer; por otro, si lo entregaba, podría cobrar un tanto por ciento extra por guardar silencio y su discreción. La reacción de la concejala le tenía sin cuidado, pero sabía que mediante ella podría obtener otras pingües ganancias gracias a su recomendación con las otras concejalas y sus amistades, así que empleó la carta que le pareció mejor en la baza que jugaba y con la que tenía toda la malsana intención de alzarse con el triunfo.

—Por supuesto, doña Malinalli. Tan sólo espere un momento, que voy a la trastienda por el juego especificado. Por favor, tome asiento mientras tanto. A ver, tú, Matilde —dijo sin dignarse a mirar a la empleada—, sirve café a la señora concejala. Ofrécele de esas galletitas que están en la gaveta superior del mostrador, que no tardo en salir.

Se dirigió rumbo a su oficina; antes de entrar hizo una pequeña genuflexión a la clienta y cerró la puerta. Una vez dentro, abrió una caja fuerte disimulada en el escritorio como gavetas, extrajo un collar y un juego de aretes del fondo. Los colocó en un estuche forrado de terciopelo, y antes de salir llamó al número móvil del concejal que tenía anotado en su libreta contable secreta, no tanto para advertirle que estuvo por ser descubierto, sino para dejarle saber el precio del artículo, silencio incluido, por supuesto, y no darle oportunidad a que se negara.

Sonó el timbre tres veces y le sorprendió que no fuera la conocida voz del concejal la que respondiese, sino la de una mujer, en tono un tanto impersonal, preguntando quién deseaba hablar con el concejal Camilo Baldón de Ambrosía.

Se hizo un breve silencio y escuchó la voz del hombre saludándole con la confianza que siempre le mostraba. Sin mucho preámbulo, le dijo el motivo de la llamada y, después de un largo silencio, tan largo que estuvo por marcar una vez más creyendo que se había perdido la comunicación, el concejal le dijo con voz baja, como si hablara con la mano ahuecada, que había hecho bien y que le debía una muy importante, para después preguntar si la persona a la que iba destinado el primer regalo, lo había recibido sin problemas. Contestó en forma afirmativa, se despidió y colgó el auricular.

Salió de la oficina, y encontró a doña Malinalli observando algunos anillos en silencio. Esbozó la sonrisa de lobo taimado que le acompañaba con cierta parte de su clientela, depositó el estuche sobre el cristal de uno de los mostradores donde estaba un espejo redondo para que los compradores pudieran ver su rostro y las joyas que pensaban adquirir. La mujer se aproximó con paso cadencioso, moviendo las caderas con un ritmo más que incitador, muy estudiado, pero natural. Enseguida, sacó el collar y los aretes. Dio tres vueltas a su cuello con el colguije: la más larga quedó sobre la «v» que se formaba separando sus senos, turgentes y firmes aún a sus treinta y pico de años; la segunda, un poco más arriba; la tercera, pegada al final de su cuello, largo y terso color de almendra que además olía jazmines, por el perfume muy discreto que usaba. En más de una ocasión, Jacobo había deseado besarlo para recorrerlo con su lengua de arriba abajo y viceversa.

Malinalli se miró en el espejo y comenzó por admirar su rostro sin arrugas aún. Llevaba las cejas un tanto arqueadas, a la María Félix; una línea suave de delineador le cubría el párpado superior que remataba en punta en la comisura de los ojos, enmarcando sus ojos color verde oliva, dándole una apariencia felina en la que no se sabía si miraba burlona o invitaba a la seducción. Los labios encarnados, el inferior un poco más abultado que el superior, estaban pintados de un tono rosado que acentuaba el color de su piel, tersa y cuidada con esmero, y la sexualidad que emanaban de ellos. Las orejas eran pequeñas, con el lóbulo pegado a la quijada, lo que hacía difícil la selección de los aretes, a los que no era muy dada por la misma razón.

Llevaba el cabello amarrado en una cola de caballo y, a pesar de estar teñido de rubio pajizo, su color natural, un tono castaño caoba, comenzaba a reclamar su derecho a lucir en su dueña. Dicho color le daba un tono más exótico y, por tanto, más deseable para quien se detenía a admirarla al pasar. Se desabotonó el sacó, para darse más libertad al inclinarse para verse mejor, lo que le dio un respiro a los senos que se ajustaron con facilidad a su nueva libertad. La blusa de cuello en «v» permitía ver el diseño de sus clavículas, no muy pronunciadas. El valle que separaba los senos, que en ese momento Jacobo pudo ver dada su inclinación y descubrió un pequeño lunar a la mitad de uno de ellos, que invitaba a la imaginación de adivinar la forma, firmeza y dimensión del aura de sus pezones, que el judío adivinaba de color café, cercano al chocolate. No pudo evitar pasearse la lengua por los labios que, en ese momento, sentía resecos.

—Matilde, tráigame un café…, por favor.

La señora de Baldón terminó de admirar el collar y con atención se dedicó a mirar los aretes que colgaban de sus orejas. Con movimientos seguros y cierta coquetería al menear la cabeza de lado a lado, trataba de decidir si los quería o si pediría quedarse con el collar y cambiarlos por un anillo de oro blanco con un zafiro incrustado en pequeños diamantes que había llamado su atención mientras esperaba. Se decidió por los aretes. Hizo un gesto ligero que arrugó por un momento su nariz recta, terminada en punta levantada con mucha coquetería. Miró al dueño de la tienda y sonrió con beneplácito.

—Maese Jacobo, mil gracias. Creo que este juego va muy bien con cierto conjunto de noche que tengo y que aún no estreno —le dijo mientras se desprendía de las joyas y las regresaba al estuche, para después abrir su bolso de marca internacional y colocarlo dentro—. Gracias por su tiempo —añadió para cerrar la conversación.

Sin esperar respuesta, dio media vuelta y se dirigió a la puerta de salida, mostrando su talle deportivo y las nalgas firmes a base de ejercicio, mientras la falda se ajustaba a ella y a sus muslos bien torneados, firmes, sin exagerar su fortaleza y unas pantorrillas finas que culminaban en tobillos delgados y pies pequeños. Su único defecto evidente eran las manos, un tanto grades, de dedos no tan finos, pero que adornaban sus uñas siempre con esmalte y bien cuidadas. Las uñas le daban un aire aristocrático, pero que significaban que en su vida habían dado golpe de trabajo manual.

Malinalli sonrió a los dependientes al salir, dejando tras de sí un aroma a jazmines que despertaba deseos que no todos y, en especial, todas las presentes se atrevían a reconocer.

Sonó la campanilla de la puerta cuando salió y, mientras se cerraba poco a poco, Jacobo soltó un suspiro que más de alivio era de deseo contenido. No se tomó la molestia de mirar a su alrededor, pero todos lo que estaban en el local tenían la misma expresión de deseos reprimidos. Al cerrarse la puerta, quedó en el local una sensación de vacío, que cada dependiente trató de llenar de la mejor manera posible, unos pretendiendo limpiar los escaparates, otros arreglándose la vestimenta, aquellos cerrando los ojos y teniendo un breve pero ardiente sueño despierto. Poco a poco, regresan a la realidad al escuchar el reloj de la tienda dar las nueve de la mañana, hora de abrir las puertas, para dejar pasar a la posible clientela del día.

IV
LA MATA HARI

erminó de beber su taza de té de azahares con zumo de limón, según él para ayudarle con la digestión y a relajar la tensión que sentía después del altercado con su nueva jefa de piso en el departamento de moda para hombres, en una de las tiendas de autoservicio más grande del vecindario. La detestaba. Le parecía demasiado joven, sin gracia personal, regordeta, tirando a feíta, con su cabello partido a raya en medio, negro y grasoso, con caspa que se le notaba en la raíz, le caía en los hombros, y no se molestaba en tratarse, pese a que podía estar contagiando a todo el personal sin misericordia. Además, no tenía buen gusto en la moda masculina, no sabía anudar una corbata y menos cómo hacer juego con ella y el conjunto de camisa, chaleco, saco («terno», le llamaba él por su herencia caribeña). Lo que más le molestaba era su voz chillona con la que se dirigía al personal como si fuesen parvulitos que no tenían idea de la vida o experiencia en el trabajo. Él llevaba en el mismo departamento siete años. Había empezado en la sección de zapatos; ahora se sentía muy ufano aconsejando a los clientes el cómo vestir el traje de moda y de temporada, el tipo de corbatas, zapatos, cinto y camisas que hacían juego, sin importar el grosor o altura de la persona.

Vestía impecable siempre, con el cabello engomado muy al estilo de los años treinta: de raya al costado izquierdo. No se afeitaba por ser lampiño, lo que le causaba inmenso placer, ya que no tenía que invertir tiempo y esfuerzo en afeitarse todos los días, además de sentir su piel como «nalga de bebé», lisa y tersa. Sus zapatos siempre estaban pulcros ya que todos los días, antes de entrar a trabajar, se detenía a leer el periódico en el estanquillo de lustrador de calzado que, además de hacer su trabajo y enterarlo de los chismes cercanos, le ofrecía un cigarrillo, el único del día que fumaba con deleite, mientras leía el matutino, más por formalidad que por verdadero interés en el acontecer de la ciudad, el estado, la nación o el mundo.

Pasaba las hojas con calma, pero siempre se detenía en la de los artículos de venta femeninos, en especial, las cremas, zapatillas, vestidos de moda y esas cursilerías que criticaba de labios para afuera. Por dentro, sin embargo, le roían las entrañas por no poder caminar por la calle vestido en ellas o usando el color de moda de lápiz labial, el rímel o la mascarilla que las jovencitas que los anunciaban, haciendo gala de ellos en las fotografías. Las imágenes garantizaban la juventud eterna del rostro con una sonrisa angelical, aunque el paso de los años y las sobredosis de maquillaje se encargarían de destruir justo eso que decían evitar: las arrugas en la cara. Como si fuese casualidad, en las mismas páginas, los anuncios de expertos de belleza y cirujanos plásticos pagaban con creces los pequeños espacios, sabedores que tendrían clientela garantizada por varios años por venir.

Escuchaba al viejo lustrador de zapatos, conocido como Naricita por la descomunal nariz siempre roja (y no de frío), que le contaba los azares de la vida de la vendedora ambulante de números de lotería que siempre proclamaba tener el ganador. Sin embargo, en los años que llevaba en la misma esquina — «más de cincuenta mi don», decía con orgullo—, maldita la vez que había escuchado que había vendido aunque fuese un reintegro; lo que no evitaba que caminara la calle de arriba a abajo tratando de vender cada cachito a todo Cristo que se le cruzara, maldiciendo entre dientes a quien pasaba de frente sin dignarse a mirarla.

—Está más salada que el mar, jefecito —sentenciaba el lustrador de calzado, mientras depositaba dentro del cajón de enseres el dinero y actuaba siempre como si no supiera que tenía que dar vuelto tratando de aumentar la pobre propina que recibía de sus clientes.

Ese día en particular era especial en el departamento de moda para hombres por un nuevo cargamento de juegos completos: ternos, chalecos y pantalones estaban por llegar, lo que implicaba tener que desvestir los maniquíes y volverlos a vestir. Esa actividad le causaba un secreto placer, ya que siempre imaginaba a su amante, que si bien no era un dechado de belleza masculina, le parecía «muy hombre» por su porte y actitud. Ante tal modelo, siempre se mostraba sumiso y dispuesto a complacerlo en lo que le pidiera, sin importar qué tan doloroso o fuera de lo común fuese la petición, aunque a veces, al día siguiente de una noche de esas llenas de dolor y situaciones nada naturales, se arrepintiese, más por tener que cubrir los moretones en las muñecas. A su hombre le gustaba amarrarlo a la cama, ya fuera con lía, mecate o el cinto y, en forma reciente, con esposas de esas de la policía, y, últimamente, porque lo usaba como cabalgadura, disfrazándolo como caballo, con freno, rienda y fuste con el que le castigaba las nalgas y la espalda sin tocarse el corazón. Él, que no podía gritar por no despertar a todo el vecindario, sentía las lágrimas correr por su rostro, mientras olas de placer no muy sano le llenaban el cuerpo.

Sonrió en sus adentros, e imaginó al Coqueto montado sobre sus espaldas, castigando su «ijares», al tiempo que con la fusta le golpeaba las nalgas y si podía los testículos, lo que les causaba a ambos placeres muy distintos: a uno, la dominación total del amante; al otro, el dolor y placer de saber que llenaba las expectativas y con eso aseguraba que le fuera siempre fiel. Al final, ¿quién más soportaría toda esa tortura a lo largo de los siete meses que tenían de conocerse? Nadie, eso era seguro. «Me quiere bien mi Coqueto y pronto me va a cumplir el que nos vayamos a vivir juntos lejos de aquí, donde nadie nos conozca y podamos ser felices para siempre», se decía a menudo, cuando los dolores le achacaban más de lo usual.

Comenzó a desvestir el maniquí más cercano con ese escondido placer de desnudar a su hombre, mientras silbaba una melodía de moda en la radio. Entonces sintió, más que escuchar, los paso sin ritmo de la supervisora de

---

piso, lo que provocó que desapareciera el romanticismo de su mente. Se alistó a escuchar las babosadas, como él las llamaba, que saldrían de la boca de «esa mujer», expresión que empleaba con todo el despecho y veneno que su alma le permitían. Los pasos se detuvieron detrás de su espalda, pero no se dignó a voltear. Continúo con su labor, esperando que ese desprecio destilado por cada poro de su piel fuese suficiente para alejarla, pero no fue así.

La mujer no se movió, ni dio señales de hacerlo pronto, así que, con fastidio reflejado en rostro, giró el cuello y esperó a que le dijera qué quería o que se largase de una buena vez, que eran más de veinticinco maniquíes que tenía que desvestir y volver a vestir y que le gustaba tomarse su tiempo para esa segunda parte de la tarea. Cada uno de ellos debía de portar la ropa no sólo con precisión, sino también con elegancia y buen gusto, pues para eso le pagaban y no para tener que escuchar a una mocosa ignorante del buen tono de la clientela, que siempre le pedía su consejo y, sobre todo, lo seguían a pie juntillas.

—¿Qué desea la señora?

—«Señorita», aunque le cueste más trabajo, señor Mascota. Por órdenes de la gerencia, esta temporada todos los maniquíes irán vestidos en tonos grises, de pies a cabeza. Tome nota y no haga cambios, ya que los gerentes caminarán por estos pasillos en un futuro cercano para observar el efecto que hacen cuando, después de vestidos, los alineen frente a frente en el pasillo principal del piso. Quieren dar la impresión de caminar por una avenida de próceres del buen gusto, o al menos eso dijeron en la junta de esta mañana. Ahora, póngase a trabajar que no le pagamos para que esté ahí nomás, *paradote* sin hacer nada.

Se alejó dando de taconazos sintiéndose feliz de haber humillado al empleado y en busca del siguiente para replicar su desprecio a los de abajo y vengar en ellos su falta de todas las gracias que podían ser parte de una mujer.

—Vieja bruja —murmuró al verla un tanto lejos—, ojalá nunca encuentres el amor, ni quién te dé un segundo de placer en tu miserable vida.

V
LA SECRETARIA DEL CONCEJAL

Pretendió no escuchar la conversación de su jefe con el judío, ya que estaba segura de que era él quien llamaba, al reconocer el número en la pantalla. Baldón no se molestaba en disfrazar mucho el nombre que había seleccionado como identificador: *Shylock*; así, simple, sin más, pensando que era la mar de original. Nunca creyó que alguno de sus empleados hubiese leído una de las obras cumbre de Shakespeare: *El mercader de Venecia*. Como todo político, estaba equivocado.

Hija única de un matrimonio de clase media, la señorita Margarita del Rosal y Buenrostro era una joven educada con esmero: idiomas, música, pintura, danza clásica y contemporánea; por supuesto, había asistido a la universidad, en la licenciatura de Ciencias Políticas de la que se graduó con todos los honores. Su sueño era ocupar un escaño en el congreso estatal y poder dar el brinco al nacional para ser la voz defensora de los derechos de todas las lesbianas del país como ella, aunque aún estaba reprimida por la mojigatería y fanatismo religioso de sus padres.

Entonces, «saldría del closet» y demostraría al mundo de lo que estaba hecha. ¿Quién sabe?, tal vez llegaría a ser la primera lesbiana, declarada de forma abierta presidenta del país; sin embargo, por ahora, debía de conformarse con ser la secretaria, asistente y consejera de uno de los hombres más ineptos en la política que había conocido en su vida, sin visión, sin interés partidista. Sus únicas luces en el ámbito eran saber navegar e identificar los vientos de la grilla donde se movía, poseer una habilidad poco usual como orador y, sobre todo, tener una de las mujeres más deseables que se podía uno imaginar.

Ella reconocía a solas y en silencio estar enamorada de la esposa de su jefe y los placeres secretos que le llenaban cuando estaba cerca de Malinalli, a quien no había sido presentada aún en forma oficial. Eso era lo único que la mantenía fiel al concejal, lo demás sólo le servía de modelo para su futura carrera. En su fuero interno, soñaba con enamorar a la «señora concejala» como la llamaban, y hacerla su mujer sin importar la minucia de la diferencia de años, para conquistar juntas el mundo. Con su talento y la belleza de la otra, no veía qué puerta o barrera no caería ante ellas. En un sueño más oscuro todavía, vislumbraba la posibilidad de convertirse en una de esas emperatrices que abunda en la historia de la humanidad toda poderosa y cuya memoria llenaría páginas enteras de libros escolares, biografías, teorías conspiratorias, por los siglos por venir… «Pero todo a su tiempo», se repetía en voz baja, respirando profundo cuando empezaba a perder los estribos por la ineptitud de su jefe, mientras llevaba a cabo sus funciones secretariales con eficacia marcial.

Miraba de reojo al concejal y le amenazaba en su pensamiento por si éste hiciese daño en cualquier forma a la mujer de quien estaba enamorada. Sin embargo, nada en su actitud delataba esa pasión que por las noches le carcomía el cuerpo, incendiando desde dentro toda su piel y llevándola a conocer placeres que no imaginaba. Al mismo tiempo, los sentidos y cada zona erógena se exacerbaban más allá de los lugares tradicionales como cuello, pezones y clítoris; se dejó llevar despierta en un sueño erótico por unos segundos.

Escuchó la voz lejana de su jefe que le pedía el informe sobre la vivienda que tendría que leer la semana siguiente en la reunión de concejales. Se espabiló y contestó, con voz tranquila, que iba a imprimirlo para su revisión y aprobación. Después de ello, lo enviaría a los demás concejales, impreso y en forma electrónica. Abrió la agenda y recorrió con el dedo las actividades del día que su jefe tenía previstas: desayuno con líderes sindicales a las nueve de la mañana; a las once, visita a una de las primarias populares y lectura de libro infantil a los alumnos de primer grado; almuerzo a las tres de la tarde con dos concejales de la oposición para tratar de encontrar terreno común en una nueva propuesta de ley sobre indigentes que estaba tratando de conseguir apoyo bipartidista. De las cuatro de la tarde hasta las siete de la noche, seguía una laguna en las actividades del día, que el concejal había marcado como «tiempo personal», para seguir con una entrada a las ocho de la noche: cena con Malinalli «en el francés».

Se preguntó a qué se referiría con eso de «tiempo personal», y su imaginación no tardó en dar con la respuesta: se encontraría con la suripanta esa con la que lo sorprendió, con las manos entre sus piernas y hablándole al oído, en días pasados en los pasillos superiores del ayuntamiento. El coraje hizo presa de ella y, para su coleto, dijo en un tono que de haber sido escuchado por el político le hubiera puesto la carne de gallina:

—¡Atrévete nada más a lastimar a Malinalli y te mueres, cabrón!

VI
EL CONCEJAL CAMILO BALDÓN
DE AMBROSÍA

Hombre de mediana edad, un poco más alto que el promedio nacional, Baldón se preciaba de ser inteligente, guapo, simpático y gran prócer local, con aspiraciones a nivel nacional que se ajustaban a su ego, engrandecido por una madre que le dedicó toda su vida olvidando incluso a sus hermanos mayores. De pequeño padecía asma y, en más de una ocasión, actuó como pez fuera del agua cuando sufría los ataques de la enfermedad.

La madre no dejó piedra, santo, médico y remedio por probar hasta que a los doce años de edad, después del último ataque con el que pensaba la familia entera que moriría, quedó curado de espantos al ingerir una bebida recetada por una gitana que iba de paso por el pueblo donde nació. La mujer compartió con la madre un remedio infalible que tenía más edad que Matusalén y que, por la módica cantidad de mil monedas de plata ley, estaba dispuesta a darle. Sólo ella conocía el secreto y, lo más importante, tenía en su poder el ingrediente ignoto, el único que existía en tierra conocida. Como bien comprendería la doña, al dárselo se quedaba sin más ingresos y moriría de hambre:

—¿Quién va a dar posada a esta pobre y vieja gitana de la que todo el mundo huye y se esconde pensando que les hará mal de ojo, cuando lo único que pretende es ayudar a sus prójimos para el perdón de todos sus pecados, pasados y por venir? —decía con voz melosa, pero con una mirada de tan retorcida que haría pasar por párvulo al mismo Satanás.

La receta resultó ser un coctel de ajos enteros, jengibres, miel, aceite de pescados cocidos en fuego de madera de madreselva, hecho a medianoche en ollas de barro, con espárragos y cultivos de bacteria de leche de oveja. El ingrediente secreto: un ojo de tecolote capturado en una noche de lluvia de luna en cuarto menguante, cuando Piscis cruzaba el camino del planeta Marte en la casa de Sagitario.

Nadie sabía bien a bien si se curó gracias al remedio que le dio la madre o al hecho de que el asma no era tal, sino alergia al polvo con ácaros de los que se llenó la casa cuando el hermano mayor rescató a un perro sarnoso que comió hasta reventar. El animal pasó con el estómago lleno a mejor vida a los doce años de haber llegado a la casa de los Baldón, cuando el concejal era un niño de teta.

Lo que todos sabían es que estaba curado y podía empezar una vida normal con la familia, según la madre. Sin embargo, lo acompañaron los celos reprimidos de los hermanos, los cuales nunca desaparecieron, a pesar de que con los años el futuro concejal los llenaba de favores comerciales conforme subía los escaños del poder local. Además, los mantenía al margen de la policía por ciertas actividades ilícitas, en especial de uno de los uniformados que se esforzaba por encontrar las pistas para echarle el guante a uno de ellos y meterlo tras las rejas. El gusto de mantener lejos de la ley a su hermano no le duró mucho, ya que cayó en las garras de los narcos y moriría años después cortado en pedazos e incinerado en un bote de basura en la selva tropical olvidado por todos, incluida por la policía local que le había perdido la pista hacía mucho tiempo.

La pubertad de Baldón, una vez curado del asma, se tornó en una vida de cumplimiento académico a medias, al descubrir que, por medio de sus discursos, podía convencer a los maestros de obtener mejores grados que sus compañeros, quienes también eran persuadidos para que le hicieran los deberes a cambio de naderías. Su suerte con las mujeres cambió también a medida que pasaba de la pubertad a la juventud. No sólo el hecho de hablar bien le ayudaba, la herencia paterna se había engrandecido al encontrar, en un arcón apolillado y a punto de desaparecer, ciertos documentos que los hacían dueños de una extensión de terreno no sólo cultivable, sino también ganadero. Más importante aún fueron las instrucciones para recuperar monedas de oro viejo enterrado ahí durante los azarosos días revolucionarios e invasiones extranjeras que vivió el país a mediados del siglo diecinueve y principios del veinte. A pesar de que la familia pretendía guardar el secreto, como en todo pueblo chico, para el medio día de la certificación todos estaban enterados del suceso, al menos de la herencia de las tierras, así que la actitud de todos cambió para con los nuevos ricos. Esta situación les modificó la vida más de lo que podían imaginar.

La madre envió a Camilo a la capital estatal a estudiar la universidad, en lo que fue más un paseo de diversión y lujuria, que una fuente de sabiduría. Para su buena fortuna, conoció al hijo predilecto de un senador nacional, a quien le hizo favores de préstamos y sacadas de la cárcel, sin que el padre lo supiera. Lo anterior acrecentó su complicidad y al presentarlo con el senador le causó tal impresión que, sin dudarlo un momento, lo hizo su confidente y secretario. Poco a poco lo introdujo en el mundo de la política nacional, con sus vericuetos, traiciones, alianzas donde todos sólo tenían un fin común: enriquecerse a costa del pueblo. Con semejante maestro, no tardó en comprender para qué lado tenía que hacerse y pronto se encontró como candidato para diputado «pluridimensional» de su estado, cargo que desempeñó sin pena ni gloria en dos oportunidades, pero siempre con la meta de dar el asalto a la capital del país y ahí comenzar a escalar los peldaños del poder. Empezaría por ser concejal de una de las colonias más populares, para buscar después la candidatura de gobernador; luego, terminado el período de ley, se lanzaría como candidato a senador. Finalmente, pretendía ser el elegido a la presidencia del país.

Hasta el momento, el plan le iba funcionado, ya que su nombre sonaba con mucha fuerza como el próximo gobernador de su estado natal. Por si fuera poco, había contraído nupcias con una de las mujeres más hermosas de la capital, lo que añadía un aura de poder, encanto y sensualidad a su persona, en particular para las mujeres por su «interesante personalidad»; en los hombres, claro está, porque deseaban a su mujer.

Había sido un encuentro casual, a la salida de un restaurante de moda, cuando conoció a su futura: Malinalli Axola Sotomea. La pasión se apoderó de ambos en cuestión de minutos y no tardaron en oficializar la relación y contraer matrimonio; sin embargo, la pasión como tal se fue extinguiendo de apoco en ambos, hasta llegar a ser una amistad amorosa, en la que ambos sabían lo que se esperaba uno del otro para poder cumplir sus ambiciones de poder. Esto hacía más fácil la relación y no exigir más que sus formas sociales convencionales: no ser atrapados en infidelidades escandalosas y públicas, lo que los llevaba a aparentar ser el matrimonio modelo por excelencia y que les acercaba más a la meta que ambos compartían: el poder.

VII
EL DETECTIVE

l dolor de cabeza lo regresó a la realidad. La luz del sol le daba en los ojos de forma oblicua y la resequedad de la boca se traducía en una sed sólo similar a la del desierto cuando el sol lo azota sin misericordia a más de cuarenta y cinco grados centígrados. En esos casos, lo único que puede semejarse a la vida es la distorsión que genera el calor tratando de abandonar el suelo en busca de un frescor que jamás encontrará. Más que eso, a partir del momento en que recuperó la conciencia, el dolor de cabeza era lo que lo tenía en el colmo de la desesperación. Por lo mismo, dejó de hacer un esfuerzo por recordar la noche pasada; no se acordaba si había perdido ni con quién, como solía decir en su juventud, ahora harto lejana cuando amanecer con la memoria en blanco era muy ocasional.

Haciendo un esfuerzo supremo, se enfiló al baño dentro de la misma habitación, abrió el grifo y metió la cabeza debajo, con la esperanza de que el agua fría le aliviara el dolor. Sólo así despertaría por completo y entonces trataría de bañarse antes de salir rumbo al trabajo, al que ya iba tarde. Era la tercera vez esa semana. El comandante Mondragón no iba a estar muy contento con eso.

«Lo más seguro es que me descuenten el salario y me repita la cantaleta de que es la última vez o me regresa al servicio de a pie a manejar el tránsito en cualquier chingada glorieta», pensaba mientras el agua le estremecía el occipital, cuello, vértebras y conciencia.

La intensidad del dolor no cambió mucho, pero decidió darse un baño rápido, al menos para quitarse el olor tanto a alcohol como a comida de lo que sea que había ingerido la noche anterior, y tener cara de *yo no fui, fue Teté*, como escuchaba decir de niño. El agua también fría de la ducha lo despertó por fin del todo. Salió, se vistió, buscó un analgésico en el botiquín detrás del espejo del baño y masticó cuatro pastillas a ver si ayudaban. Se vistió a toda prisa, tomó el móvil y llamó al departamento de policía para avisar que llegaría tarde por cierta necesidad personal que no se molestó en especificar. Decidió entrar en la primera fonda, café o restaurante que se encontrara para pedir algo lo más picante posible y, por supuesto, dos cervezas y un caballito de tequila para *curarse* la cruda que sentía llegar en forma inminente y sin consideración.

Salió del edificio y la luz del sol le golpeó el rostro y lo cegó por unos segundos. Por ello, no se dio cuenta de las personas que caminaban por la acera y que chocaron con él, escupiéndole un «a ver si se fija por dónde camina, ¡animal!», para seguir su camino sin volver la vista atrás. Anduvo un par de cuadras y dio de bruces, casi, con la pizarra que anunciaba el menú del día de una fonda que no recordaba haber visto y mucho menos visitado en los días que llevaba de vivir en su nuevo departamento. Tan sólo hacía tres meses que se había mudado de casa. Entró, se acomodó lo mejor que pudo en el lugar más oscuro del local y esperó a que alguien viniera a preguntarle qué quería comer.

Una joven de hasta veintidós años se le paró enfrente, pero no se fijó en ella por tener la vista clavada en el menú. Ordenó dos cervezas lo más frías posibles y un caballito de tequila, que le negaron porque el establecimiento no vendía licores. Escupió una maldición y ordenó la sopa del día, las enchiladas rojas, el pollo en mole, un café lo más cargado posible y sin postre. La mesera desapareció en la cocina y sólo entonces él levantó la vista para recorrerla por el local. Había seis mesas de aluminio, cada una de ellas para cuatro comensales, unos carteles de corridas de toros con matadores famosos, el escudo de un equipo de fútbol, un anuncio luminoso de cerveza oscura nacional y el ruido intenso de la calle a las diez de la mañana.

Le llevaron las dos cervezas que bebió con unción y de un solo trago, lo que le restauró un poco el ánimo y aligeró la resaca que sentía. Además, el dolor de cabeza era menor gracias a los analgésicos que había tomado. La mesera pasó junto a él para limpiar una de las mesas y le pidió otra cerveza. Sin contestar, fue a la cocina y le trajo la sopa, la bebida y un cesto de mimbre con tortillas de maíz. Tomó la sopa sin prisa, enrolló una de las tortillas y, sopeándola, la masticó despacio. Sacó otra y repitió el procedimiento; después bebió la sopa a cucharadas seguidas. Una vez terminada, tomó a pequeños sorbos la tercera cerveza, pensando si sería mejor buscar una cantina para terminar de *curarse* o ir al trabajo. En esas estaba cuando le sirvieron las enchiladas, que no le hicieron muy feliz, pero que comió hasta dejar el plato limpio. Luego esperó el pollo en mole.

Terminó el último plato, acompañado con dos cervezas más, y bebió el café sin mucha prisa. Pagó la cuenta y ya más reestablecido, después de esperar lo que le pareció un siglo pero que no habían sido más de diez minutos, abordó el primer taxi que se detuvo cerca de él. Cuando el taxista supo a dónde se dirigía, se le desdibujó la sonrisa y sin mirar por el retrovisor ni una sola vez, pisó el acelerador rumbo a la demarcación de policía señalada. Mientras más rápido se deshiciera del pasajero, más tranquilo se sentiría, ya que no tenía todos los papeles legales para desempeñar el trabajo.

—¿Cuánto le debo, joven?

—Nada, mi oficial, es cortesía de la casa este viaje. No es mucho, pero lo que sea uno capaz de hacer por las fuerzas del orden, *pos* se hace y listo.

Le sorprendió la amabilidad, pero decidió no indagar más de lo necesario; todo lo contrario, el dinero no sobraba y ese ahorro del pasaje equivalía al costo de las dos cervezas que estaba ansiado beber una vez pasado el ventarrón de la llegada tarde al trabajo. Se bajó del auto, dio una cabezada de agradecimiento al chofer y entró en el edificio que albergaba al «heroico» cuerpo de la policía en esa demarcación de la gran ciudad.

Algunos de los oficiales se le cuadraron al pasar con el tradicional saludo de llevarse la mano a la gorra; él contestaba con pereza. Subió las escaleras —pensando que eso le ayudaría más a despejar el cerebro que tomar el ascensor— que conducían al piso principal donde había escritorios y una pequeña sala de conferencias albergaba a una docena de policías de diferentes rangos. Se dirigió a la oficina del fondo, donde el comandante Mondragón era amo y señor del piso y se encontraba sentado detrás de un escritorio amplio, lleno de papeles; a su espalda una pizarra llena de fotografías de criminales no capturados aún y, a su costado derecho, «la pared del ego» como la llamaban y donde se encontraban todos los trofeos, medallas y marcos con imágenes del comandante con políticos, actuales y pasados. Entre las fotografías, había un par con artistas de cine y televisión y tres cabareteras de renombre, cuyos recuerdos aún le llenaban el pecho de suspiros por lances amorosos, más o menos bien logrados con ellas, aunque ninguna le regresó sus llamadas una vez que alcanzaron fama nacional. «Las muy putas», solía pensar de ellas cuando recordaba esos desaires. Lo vio venir y con voz tonante le llamó:

—Detective Marat, qué milagro que se digna venir por estos lares, a ver si se apersona a paso redoblado frente a su comandante o ¡¿quién *chingaos* se cree que es?!

LIBRO II

Que sigue dando cuenta de las andanzas
de los actores de este drama

I
EL ALMUERZO O EL PRINCIPIO
DE LA SEDUCCIÓN

l Coqueto escuchó el timbrazo que daba el inicio a la jornada bancaria. Se alisó el cabello con las manos y miró hacia la puerta de entrada para ver a la clientela encaminarse al inicio de la fila para dirigirse a los cajeros. Eran tan pocos en hora tan temprana que no se mortificó mucho si ninguno de ellos acudía a su ventanilla, así que se dedicó a mirarlos con atención: el modo de caminar, cómo tomaban el celular, si miraban con confianza o si escondía el rostro y evitaban mirar de frente. En fin, cualquier cosa le ayudaba a adivinar el carácter de la persona y así determinaba si valdría la pena averiguar más de ella e iniciar «esa cacería», como la llamaba, de su próxima pareja de lujuria.

«De todos esos no se hace uno. Creo que hoy no será uno de mis días», pensó cuando a las once de la mañana no había visto candidatos óptimos. A su ventanilla, sólo se habían acercado señoras mayores, acompañadas de sus hijos para depositar o retirar fondos, recursos que lo más seguro irían a parar a sus bolsillos o a las cuentas bancarias de los dueños de casas de cuidado de personas de la tercera edad. Esta clase de lugares comenzaba a proliferar en la ciudad como un negocio rentable, tanto como las guarderías. Miraba el reloj aburrido desde su asiento ya tan sólo esperaba la hora del almuerzo.

«Al menos verle las nalgas a la Güirigüiri me alegrará el día», pensaba, al tiempo que comenzaba a preparar el corte de caja obligatorio antes de su salida a comer. «Y después de eso, todavía tres horas más… A este ritmo, me voy a morir de aburrición», se dijo, al tiempo que cerraba la gaveta debajo de la barra-escritorio y buscaba con la mirada a la supervisora del día. Su única impresión al verla fue que era «más fea que pegarle a Dios».

Entregó el corte de caja, se puso el saco y el sombrero, *ponchó* su tarjeta en el reloj chequeador y salió a la calle sin prisa, con un ritmo que, más de empleado bancario, parecía de turista. Se encaminó a La Esquinita que le quedaba a media cuadra del banco, relamiéndose los labios al pensar en la joven mesera, y hablando en voz alta consigo mismo:

—Se me hace que hoy le voy a dejar un papelito con mi número de celular, a ver si me llama. ¿Quién sabe? La zorrita esa creo que no ve la hora de jugarle una trastada a la doña y con lo nuevecita que se ve, igual y «me como esa tuna» como cantara aquel.

Con idea un tanto retorcida, ya que como todos los regulares sabía lo que había acontecido en el pasado, entró en el local buscando con la mirada a quien empezaba a considerar como próxima pareja. Así lo deseaba al menos por un tiempo para sus placeres carnales, porque en lo sentimental se daba por más que muerto y bien servido como estaba. Ese tipo de cursilerías no eran para él, como decía, muy ufano. Buscó una mesa apartada de la entrada a la cocina, para que la doña no escuchara o se percatara de lo que había planeado en el camino. Sacó un bolígrafo del bolsillo interior del saco, tomó una servilleta y escribió con su letra regordeta:

En los últimos días he estado pensado mucho en ti. Sé que tu madre no te deja ni a sol ni sombra, y que nos mataría si sabe que te estoy invitando a salir, pero no puedo seguir guardando esto que siento por ti cada vez que te veo. He venido aquí por años, nada más por verte, pero el alma se me escapa del cuerpo por no decirte todo lo que pretendo hacer contigo. No me malinterpretes, que mis intenciones son buenas. Llámame a este número 55.55.55.55.55, cuando puedas, para vernos y decirte todo esto que siento por ti, que, si no te lo digo pronto, me muero; en verdad, me muero.

Dobló el papel en cuatro y esperó a que la joven se acercara para tomar su orden; mientras aguardaba, decidió su menú para ese día: caldo tlalpeño, enchiladas verdes, pollo en mole, agua de Jamaica y flan. Pocos minutos después, la mesera se acercó envuelta en un silencio sepulcral, tomó la orden y se dirigió a la cocina para dejar la comanda con la madre. El Coqueto la devoró con los ojos mientras la veía alejarse y decidió que la aventura bien valía la pena si podía removerle la ropa, ver esas nalgas al aire y sentir su firmeza entre sus manos.

Al poco tiempo llegó el primer servicio y, como no queriendo, puso el papel doblado con el nombre de la joven a la vista junto a los cubiertos. Ella miró con asombro la nota, después cruzaron mirada. Enseguida, hizo un gesto que bien se podía interpretar como «¿está loco o qué le pasa?»; sin embargo, la curiosidad pudo más que la prudencia. El hombre lo había premeditado en el trayecto del banco a la fonda y bien contaba con que ello sucedería.

Amparo (o la Güirigüiri) con mano trémula tomó el papel lo más rápido que pudo, procurando asegurarse de que nadie la observaba, lo metió entre su blusa y el tirante del brasier, esperando no se fuera a caer y la delatara, no tanto frente a la clientela, sino ante la madre que todos los días se encargaba de recordarle lo que le sucedería si se iba con un «*tipejo* de esos», como los llamaba.

La realidad es que a la madre poco le importaban los acercamientos de los clientes. Para ella, lo importante era que su hija se conservara virgen dos años más, ya que había descifrado, más que leído, en un periódico sensacionalista, de esos que circulaban por la ciudad en las tardes, la nota sobre un jeque árabe que había pagado una fortuna por encontrar a una joven virgen de veinticinco años.

Ella quería la fortuna para sí misma. Le tenía sin cuidado lo que le pasara a su hija, ya que no era de ella ni nunca lo sería. En realidad, la había encontrado abandonada en un basurero —en un momento de debilidad del que se arrepentiría después, y sin saber bien por qué o para qué—, la había recogido y criado. Empezaba a ser tiempo de ver todos sus esfuerzos y cuidados darle una ganancia, que en sus sueños era lo suficiente para dejar la vida que llevaba. Su idea era mudarse al norte donde la vida era mejor para todos, según oía decir, aunque la realidad siempre resulta muy otra. Con dinero, sin embargo, la imaginaba mejor, porque como decía por todos lados «con ese baila el perro, el oso y todos».

Terminó de comer y al pagar la cuenta le dejó, además de una buena propina, una de esas miradas que, según él, eran irresistibles y que transmitían la pasión que le corría en el cuerpo cuando creía haber encontrado una nueva víctima de sus deseos carnales. Para el Coqueto lo que era el amor —estaba más que persuadido— no existía y era tan sólo un cuento de mujeres y ciertos hombres para amarrarse a alguien que les diera lo que pensaban que por sí mismos no adquirirían en los días de su vida. En realidad, pensaba que nada era imposible si se trabajaba un poco en la materia.

Sin volver la vista atrás, seguro de que ella lo seguía con la suya, abandonó el local y se enfiló rumbo al banco a continuar el resto de su turno, con la confianza que le llamaría ese mismo día y así poder empezar ese juego de seducción que le enardecía las venas.

II
EL DESAYUNO DE RECAUDACIÓN
DE FONDOS PARA CARIDADES

Malinalli subió al automóvil. Con una ligera inclinación de cabeza, agradeció al chofer que mantuvo la portezuela abierta y la cerró con delicadeza una vez que ella estuvo dentro. Enseguida, se arrellanó en el asiento trasero. Luego sacó de su bolso el estuche con las perlas y el espejillo, muy coqueto por cierto, en el que vería su rostro reflejado y, sobre todo, esa nueva adquisición de joyas preciosas.

El chofer se quitó el gorro y ajustó el espejo retrovisor, más para ver los senos de la patrona que por necesidad. Dio un suspiro y puso en marcha la máquina, preguntando en tono impersonal:

—¿Va la señora a acudir al desayuno?

—Sí, Filiberto. No es que muera de ganas, pero estos eventos son de importancia para la carrera del concejal. Tenemos tiempo, así que no se apresure, pero trate de evitar el tránsito lo más posible.

—Como lo ordene la señora.

Miró por el espejo lateral para asegurarse de que podía integrarse a la vialidad sin complicaciones y sin acelerar en forma brusca, pues a la señora no le gustaba que por ello se agitara su cabeza hacia atrás. Se mezcló con los autos que circulaban por la calle y a dos cuadras viró a la derecha para evitar el congestionamiento que, sabía bien, se generaría más adelante. Todos los demás querían ingresar a la vía rápida que siempre era la más lenta para llegar a cualquier lugar por la demanda desmesurada de usuarios que, pegados a la bocina, pretendían que se avanzará más rápido. En más de una ocasión, atascado en esa vía, le habían pasado jóvenes en patines del diablo e incluso caminando, mientras se daba a todos los infiernos por haber entrado en ese caos vehicular.

Encendió la radio en la estación favorita de la patrona en la que sonaba música de hace veinte años. Le picaban los ojos por mirar por el retrovisor a su jefa, pero se contuvo. Ya tendría oportunidad de hacerlo más adelante sin despertar sospechas.

Malinalli sabía, bien que sabía, el deseo mal disimulado en el chofer y le llenaba de un placer que le recorría los muslos. Siempre era la misma sensación al saberse deseada, pero hasta la fecha no había dado oportunidad a nadie, hombre o mujer, ya que una indiscreción o desliz de este tipo podría ser un retraso en las aspiraciones del marido y, más importante aún, en las de ella. Se puso de nuevo el collar dejando que la última vuelta cayera libre en sus senos y sintió una ligera erección en sus pezones al sospechar la mirada de Filiberto en ella. Sin darse cabal cuenta, rozó sus muslos uno contra el otro para sentir un poco de más calor entre ellos. Levantó con coquetería la vista y la enterró en la nuca del hombre, tratando de que con ello mirara por el retrovisor y ella disimulara que no se daba cuenta al ponerse los aretes.

El chofer no cayó en la trampa, pero eso no la des-ilusionó. Al contrario, sus pezones se pusieron más duros y, con naturalidad fingida, metió una mano entre la blu-sa, como pretendiendo acomodar el brasier. Sin embargo, su intención era acariciarlos por un momento, de manera que fueran notables cuando llegaran a su destino y así tanto él como todos en el sitio se dieran cuenta y desper-tara un poco de deseo y celos en algunas asistentes.

El auto llegó a la puerta principal. Filiberto descen-dió, fue a abrir la portezuela y al salir su patrona se perca-tó de que le dejaba ver por una fracción de segundo lo que escondía para todos y tan sólo de imaginarlos la sangre se le enardeció. «De plano, tengo que ir a por putas y coñac hoy sin falta, carajo, ¡qué buena está!», dijo para su coleto al cerrar la puerta mientras que con la poca discreción que podía disimular le veía las nalgas moverse, con ese ritmo cadencioso que ponía a quien la miraba nervioso.

Malinalli reía para sus adentros con su pequeña broma, mientras imaginaba la cara de deseo del chofer. «Un día de estos soy capaz de darle gusto y aventarnos un rapidito en el asiento de atrás, nomás para ver si es tan cumplidor como se siente», pensó mientras dirigía una sonrisa afectuosa a una mujer que le saludaba agi-tando el brazo derecho desde una mesa donde había una silla vacía esperándola. A su paso, el cuchicheo, similar al zureo de las palomas, no se hizo esperar y ella se dejó desear sin dirigir la vista a nadie en particular, pero con el anhelo en su interior de poder encontrar a alguien que le hiciera sentir eso que su marido no podía, ni podría, aunque se leyera de *pe* a *pa* el *Kamasutra*, o cualquier libro similar para dar placer sexual a la pareja. Su marido era muy plano y falto de imaginación, al menos eso le parecía. Agitó la cabeza para despejar esos pensamientos y concentrarse en lo que había ido a hacer, pero con la idea ya plantada en la mente de buscarse un querido o querida, que estuviera dispuesto a experimentar, ¡qué caray!, para encontrar placer por lo menos una vez en su vida.

Saludó de besos en la mejilla a quien le esperaba y graciosa y zalamera al resto de la mesa. Con estudiados movimientos, se desabotonó el saco, subió un poco la falda, acomodó la silla de tal forma que al sentarse y cruzara las piernas pudieran ser admiradas desde diferentes secciones y se regodeó con el efecto producido. Poco a poco, el murmullo de las conversaciones fue disminuyendo para abrir paso a la lectura de bienvenida a cargo de la presidenta del Comité Pro-Indigentes y Niños sin Hogar, doña Venecia Camposanto y de Venegas, mujer entrada en años, alta y seca de quien se murmuraban tantas cosas, así como de su fortuna, que se había convertido en un mito a nivel nacional. Nada de eso había mermado su posición y reputación, sino todo lo contrario. Aunado a ello, nunca se había tomado la molestia de desmentir ninguno de los rumores.

—¿Para qué? Si la gente va a hablar de mí, de todos modos que digan lo que quieran, que al final, yo soy yo y listo —contestaba con sonrisa maliciosa, siempre que el o la periodista del momento le entrevistara, ya fuese para la prensa, la radio o la televisión.

Los rumores iban desde que era descendiente directa de algún conquistador español hasta haber sido amante de más de uno de los presidentes posrevolucionarios, sin dejar de incluir en la lista numerosos artistas de cine, televisión, radio, nacionales y extranjeros; incluso ponían en juicio la dudosa identidad sexual de la «doña», como la llamaban todos: desde lesbiana hasta hombre disfrazado de mujer. Todas las especulaciones se debían a su voz ronca y que ella aducía al hecho de fumar sólo habanos desde temprana edad. La realidad era que nadie tenía certeza alguna, ni la tendrían ya que no había descendencia conocida y parecía ser inmortal porque tenía más de setenta años presidiendo el comité.

Por su parte, Malinalli poco a poco fue dejando de escuchar el discurso y se perdió en sus propios recuerdos familiares. Sus padres pertenecían a la clase media alta, sea lo que sea que eso signifique, de una de las provincias de la república, pero habían venido a menos después del fin de la última guerra mundial, cuando el latrocinio gubernamental, disfrazado de socialismo demócrata, les quitó la herencia familiar, en diferentes momentos a ambos. Su padre, había emigrado al norte como bracero. Sin embargo, al poco tiempo se dio cuenta del gusto incontrolable del anglosajón por comer, en cualquier época del año, lo que llaman «*ice cream*» que él en cristiano tradujo como mantecados. Con el capital que había reunido y, sobre todo, huyendo de condiciones de vida peores que los de la peonada o de los mayas en Yucatán durante el Porfiriato, puso una pequeña nevería con las recetas familiares de la bisabuela, quien era muy dada a preparar en ocasiones especiales helados, mantecados y nieves de diferentes y exóticos sabores para los invitados y familiares.

Al poco tiempo, el negocio creció y pensó en diversificar los ramos de negocios, siempre con base en eso que los blancos no estaban dispuestos a hacer, abriendo primero una agencia de limpieza de casa y oficinas, y después servicios de jardinería. Maximino Axola de Lizardi, el nombre de su padre, se vio pronto en la necesidad de tener más ayuda para manejar tres negocios que florecían y, sobre todo, redituaban como no lo había imaginado. Eso le llevó a poner un anuncio escueto y en español en el periódico local:

> Se busca contadora bilingüe. Interesadas, presentarse en horas de oficina, en la nevería Los Coloraditos, con currículum vitae y una fotografía.

A los dos días de publicado el anuncio, no había encontrado a la candidata perfecta. Buscaba alguien que no sólo hablara ambos idiomas, sino que fuera capaz de escribir y leer con pulcritud y corrección ambas lenguas. Al quito día, llegó ella: Bimorí Sotomea Guzmán, alta, de mirar claro, pero con una firmeza inusual, cabello largo y negro como la noche anudado en dos trenzas que le caían hasta la cadera. Los pómulos grandes y quijada cuadrada enmarcaban un rostro de una belleza mestiza como nunca había visto, ojos color miel, cejas rectas, labios gruesos y de sonrisa fácil, cuando se lo proponía. Vestía una blusa rosada, pegada a los senos torneados y medianos, con las caderas anchas, con un par de muslos dibujados bajo la falda que le llegaba a media rodilla y dejaban ver unas pantorrillas cubiertas en medias de seda y zapatillas de aguja mediana. Para colmo de éxtasis, contaba con un olor a jazmines que impregnó la pequeña oficina donde hacía las entrevistas.

—Todo se me olvidó en ese momento —solía contarle Bimorí a Malinalli cuando ella les pedía que le contaran la historia de su romance una vez más y que ellos con paciencia y diversión lo hacían.

—Me le quedé mirando como hechizado, después supe que su apellido significaba «matar con un hechizo» —decía su padre con una sonrisa maliciosa, mientras miraba embelesado a la esposa, que le respondía con una ligera sonrisa que aumentaba su belleza mestiza—. No sabía dónde estaba ni quién era o qué hacía esta especie de diosa en mi oficina. Sin conocer nada de ella, le ofrecí el trabajo y más tarde, mi corazón, para siempre. Ella, muy práctica, me enseñó su diploma universitario mexicano, la foto ya no fue necesaria porque se me grabó toda ella en el corazón, pero la guardé en mi cartera más tarde cuando ella se fue. Le pedí que regresara al día siguiente para una pequeña prueba, pero era más para poder verla de nuevo. Lo hizo tan bien, pues tenía el poder de lograr que la gente hiciera lo que ella quería, que los tres negocios crecieron sin ningún problema.

»A los pocos meses, le propuse matrimonio, así sin preámbulo y, para mi sorpresa, me aceptó. Unos años después, llegaste tú a nuestras vidas y decidimos regresar al país que habíamos abandonado por necesidad, más que por gusto, y aquí estamos.

—Lo que tu padre no te dice es que yo me moría de nervios cuando lo vi. Todo serio, mirándome directo a los ojos sin parpadear. Pensé que me iba a decir «gracias por venir y hasta pronto». Pero nada, sólo me miraba y yo más nerviosa. Jamás me había sentido así. Me gustó para que fuera mi hombre para siempre y cuando me di cuenta lo que había pensado me asusté. Y mira, al final, así pasó todo.

El resto de la historia era como para una novela del romanticismo del siglo XIX, pero con un final feliz: sus padres ahora eran mayores, gozando de su amor en una orilla del mundo, esperando tan sólo que les diera muchos nietos, lo que ella no estaba muy segura de lograr, aunque estaba dispuesta a hacerlo.

Una ovación le hizo despertar del sueño en que se encontraba. Parpadeó varias veces para recordar dónde estaba y se percató de que empezaban a servir el desayuno que aparecía en el menú de color blanco inmaculado, colocado en el centro de mesa. Aplaudió un poco, se concentró en la conversación de sus vecinos de mesa y buscó la forma de soltar aquí y allá el nombre de su esposo tratando de lograr y amarrar alianzas con las esposas de algunos de los personajes importantes de la capital, así como con las mujeres que ocupaban puestos de toma de decisiones en el mundo de la política. Un par de horas después salió, buscó su auto con la mirada y descubrió a Filiberto listo junto a la portezuela que daba a la acera para dejarla subir.

Se arrellanó en el asiento trasero y con un escueto «a casa», cerró los ojos para seguir pensando en el futuro que estaba tratando de forjarse para sí misma, sin imaginar la sorpresa que le deparaba el destino en unas cuantas horas.

III
EN EL DEPARTAMENTO PARA CABALLEROS

erminó de vestir los maniquíes y alinearlos a lo largo del pasillo central que recorría el departamento para caballeros. Con mirada experta, repasó cada uno y sintió que había cumplido con esmero y perfección su trabajo. Lo que la jefa de piso pensara o no le tenía sin cuidado; él quería impresionar a *los de arriba*, con la esperanza de ser él quien tomara la posición de «la inútil esa», epíteto que usaba en las últimas horas para referirse a su jefa. Pronto escuchó el taconeo desigual de sus pisadas al aproximarse donde estaba. Sintió el amargo de la bilis subirle hasta el paladar. Deseó tener un poco de té a la mano para pasar el mal sabor de boca, porque en lo que a ella se refería no la pasaba ni con una botella de ron bebida de un solo trago. Suspiró y se dispuso a esperar el mal rato que anticipaba.

—Desde Saturno no se ve mal el pasillo, señor Mascota, pero la línea de la derecha es más larga que la izquierda. A ver si se fija en lo que hace y lo arregla…, pero rapidito porque los jefes no tardan en llegar.

Reprimió una blasfemia y, en el tono más impersonal que pudo, le respondió:

—Si se fija bien, la fila de la derecha es más larga por el recodo que hacía la izquierda, pero veré qué hacer.

Sin dignarse a mirarla se dirigió al lugar mencionado, sin la intención de hacer ninguna modificación, sino más bien de alejarse de la bruja que le amargaba ya toda la mañana. Seguro el almuerzo le sabría a todo menos a comida.

Cinco minutos después, vio llegar a los supervisores de la tienda. Las mujeres venían adelante, en grupo, hablando sin parar, mientras los hombres las seguían callados, viendo a su alrededor perdidos en sus pensamientos. No estaba seguro de la impresión que provocaría su exhibición, pero esperaba con confianza un par de palabras de halago, lo que le cambiaría el humor de perros. «¿Dónde habrán inventado esa expresión?», se preguntó, mientras se daba cabal cuenta del estado en que se encontraba.

Las mujeres se pasearon por en medio del corredor, mientras que los hombres se plantaron a ver el conjunto entero. La jefa de piso se paseaba de unos a otros, haciendo derroche de falta de gracia y tacto como él pensaba que hacía siempre. Por fin, ella lo volteó a ver después de escuchar con atención a uno de los supervisores y le hizo una seña para que se aproximara.

—El señor Martínez quiere hablar con usted, Ulises —le dijo, mientras señalaba con la cabeza al susodicho jefe.

Él no resistió la tentación de corregirla:

—«Señor Mascota» para usted, aunque se demore más. Después, sin mirarla de nuevo, se dirigió rumbo donde lo esperaban.

—Muy buen trabajo el que ha hecho, eh. ¿Mascota, verdad? Sí, Mascota. Nos agrada cómo ha logrado el efecto que esperábamos. Va por buen camino. Siga así y muy pronto tendrá nuevas nuestras.

Una de las mujeres se aproximó a él y, dándole una palmadita en la espalda, confirmó lo dicho por su compañero.

—En efecto, señor Mascota. ¡Gran trabajo! Cuando tenga unos minutos, hable con mi secretaria, la señorita Gómez, y ella le hará una cita conmigo para hablar de su futuro. ¿Siete años con nosotros verdad? ¡Genial! No deje de hablar con ella. Lo veré pronto, espero.

Dieron todos media vuelta rumbo a la salida. Él se dio cuenta de que no dijo «esta boca es mía», pero por dentro sentía felicidad desbordada al adivinar el coraje que la futura ex jefa de piso estaría haciendo al adivinar lo que había acontecido. Se sintió como pavorreal. No era para menos: por fin verían que él tenía más tacto con los empleados y sobre todo con la clientela. Más importante aún: veía un aumento en su salario, lo cual le permitiría hacer las compras que necesitaba para actualizar su ropa de diva nocturna; la Mata Hari tendría nuevo vestuario y eso le llenó de secreto placer, sobre todo cuando se vio actuando solo y en exclusiva para su Coqueto.

Dieron las doce. Se enfiló rumbo a los casilleros donde los empelados dejaban sus enseres personales y estaba el reloj chequeador. Insertó su tarjeta y abandonó la tienda por la puerta de empleados, no sin antes dar una cabezada de despedida al guarda que revisaba las identificaciones de cada empleado al entrar o salir y, sobre todo, los bolsos de mano para asegurarse de que a nadie se le había *pegado* algo de la tienda.

No tenía mucha hambre, pero deseaba beber algo para celebrar, así que se dirigió a una de las cantinas cercanas. Le pareció buena idea beber una cerveza y comer algo de la botana que servían.

Se sentó en una de las mesas que había en los portales y el mesero, muy atento, le extendió el menú del día. Ordenó una cerveza clara y clavó la vista en la carta para ver qué se le antojaba. Se decidió por unos tacos de carnitas y guacamole que ordenó cuando le trajeron su bebida. En ese momento, se fijó en el mesero y lo observó con la boca semi abierta. «¡Pero qué chulada de chamaco!», pensó, y se prometió volver más seguido por ahí. Si las cosas no funcionaban con el Coqueto, ese jovencito podría sustituirlo con creces. Sonrió para sus adentros pensando en su infidelidad de pensamiento y remató la idea: «Total, no estoy tan seguro de que el otro me sea fiel todo el tiempo. Ya veremos». Le trajeron la cerveza y dio un pequeño sorbo manteniendo el hilo de su monólogo: «Pero no, sí me quiere y me es fiel, uno aquí de *facilote* pensando en lo que no debe, pero estar a dieta no impide ver el menú… Debo impedir estas ideas de infidelidad…, a menos que me consten, claro».

A media cerveza le trajeron la comida que masticó con calma; pidió la cuenta y dejó una propina razonable, con el secreto deseo de regresar en otra oportunidad, aunque fuese sólo para echarse un taco de ojo.

Se apresuró a llegar a la tienda, chequear tarjeta y buscar a la secretaria que le habían mencionado para hacer su cita. Sacó goma de mascar antes de hablar con la señorita Gómez y esperó con paciencia el llamado de la mujer en el sillón que le ofrecieron a que ésta le llamara.

IV
EN LAS OFICINAS
DE LOS CONCEJALES

argarita del Rosal y Buenrostro tomó su lugar detrás de su escritorio, justo frente a la puerta de la oficina del concejal. La antesala donde se encontraba estaba pintada de un color blanco ostra que, según los psicólogos, creaba en el subconsciente una sensación de apertura, imparcialidad, creatividad y paz, como se lo habían vendido al flamante representante público:

—Todo aquel que entre estará de inmediato en la disposición de ánimo que le conviene, desde sus compañeros y rivales hasta la gente que venga a entrevistarse con usted por cualquier razón.

Ella odiaba el color. Se le hacía plano, sin chiste; lo que menos le inspiraba era paz y creatividad, pero se guardó muy mucho de hacer comentarios al respecto y decidió que lo mejor era poner algunos cuadros: pinturas o fotografías de la campaña nacional e incluso algunas famosas de la ciudad, entre ellas de los muralistas y pintores reconocidos de fama mundial. Poco a poco, el blanco quedó en el recuerdo y las imágenes predominaron tanto en la sala de espera como en la pared interior del despacho del concejal.

La gente apreció más eso que el mentado color blanco. Recibió las felicitaciones del funcionario y varios de sus colegas por el buen gusto y patriotismo de su decoración. Más de uno, en la envidia profesional, le habían propuesto el cambio de servicio, pero ella contestaba con voz dulce, y una sonrisa aún más, que le era fiel al concejal hasta donde llegara. Por supuesto, esto llegó a oídos de su jefe, quien le aumentó el sueldo en forma discreta. Así, se decidió a mantenerla junto a él todo el tiempo posible, incluso si llegaba a ocupar la «silla del águila», como se conocía a la que se encontraba detrás del escritorio presidencial por tener dos águilas rampantes coronando el respaldo, sueño y aspiración de todos los políticos nacionales.

Abrió la agenda y tachó la primera actividad de su jefe para ese día. El desayuno con líderes sindicales a las nueve de la mañana había dado resultados positivos, ya que los asistentes habían confirmado su respaldo para su próxima campaña buscando un escaño a nivel federal.

Sacó de la gaveta inferior derecha un par de libros infantiles para la visita programada a una de las escuelas primarias más populosas en su representación. Después de retocarse un poco el peinado y asegurarse de que los labios no hubieran perdido color, se levantó, alisó la falda disponiéndose a entrar al despacho de su jefe. El hombre no sospechaba de su preferencia sexual; de vez en cuando le hacía indirectas que ella no tomaba como acoso, por ahora. Prefería mantener a su jefe con ese deseo carnal insatisfecho, como parte de su estrategia para su propios fines. «Esa carta la usaré en su momento, por ahora me basta que sepa que esta manzana no es para él», pensó, mientras giraba el picaporte de la puerta para entrar, con la intención de ser lo más seductora posible.

—Señor concejal, es casi la hora de ir a la escuela primaria. Me tomé la libertad de escoger estos dos libros para que seleccione el que le parezca más apropiado. Ambos son de autores nacionales y tratan un tema muy similar: la resiliencia después de sufrir un contratiempo.

»Los concejales con quienes tenía concertado su almuerzo para hoy llamaron para disculparse y tratar de reagendar la cita para más tarde. Ambos se ofrecieron a pagar el coste del mismo, ¿qué debo contestar?

El concejal la miró lleno de deseo reprimido, sin poner mucha atención a lo que le decía. Ella lo observó, entonces, con calma y algo seductora. Esperó de pie ante el escritorio sabedora de que la miraba con codicia. Con naturalidad, se llevó la mano al chal que le cubría tanto la espalda como los hombros, y enseguida se cubrió los senos al tiempo que depositaba los libros en el escritorio. Sólo entonces el concejal reaccionó y ella, con un sencillo «lo que usted crea pertinente», respondió en un murmullo. Después alargó la mano y tomó ambos libros para hojearlos. Se decidió por el segundo, un libro que usaba animales como personajes, y se lo entregó.

—Creo que este es una buena opción. Déjeme saber cuando el auto esté listo y si no hay algo importante que hacer aquí, usted me acompañará. Ya sabe que estar entre tanta criatura me saca un poco de quicio, pero con usted a mi lado me he de tranquilizar y nadie se dará cuenta.

Después de una pausa, añadió:

—Se ve usted muy linda hoy…, lo digo sin afán de ofenderla, claro.

Ella esbozó una sonrisa muy coqueta.

—¡Ay, señor! Qué cosas dice —musitó.

Luego giró sobre sus talones y acentuó el movimiento de sus caderas al dirigirse rumbo a la puerta del despacho. Giró el rostro, le sonrió mirándolo directamente a los ojos y cerró la puerta con suavidad.

«Pinches hombres, todos son iguales, por eso prefiero a las mujeres», pensó, mientras se sentaba tras su escritorio, tomando el teléfono móvil oficial. Después de usar su contraseña, envió un mensaje de texto al chofer para que tuviese el auto listo para partir. Añadió la dirección de la escuela y le pidió que le avisara cuando todo estuviese en marcha.

Cinco minutos después, vibró el celular y, descolgando el teléfono, pinchó la extensión del concejal para informarle que todo estaba a punto para partir. Colgó, se levantó, tomó su bolso y se dispuso a esperar la salida de su jefe del despacho.

Poco después, ambos abordaron el automóvil que los llevaría a la escuela. Iban en silencio, sentados uno junto al otro. Con el libro abierto, en apariencia él trataba de practicar la lectura en voz alta, con la intención de dar la correcta inflexión a su voz en cada palabra. En el fondo, en realidad intentaba distraer su mente del olor que emanaba de ella —algo así entre vainilla y lavanda—, lo cual esta vez lo inquietó más de lo normal. Trató de concentrarse en la lectura, pero su vista se dirigía constantemente rumbo a los muslos firmes y bien delineados de su secretaria, cubiertos hasta la mitad por la falda de corte impecable que vestía ese ese día.

Detrás del volante, el chofer no dijo «esta boca es mía». Mantuvo la vista clavada al frente, pero si alguien tenía la facultad de leer la mente, se daría cuenta de los deseos carnales que lo llenaban en ese momento y, al mismo tiempo, de resignación: «Esa pulga, jamás brincará en mi petate», terminó pensando con una ligera sacudida de cabeza y emitió un resoplido, semejante a un toro a punto de salir del burladero para enfrentar su destino final.

Ella disimulaba la tensión hojeando uno de los tantos periódicos nacionales. Al final era la encargada de hacer un resumen sobre cualquier nota que pudiera afectar o interesar al concejal, pero con fingimiento y llena de naturalidad, se arrellanaba en el asiento. De tal forma, sin previo aviso al cruzar las piernas, la falda descubrió más de ellas lo cual la llenó de ese placer cuasi sensual que sentía al saberlas hermosas. El concejal percibió con el rabillo del ojo el movimiento y bufó para sus adentros el deseo que le despertaba su secretaria, lo cual ocasionó que pronunciara mal una palabra y tuviera un ligero acceso de tos. Ella, sabedora de lo ocurrido, actuó con astucia sin darse por enterada. Con voz ansiosa, le preguntó si todo estaba bien y si deseaba un poco de agua, alargándole una botella de plástico con el precioso líquido que había destapado con anterioridad para ella. Él respondió negativamente con la mano, pero cambiando de opinión, tomó la botella rozándole los dedos de la mano y bebió un largo sorbo.

Unos minutos después, llegaron a la escuela. En el portón principal, encontraron a una de las maestras que les aguardaba para llevarlos a la oficina del director y de ahí al salón de clase donde el concejal haría la lectura.

V
EL LARGO BRAZO DE LA LEY

Entró al despacho del comandante Mondragón y sin esperar la invitación se sentó en la silla que había frente a él. Se miraron por unos segundos sin decir palabra, como estudiándose. Tenía poco más de un mes que lo habían trasferido a esa delegación y las reputaciones tanto de uno como del otro se les habían adelantado. Dicharachero, mujeriego, muy político, con una mirada retorcida y una sonrisa que pretendía ser angelical, pero más peligrosa que el mismo diablo, se rumoraba que en las cachas de sus pistolas ya no entraban más marcas de la cantidad de muertitos que le guindaban en la reputación y que nunca se preocupaba por desmentir. Todo ello hacía de su superior un hombre de peligro, ya que todos sabían que *le picaban* los dedos para desfundar por cualquier «quítame de ahí esas pajas». Así que optó por esperar qué le tenía preparado ese día.

La mirada intensa y la sonrisa en la que no confiaba ni su propia madre llegaban a raudales desde el otro lado del escritorio. Se sentía analizado y sopesado, como si tratara de definir qué tipo de hombre era. Mondragón no las tenía todas consigo. Sabía las causas del traslado de Marat a su demarcación: alcohólico y no anónimo de facto, todos conocían los logros y la caída de su nuevo subalterno. Se había infiltrado en uno de los carteles de la droga más peligrosos del país en uno de los estados de tierra caliente y costeño. Eso le había llevado a extremos que pocos podían imaginar y soportar. El costo fue grande. Perdió a su familia de la que fue separado con su consentimiento para protegerla. Nunca supo dónde estaba o su nueva identidad, por más que hizo para localizarla, una vez terminada su misión.

Esa frustración, aunada a la adicción a ciertas drogas químicas y al alcohol, lo llevaron a perderse más de seis meses sin que nadie en ningún departamento oficial de inteligencia o no supiera de su paradero, hasta que un buen día se apersonó ante su viejo supervisor, quien ya lo daba por muerto y bien servido. Ante la sorpresa de verlo *vivito y coleando*, le propuso la transferencia a una nueva delegación donde nadie lo conociera y, enviándolo con unas palmaditas en la espalda, tomó actitud de «si te vi, no te conozco».

—Muy bien, Marat. Así que decidió acompañarnos el día de hoy. Esa colonia que usa el día de hoy es un tanto penetrante, pero… En fin. Mientras conserve la cabeza en su sitio y desempeñe la misión que voy a encargarle, no me interesa cuántas más se tome a lo largo del día. De hecho, para esta misión, creo que va ni pintada.

»Se han llevado a cabo una serie de robos a diferentes comercios pequeños de abarrotes y nadie dice ni pío. Todo indica que es una misma pandilla, pero no estamos seguros. Su misión es apersonarse disfrazado de civil por los diferentes sitios atracados, tratar de recaudar la información necesaria para arrestar a esas molestas ratas que me están molestando y han llegado a oídos superiores. Ya me tienen hasta la madre con sus quejas y comentarios de que no hacemos nada por resolverlo. Además, se aproxima la época electoral y todos los *suspirantes* andan como locos tratando de granjearse el amor del *respetable*, para que, una vez electos, se olviden de ellos, pero... Ya conoce usted la cantaleta, así que no se la voy a tararear.

»Le encargo esta misión por dos motivos: el primero, muy sencillo, a usted no le conoce nadie por estos lares; el segundo, igual de sencillo, porque su reputación de saber infiltrase y pasar desapercibido en cualquier lado le precede y le ha dado gran renombre dentro del cuerpo...

Marat lo miró dudoso de si estaba siendo sarcástico o no. Si llegaba a sentir como certeza lo primero, los días del comandante estaban contados. Nadie se burlaba de él. Si era lo segundo, lo tomaría como una muestra de respeto. En esas estaba cuando Mondragón continuó:

—... y se lo digo con todo el respeto que merece. Hacer lo que usted hizo no es fácil y es sólo para hombres muy hombres.

Ambos respiraron con más soltura después de eso.

El comandante desplegó ante él un mapa delegacional cargado de crucecitas que señalaban los lugares de los atracos. Después, abrió una de sus gavetas, sacó un celular de recarga, una pistola treinta y ocho especial, una caja llena de balas y, doblando el mapa, le entregó todo. Enseguida le dijo que empezara su investigación lo antes posible y le informara seguido de sus avance.

—El teléfono tiene mi número directo programado, por cualquier cosa que se le ofrezca.

Así dio por terminada la reunión. Marat tomó las cosas, de espacio se levantó de la silla, se cuadró por pura formalidad y salió de la oficina de Mondragón. Al llegar a la puerta se retuvo y, sin volverse, preguntó:

—¿Alguno de esos me va a ayudar? ¿Tengo un escritorio asignado?

—Vea al oficial Giménez. Ese es su chalan por ahora. Le dirá cuál es su escritorio y le ayudará en lo que precise. Le agradezco que me recordara esa minucia.

Salió y cerró la puerta tras él. Paseó la mirada buscando al tal Giménez, que resultó ser un joven imberbe de poco más de veinticinco años de edad. Le pareció que podía ser todo menos policía, lo que en cierta forma le cuadró para la misión que le habían encargado. Se llegó a su subalterno, se presentó, preguntó por su escritorio y le sorprendió ver toda una carpeta llena de información sobre los atracos: lugares, nombres de los comercios, dueños, encargados, horarios, etcétera. Todo estaba ordenado con una pulcritud y claridad que le hicieron sonreír. Después emitió un silbido aprobatorio.

—Detective, toda la información que hemos podido recaudar está en ese dosier. Una vez que termine de examinarlo, si tiene cualquier pregunta, déjeme saber. Estoy para ayudarle en toda esta diligencia. Conozco esos barrios porque en ellos crecí, pero tiene unos años que me cambié a otro en una zona diferente de la ciudad. En ninguno de ellos saben que soy policía, ya que cuando me mudé estaba en la preparatoria, así que creo poder ayudarle; no de incógnito, por supuesto, pero con una identidad laboral diferente.

Dio media vuelta sin esperar respuesta. Se dirigió a su escritorio, ordenado y pulcro, como nunca se había visto, ni se veía, en ninguna demarcación de policía.

Marat emitió un ligero silbido que cualquiera podría interpretar como de sorpresa, pero nadie se molestó en girar la cabeza. Todos estaban ya acostumbrados al extraño lenguaje, maneras y hábitos del oficial Giménez. Meneó la cabeza y se dirigió a su escritorio, donde pensaba leer el documento que en forma pomposa había llamado «dosier». Sin embargo, cambió de opinión y fue a la mesa donde había café, tazas, azúcar y, deseando tener una anforita de ron a la mano, se sirvió un poco. Sólo después de ello, fue a su mesa y empezó a hojear lo que le habían entregado. El orden y el detalle de la información que le entregaron le sorprendió y se abstuvo de silbar una vez más.

Leyó con detalle cada página y, en conclusión, anotó lo siguiente:

Diez abarroteras asaltadas. Promedio por atraco: 5 mil pesos.

Diez carnicerías asaltadas. Promedio por atraco: 8 mil pesos.

Quince vinaterías asaltadas. Promedio por atraco: 15 mil pesos, más 20 cajas de doce botellas de diferentes vinos y licores (aquí sintió una sed devoradora y las ganas de largarse a la cantina más cercana).

Tres papelerías asaltadas. Promedio por atraco: 3 mil pesos.

Abrió el mapa de la delegación, doblado en ocho partes, y lo analizó con calma. Cada lugar, dependiendo del giro, estaba marcado con un color diferente. En otra hoja las horas estimadas de cada asalto, así como las fechas cuando habían sucedido. Le seguían páginas resumidas de las declaraciones de los dueños, dependientes y testigos. Como siempre, nadie sabía nada, ni tenían idea de quiénes podrían haber sido los asaltantes.

El hecho de que todos los criminales usaran máscaras quirúrgicas no ayudaba mucho tampoco. «¿Cómo carajo pretende Mondragón que resuelva esta mierda?», pensaba, al tiempo que se terminaba el café. Miró la hora: las dos de la tarde. «Ya hace hambre», se dijo y, uniendo el pensamiento a la acción, se levantó de su escritorio. Con la mirada buscó a Giménez, quien estaba enfrascado escribiendo en el computador.

—Oficial Giménez, deje lo que sea que está haciendo y acompáñeme.

Sin esperar respuesta, se dirigió al elevador y presionó el botón para dirigirse a la planta baja. Después de un par de minutos se abrió la puerta. Entró, al tiempo que su nueva pareja de trabajo se paraba detrás de él. Pulsó el botón PB y sin otra cosa más importante en qué pensar se dedicó a mirar la transición en el números de los pisos. En un par de ocasiones se abrieron las puertas para dar paso a diferentes empleados. El ascensor se llenó, de manera que impedía la libertad de movimiento. Al llegar a su destino final, en unos segundos se vació y todos salieron a la calle donde la luz solar los deslumbró por unos segundos.

—¿Dónde hay un buen lugar para comer, Giménez? Y piense en uno donde se pueda beber, además de cerveza, algún ron o de jodido unos tequilas.

El aludido lo miró un tanto sorprendido, pero ni un solo músculo de su cara se alteró.

—Sobre la calzada Zaragoza hay uno de esos que usted dice, detective Marat. Hay buenos tacos surtidos, platillos típicos nacionales y venden alcoholes. Sígame *nomás*, no está muy lejos. Podemos ir caminando.

Echaron a andar y no tardaron en llegar a una cantina del tipo tradicional: vieja casona colonial de dos plantas, con la fachada pintada de blanco. El segundo piso contaba con tres ventanales con balcón enrejado y ventanas de madera; la azotea, con el típico diseño de desagüe y como protección un barandal con columnas pintas en rojo ocre. La puerta de entrada, en cuyos costados había dos arcos con columnas dóricas del mismo color que las del barandal, era de madera tallada con un intrincado diseño amorfo, justo a la mitad del arco central, dejando un espacio entre la entrada y la calle que daba la sensación de estar en una especie de portal. En ese momento, en esa suerte de vestíbulo, tres mesas se encontraban desocupadas. El nombre de la cantina llamó la atención de Marat: La Caminera.

Traspasaron el umbral y, para su sorpresa, la penumbra interior era bastante agradable. Frente a ellos estaba una barra larga que parecía de caoba, con bancos largos de madera y los bancos forrados de piel. Además del espacio amplio entre la barra y la puerta que contenía varias mesas para un promedio de cuatro comensales, había a los costados dos áreas más a las que se podía acceder tras pasar debajo de un arco. Eran tan amplias como la principal. En las paredes, enmarcadas, había fotografías de la época de la más reciente revolución y algunas copias de pintores famosos de principios y mediados del siglo pasado.

Algunas mesas estaban ocupadas por turistas extranjeros; otras, por nacionales; algunas más, por gente del barrio.

—Muy agradable el lugar, Giménez. Creo que vendré con regularidad. Se ve formal el ambiente, pero al mismo tiempo muy relajado.

—Así es, detective. Vengo con regularidad. Me gusta la comida y puedo leer a placer sin que me moleste ni el ruido o los músicos que llegan por la tarde: mariachi, marimba o tambora. Claro que en ciertas horas se llena de turistas y no faltan las que ahora llaman *escorts*, pero el ambiente familiar prevalece. En general, son muy discretas o discretos. Ya ve que hay de todo en este mundo.

LIBRO III

Que sigue al anterior y narra las andanzas
de los actores durante la tarde-noche del primer día

I
SORPRESAS TE DA LA VIDA

El monótono tic tac del reloj comenzaba a sacar de sus casillas al Coqueto, pero más aún el hecho de que la Güirigüiri no le hubiese llamado. Estaba seguro de que no tendría que esperar mucho por el repiqueteo del móvil; sin embargo, el silencio era total: había revisado que el teléfono estuviese encendido, el modo de vibrador activado y con pila suficiente, pero todo estaba en orden. «¿Será que me está fallando ya el golpe de vista?», se preguntó un tanto desconcertado por la situación.

No tuvo mucho tiempo para seguir el tren de sus ideas. Un hombre que esperaba ser atendido se encontraba parado frente a él. Lo miró sin interés, trató de dibujar su mejor sonrisa, aunque el tic le hacía ver todo como película muda de finales del siglo diecinueve, con la diferencia de que lo que miraba era a colores y con audio incluido. Preguntó en qué podía servir al cliente y comenzó a registrar la transacción: un pago de la nómina de uno de los negocios cercanos al banco. De tal modo, debía contar varios cientos de miles de pesos, lo que le distrajo de sus pensamientos pesimistas y, poco a poco, mientras contaba los billetes y monedas, recuperó un poco esa confianza que había perdido en sus métodos de seducción.

Metió el dinero en la bolsa gris, con cierre de crema-
llera y candado que le había entregado el cliente. Enseguida firmaron los documentos de rigor para esos casos
y justo en ese momento el teléfono celular en su bolsillo
comenzó a vibrar con tal fuerza que casi comete la estupidez de desatender al cliente por responder. Se contuvo
justo a tiempo. La supervisora había llegado a finalizar la
transacción, el cliente se despidió y ella se alejó rumbo a
la mesa de servicio. El móvil vibró una vez más después
de un corto silencio y, con cuidado, dándose unos aires de
don Juan, lo sacó del bolsillo del pantalón y con la voz
que le pareció más seductora contestó la llamada.

En efecto, la Güirigüiri estaba del otro lado de la línea y con voz nerviosa le explicaba la tardanza de la llamada: su madre no le había dado un minuto de reposo desde
que él se había ido. Por fin, luego de hacer un encargo,
aprovechó el momento para llamarle de uno de los pocos
teléfonos públicos que quedaban en el barrio. Se le escuchaba nerviosa, pero con mucha ansiedad de saber más
sobre la nota que le había dejado y, sobre todo, escuchar
las promesas que podrían llevarla a la libertad tan deseada, sin importar su destino. Lo que más hacía el caso para
ella era huir lejos de su madre, lo demás era lo de menos.

Se dio el gusto de tenerla en ascuas; sabía que eso
le mantendría el alma en un hilo, además de que no podía seguir hablando más tiempo. Por supuesto, no le dio
muchas explicaciones, pero sí muchas largas tratando de
asegurarse de que ella estaría pendiente de sus palabras.
La fila de clientes comenzaba a alargarse y precisaba cortar la llamada, así que le dio una hora y lugar para en-

contrarse no necesariamente en su casa. Al contrario, su plan, desarrollado mientras hablaba, era un tanto sencillo: llevarla a comer a un lugar de lo fino, abrumarla con un lenguaje *dominguero* lleno de promesas y, lo más importante, resistir la tentación de tocarla esa primera vez. Ya habría tiempo para ello y explotarla al máximo; en su imaginación comenzó a trabajar en esa seducción, posesión y abandono en no más de cinco días. La primera cita sería inocente, la segunda más intensa y, para la tercera, la haría suya a todo trance. «Un plan sencillo y eficiente», se dijo al colgar. La mosquita muerta iba a estar así, bien muerta por él y sus huesos.

Faltaba poco para que su turno llegara a su fin. Despachó a varios clientes sin que ninguno de ellos le llamara la atención más allá de lo cotidiano. Se aprestaba a comenzar el corte de caja, colocar recibos y otros papeles en los lugares acostumbrados, sin dejar de mirar el reloj para medir el tiempo que le llevaría llegar con calma al lugar de la cita pactada. De la nada, la supervisora se le acercó y sin más explicaciones le dijo que dejara de hacer lo que fuera que hacía y la siguiera a la caja de caudales de la clientela. No era una petición muy común. Estaba seguro de que en todos los años que llevaba de trabajar en ese banco era apenas la tercera vez que entraría en esa caja grandiosa, llena de tesoros prohibidos de ver y mucho menos de poseer, pero que le llenaban la cabeza y le enardecían el deseo carnal. Más de una vez imaginó dentro de ella gozar a algún cliente o clienta, lo que se terciara primero, rodeado de dinero, joyas y todas esas cosas que podía ocultar a los ojos del mundo un lugar así.

Bajaron en el ascensor tres pisos en completo silencio. Ambos miraban al frente esperando que se abrieran las puertas. Después de cruzarlas, se encontraba un pasillo tan angosto que sólo podía caminar una persona a la vez. Siguió a la supervisora hasta llegar a una reja que protegía la entrada a la bóveda principal. El área entre ambas era espaciosa ya que contenía una mesa rectangular de poco más o menos dos metros y dos sillas que estaban en las paredes adyacentes. En una de ellas les esperaba sentada una mujer joven, con el cabello teñido de rubio pajizo, que vestía un traje sastre color rosa.

El Coqueto la miró unos momentos y reconoció a la que había visto mientras esperaba a la guagua. La sorpresa le causó tal estupor que perdió la noción de dónde estaba y para qué estaba ahí, hasta que la voz de la supervisora lo trajo de regreso a la realidad. No era mucho lo que tenía que hacer: esperar a la señora de Baldón fuera de la caja principal, mientras ella entraba al lugar; en otras palabras, debía cerciorarse de que cerraba con su llave y la del banco la caja de seguridad, clausurar la bóveda, la reja y acompañar a la señora al piso superior. Las instrucciones eran cortas y concisas, así que no requería hacer preguntas. Le abrieron la puerta a la esposa del concejal, quien les dirigió una mirada de agradecimiento y con paso firme y cadencioso se dirigió al sitio donde estaba su caja particular.

La agente del banco abandonó el recinto y se dirigió al elevador donde se perdió de vista. El ojo izquierdo del Coqueto parpadeaba sin cesar a pesar de los esfuerzos que hacía por controlarse. La señora de Baldón no demoró mucho y con voz tranquila lo llamó. Se aproximó más nervioso de lo que se atrevía a confesarse y se daba a todos los diablos por eso. Además, sentía la sangre afluir entre sus piernas sin poder controlarla y, por un momento, temió que ella se diera cuenta de que estaba teniendo una erección. Se puso junto a ella, un tanto ladeado. Esperó que ella cerrara la caja y diera vuelta a la llave; después haría su parte del proceso. La miró por un momento, la vio sonreír con mucha flema y una oleada de deseo, vergüenza y todos los sentimientos se le atragantaron al unísono entre ceja, oreja, espalda, vientre y pecho. El corazón le latía tan rápido que pensó que le daría un ataque cardiaco. Sólo alcanzó a pensar: «Me lleva la chingada, nada más falta que me muera frente a ella».

Dio la vuelta y, sin decir ni pío, extendió la mano para indicarle el camino y dejarla pasar primero. La mujer pasó junto a él y su aroma a jazmines le terminó de trastornar el juicio. Balbució algo semejante a «después de usted» y se perdió viéndole las nalgas, las piernas, la espalda. Sintió que estaba por eyacular. Se giró justo a tiempo para cubrir la erección al cerrar la puerta del enrejado mientras se daba a todos los demonios por lo que le estaba pasando sin tener idea del por qué. Se alegró como niño con juguete nuevo al darse cuenta de que ella se enfilaba rumbo a elevador. La alcanzó, oprimió el botón al tiempo que, mientras esperaban que la puerta se abriera, le dijo con un hilo de voz:

—Dispense usted.

Entraron al elevador uno después del otro. Apretó el botón que los llevaría al primer piso e hizo un esfuerzo sobrehumano para controlar sus instintos que le ganaban la partida al sentir la proximidad de la mujer, su calor y su aroma. Ella, perspicaz como siempre, se dio cuenta de lo que pasaba y decidió ver hasta dónde podía llevarlo, sin saber que ese juego que estaba por emprender era más peligroso para ella, pues podría significar su perdición y su ruina. Sin embargo, es condición humana no pensar en todas las posibles consecuencias de sus actos... Esa vez no fue la excepción.

—Le agradezco mucho que se tome el tiempo de esperar y hacerme compañía —le dijo con su voz más armoniosa—. Sé que es casi el final del día laboral y debí venir antes, pero se complicaron ciertas cosas. Le pido que me disculpe.

No tuvo más remedio que girar la cabeza. La miró y deseó de todo corazón que el tic no se le acelerara más o al menos poder disimularlo lo más posible.

—Es un placer ayudarle, señora; además, es parte de mi trabajo. Por favor, no tiene nada de qué disculparse.

—Que galante de su parte, pero sí estoy un tanto apenada. Ojalá pudiera hacer algo para demostrárselo... —respondió y se dio cuenta de que había ido demasiado lejos.

Ahí fue Troya para el Coqueto. Una explosión junto con un terremoto no le hubiese causado tanta impresión. Sin pensarlo, ni tener bien a bien idea de lo que decía y con los sesos medio derretidos por el aroma a jazmines que llenaba sus pulmones, respondió lo que no olvidaría ni un segundo en los pocos días de vida que le quedaban:

—De ser así, me sentiría más que honrado si me permite invitarle a un café.

Después de eso, el silencio fue sepulcral y denso entre ambos, a tal grado que, de ser posible en forma física, se podría cortar con una navaja de afeitar. Para alivio de ambos, se abrieron las puertas del elevador. Salió primero ella. Ambos se escucharon exhalar un respiro de alivio, pero la suerte estaba echada y los dados rodaban sobre la mesa. Ella se dirigió a la puerta seguida por el Coqueto, que seguía sin recobrar el dominio de sí mismo y la seguía como si fuese un imán. De pronto se detuvo para verlo, buscó algo en su bolso, dio vuelta para enfrentarlo y le dijo con más prisa y nerviosismo del que había experimentado en su vida:

—Este es mi número. Llámeme mañana sobre las diez y platicamos.

Dio media vuelta sin volver la vista atrás y se perdió tras las puertas del banco que estaban por cerrarse.

II
LA ENTREVISTA

La señorita Gómez levantó la vista, tomó el auricular, marcó una serie de números y esperó que contestaran su llamada.

—Señora Monroy, el señor Mascota está en la antesala. ¿Desea que le dé una fecha y hora específica o prefiere recibirlo ahora que tiene usted diez minutos de tiempo antes de su siguiente cita?... Ya veo, gracias. Ya se lo comunico.

»La señora lo recibirá en un momento; se disculpa por el poco tiempo que tiene disponible, pero de ser necesario ella me avisará si debo agendar una nueva entrevista en el futuro.

Sonó el teléfono de su escritorio, descolgó y respondió con un breve «sí, señora». Después de colgar el auricular, le indicó con la mano que podía pasar al despacho de la gerente administrativa.

Mascota se levantó de la silla, se alisó el pantalón, se acomodó el nudo de la corbata y, con paso firme pero con todas las dudas del futuro, se dispuso a cruzar el umbral del despacho.

Le sorprendió la claridad que inundaba la oficina: las paredes eran de colores pastel y carecían de pinturas o fotografías. Había dos plantas vivas que crecían en sendas macetas, y un amplio escritorio con un par de cuadros que podía entrever por el anverso sin tener la más remota idea del contenido. Supuso que eran imágenes de sus familiares. «¿Hijos, marido, padres?», le cruzó por la mente. La sonrisa franca de la señora Monroy lo tranquilizó a medida que se aproximaba a la silla que le señaló. Se sentó y, con las piernas muy juntas y las manos en los muslos, murmuró:

—Buenas tardes, señora —y se dispuso a espera a que esta le dirigiera la palabra.

—Señor Mascota, gracias por venir tan pronto. Lamento que esta primera entrevista sea un tanto breve, pero tendremos tiempo de charlar y conocernos mejor en un futuro cercano, espero; claro que todo dependerá de que a usted le parezca atractivo lo que voy a proponerle.

»La idea central es contar con una persona encargada de los diferentes exhibidores en la tienda; no sólo en los pasillos, sino también en las diferentes vitrinas que tienen vista a la calle. Hemos visto su trabajo, no nada más con los maniquíes, sino también con la clientela masculina. Estoy más que segura de que nuestras clientas también acudirán a usted por su consejo en los diferentes atuendos y accesorios que tenemos en venta y exposición. Por supuesto, no esperamos que haga esto gratis, no, no. Sabemos reconocer el trabajo de nuestros empleados y promoverlos a los puestos donde pensamos que se desempeñarán mejor cumpliendo sus sueños y nuestras expectativas.

»No puedo en este momento decirle todos los detalles ya que debo hacer una propuesta formal, hablar con recursos humanos y esas cosas, pero le ofrezco una posición en la que usted será el jefe de exhibidores de todos los departamentos. Esto implica que tenga su propio equipo que además podrá seleccionar. No se apresure a contestar, no hay prisa. Como le digo, aún debo redactar esa propuesta. Si le parece, en un par de días podemos charlar de nuevo y, entonces, me dará su respuesta. Por lo pronto, su supervisora recibirá una notificación mía excusándole de sus labores regulares hasta nuevo aviso, lo que le dará tiempo a usted de recorrer con calma todos los departamentos y ver la magnitud de trabajo que le espera.

Lo miró sonriente, segura de la impresión que había causado en él la propuesta. Ella en especial tenía el deseo de formar un equipo que revitalizara las ventas en todas las áreas departamentales.

No podía salir del estupor. «Toda la tienda» era el único pensamiento que llenaba su cabeza; la creación de castillos en el aire no se hizo esperar. Sin embargo, el silencio en que se mantenía empezaba a ser incómodo, por lo cual se puso de pie, estiró el brazo en dirección a la gerente manifestando su agradecimiento por la entrevista. Ambos se habían percatado de su trabajo y de que tenía posibilidades de dar más de sí mismo a la empresa, tanto por la promesa de un mejor salario, como por la oportunidad de mostrar su valía, pero en especial por la amabilidad con la que lo había tratado.

Ella lo miró, confiada en su golpe de vista al reconocer a un gran prospecto para la tienda. Enseguida lo despidió con la promesa de velar por él si aceptaba el puesto y se desempeñaba como esperaban todos los demás gerentes.

Se dirigió a la puerta que abrió de espacio, giró, hizo una pequeña reverencia, murmuró una vez más su agradecimiento y cerró la puerta con cuidado. Pasó junto a la secretaria, a quien hizo una ligera inclinación de cabeza, a manera de despedida, y se perdió en el pasillo rumbo a la planta principal de la tienda. A esa hora clientes de todos los tipos y gustos comenzaban a deambular por todos los departamentos, ya fuese con intención de comprar o tan sólo ver lo que había y soñar en que lo adquirían. De pronto, sintió un calor sobre su pecho y se encontró pensando que ya no tendría que ver a «la imbécil esa», ni aguantar su presencia, voz, modos y demás. Podría dar un salto para tratar de descubrir a quiénes podrían ser los indicados para el nuevo rol que tendría, ya que ni por un momento dudó en aceptarlo. Ni siquiera le importaba saber su nuevo salario, el reto que le proponían o, sobre todo, lo que significaba en su *currículum vitae*. Todo ello le hacía dar de vueltas la cabeza que se le llenaba de aire y castillos mayores al de Versalles, del cual tenía idea sólo por fotografías, pero siempre le había parecido la cosa más hermosa del planeta.

«¿Quién iba a pensar que el hijo más pequeño de sus padres llegaría a ocupar un puesto como ese?», se decía, mientras recorría uno de los pasillos donde los exhibidores de joyería eran la atracción principal.

Ese pensamiento lo llevó de regreso en el tiempo de su infancia (bastante cruel, por cierto), llena de abusos y golpes recibidos y uno que otro dado. Su recuerdo más nítido era la imagen de su madre llorando siempre, sus hermanos mayores gritando de miedo, mientras el padre vociferaba perdido de alcohol, tildando de puta a la mujer y a los hijos de buenos para nada, lacras de la vida que le habían desgraciado para siempre por haber venido al mundo.

La situación duró varios años, hasta que un buen día la madre, aprovechando que el marido dormía ahogado de borracho, lo amarró mientras dormía en la hamaca y lo coció a palos, a tal grado que sólo pudieron identificarlo por una placa dental que le habían realizado años atrás. La mujer —después de dar rienda suelta al odio contenido por años y curada de espantos por los golpes recibidos— cerró la puerta del bahareque o jacal en que vivían y, con parsimonia de vestal de tragedia griega, se llevó a los niños a donde vivía la hermana, los encomendó a todos los dioses de todos los panteones y acto seguido se perdió en la selva que los rodeaba. Nunca supieron qué fue de ella, pero la familia se encargó de inculcar en los niños un amor filial y de total respeto a la memoria de la madre. Ninguno de ellos jamás mencionó su nombre, mucho menos la paliza que le había dado al padre, ni siquiera a ningún hombre o mujer que vistiera cualquier tipo de uniforme o se apersonara como representante del gobierno.

Con el correr de los años los hermanos se separaron y nunca se reunieron de nuevo, al grado de que no tenía noticias de ninguno de ellos. Hacía más de veinte años que se habían separado. Por su parte, él decidió abandonar el Caribe en busca de una vida mejor. Quería poder expresar su sexualidad sin temores y sin darse cuenta de que, si bien la sexualidad, cualquiera que sea su preferencia, era aceptada en privado, en público la mojigatería, las religiones y tradiciones ancestrales la volvían un tabú más peligroso que jugar a la ruleta rusa con una pistola atiborrada de balas. Había llegado al nuevo país sin blanca, ni más ropa que la que llevaba puesta. Después de haber rondado por las calles, bares y algunos trabajos en el puerto por donde había llegado, se enamoró de un hombre que le prometió las perlas de la Virgen y se lo llevó a la capital estatal para prostituirlo. Un buen día, siguiendo el ejemplo de la madre, le dio tal cantidad de palos, que el rostro quedó irreconocible, además de no dejarle un solo diente, o muela para el caso en que existieran placas dentales. Le quemó las yemas de los dedos de ambas manos y, ya entrado en tratar de cubrir sus huellas, en un sadismo del que no se hacía consciente, lo metió en un bote de basura, lo roció con gasolina y le prendió fuego. Diez años después, aún se ignoraba su identidad sabedor de que maldita la importancia que la policía local daría al asunto. El jefe de policía había sentenciado el epitafio del difunto con un breve «un padrote menos en las calles, es una lacra social de la que no hay que preocuparse». Así, dio carpetazo al asunto y a otra cosa mariposa.

Resopló para olvidar el pasado y concentrarse en el presente. Ahora tenía un futuro más brillante por delante, pues estaba seguro del amor de su Coqueto. A pesar del crimen cometido en el pasado, tenía personalidad dulce, sin mucha voluntad propia y dispuesto a creer en una vida mejor. A partir de ese momento, se paseó por todos los departamentos pensando en cómo hacer su nuevo trabajo mejor y con el deseo de poder contarle a «su hombre» todo lo bueno que estaba por venir y la felicidad que les esperaba uno junto al otro, por los siglos de los siglos, amén.

Sus ideas dieron otro brinco al recordar que no tendría que seguir soportando a la ahora ex supervisora. Una sonrisa le bailó en los labios; esperaba topársela en algún corredor de la tienda y mostrarle todo el desprecio que sentía por ella, aunque se sorprendió al pensar que eso no le ayudaría mucho en su nueva posición. No estaba seguro de si esa mujer iría con el chisme y todos esos castillos que se estaban formando se vendrían abajo. «La voy a castigar con el látigo de mi desprecio y listo», concluyó para sus adentros. Decidió que lo mejor era mantener la distancia y el trato «profesional» que el nuevo cargo demandaba. De esa manera, la borró de sus pensamientos para siempre; sólo entonces pudo concentrarse, por un lado, en su nueva misión en la vida y, por otro, en su actuación en El Molinillo esa noche ante el hombre que le tenía absorbido el seso, corazón y los ingresos monetarios.

III
A LO HECHO, ¿PECHO?

bordó el auto y dio un portazo, lo que sorprendió al chofer. Por ello, decidió esperar fuera del mismo hasta que pasara la tormenta.

«¿Es que estás tarada o qué te pasa? ¿Cómo carajo se te ocurrió dar tu tarjeta a un empleado bancario del que ni siquiera sabes su nombre? Y, para colmo, ni siquiera es guapo. Claro que si lo que le vi debajo del pantalón es verdad, entonces de algo servirá. ¡Óyete lo que estás pesando, so bruta! ¡Es un empleado bancario! Ese mismo placer se lo has negado a senadores y empresarios, que no sólo en el puesto sino también en la apostura se lo llevan de calle. En verdad, te apendejaste del todo. ¿Qué carajo se piensa este animal de chofer que no se sube y nos saca de aquí?

Bajó la ventanilla y gritó:

—¡Filiberto!, ¿qué espera para subirse de una buena vez y llevarme a casa? ¿A que nos caiga el cielo sobre la cabeza? Espabile y a casa, ¡pero ya!

El chofer no respondió nada. Sabía que no importaba si lo hacía o no, de todos modos, estaba metido hasta el cuello en un problema con la patrona. Lo más triste del caso es que era inocente de aquello que hubiese causado el malestar de la esposa del concejal. Con resignación subió al auto y se enfiló a la casa de sus patrones sin decir «esta boca es mía» o atreverse a mirar por el retrovisor. Clavó la mirada al frente, puso a medio volumen la radio y deseó con fervor que la tempestad pasara pronto. Necesitaba el trabajo y, para como estaba la situación, el hijo mayor de su madre no podía darse el gusto de perderlo. Sus viejos contaban con su ayuda, además de que tenía que pagar manutención por sus dos hijos. La muy zorra de su exmujer se gastaba ese dinero en ella y no había poder humano que le regresara la custodia total, porque estaba amasiada con un juez y por tanto, tenía el sartén por el mango en toda la maldita situación. Los que pagaban los platos rotos, al final, eran los hijos.

Al dar la vuelta en una de las avenidas principales, dio de lleno con un atolladero vehicular que le hizo maldecir en voz alta, ya que el auto que le seguía casi los golpea. Las cosas se complicaron: ni para adelante, ni para atrás. La patrona, con un humor del carajo, se movía inquieta en el asiento trasero. Todo le hizo desear no haberse levantado de la cama ese día. «Y todo iba tan bien, ¡carajo!», pensó mientras sacaba el celular y buscaba la manera de encontrar una ruta diferente para llegar a su destino. Sin embargo, la suerte lo había abandonado del todo esa tarde. Era como si un ente del mal se regodeara con su situación haciéndola más complicada. Todos los caminos estaban bloqueados; la línea de color rojo en la pantalla iba en todas direcciones. Para colmo de sus males, sintió la mirada de la patrona enterrada en su nuca. Sin mirar por el retrovisor pregunto:

—¿Le importa si pongo el reporte de tránsito en la radio, señora? Creo que hay una manifestación o un gran accidente, porque todas las rutas que he buscado en mi celular están bloqueadas.

Ella no respondió de viva voz, pero asintió con la cabeza. Respiró un poco más tranquilo y presionó el botón programado para la estación de noticias. En efecto, había una manifestación en una de las arterias que cruzaban esa avenida y el pronóstico no se veía muy halagador. «Ojalá el diablo y la chingada se lleven a todos esos cabrones manifestantes», pensó. Con desesperación levantó la mirada al retrovisor y alcanzó a ver el movimiento de la mano derecha de la patrona como diciendo que no se preocupara. No había remedio. Se aflojó el nudo de la corbata y respiró con más tranquilidad. Esperaba avanzar lo más rápido posible; total, eran tres cuadras las que lo separaban del atajo más próximo a la casa de los patrones. Después de diez minutos sin moverse un milímetro, comprendió que la situación iba para largo.

Malinalli sacó el móvil del bolso y presionó la tecla que guardaba el número celular de su marido.

—¿Bueno? Hola, cariño. Estamos atorados en una pinche manifestación, pero espero que pase pronto y podamos llegar a casa antes de la hora en que habíamos quedado para salir a cenar. Estoy hecha un desastre y quiero darme un baño y esas cosas para estar bonita y sexy para ti… Sí, lo sé, pero no hay remedio. Ahora todos protestan hasta por lo que no les pica… Te aviso cuando llegue a casa… Nos vemos pronto, cariño… Sí, también te amo.

Colgó y se sumió de nuevo en sus propios pensamientos. «Bueno, a lo hecho, pecho y listo. Estoy segura de que me va a llamar el tipo ese. Lo único que debo hacer es darle largas hasta que se aburra y listo. Si se quiere pasar de vivo, ya hablaré con este inútil de Filiberto para que se encargue de pegarle un susto o que alguno de los tipos de seguridad de mi marido lo haga… Sí, es mejor que uno de esos lo haga y embarrarle las manos con unos pesos para que se calle la boca… Pero no, es muy arriesgado. Mejor este y ya veré cómo lo arreglo».

Pese a esos buenos deseos, cuando los opuestos comienzan a llenar la cabeza toda buena intención da al traste y es condición humana hacer todo lo contrario. Por tanto, el diablo, que nunca descansa, comenzó a murmurarle en el oído ciertas palabras que le empezaron a alterar el ritmo cardiaco y la respiración. «Lo que sí, es que calza grande el tipo ese. Total…, ¿qué pierdo con ver qué hace y acepto la invitación? Igual y esta mañana estaba dispuesta a darle una oportunidad a este que va enfrente y el riesgo es mayor. Con un ilustre desconocido, la aventura puede ser más divertida».

Sin darse cuenta frotaba los muslos, con la mano se acariciaba de forma suave su monte de Venus, sorprendida de encontrarse húmeda por sus ideas y por el roce constante que hacía. «Al menos hoy mi marido se va a dar la gozada de la vida, porque pienso ser el postre después de la cena», pensó, entre maliciosa y divertida. El coraje se le pasó tan rápido como había llegado, aunque un ligero resquemor de conciencia le invadía alguna parte del pensamiento, pero decidió ahogarlo para concentrarse en el resto de su agenda para ese día: reposar, darse un baño de tina con aromas especiales, arreglarse para ir a cenar con su marido y, más tarde, satisfacer ese deseo sexual que le había alborotado el ilustre desconocido. Por ello, aumentó su expectativa de un placer mayor o de llegar al placer que el marido aún no era capaz de darle.

Por fin llegaron a casa con hora y media de tiempo para hacer lo que tenía propuesto. Bajó del auto y despidió al chofer hasta más tarde ese día. Ya en su residencia, conforme llegaba a su habitación, iba quitándose la ropa. Comenzó por el calzado y aventó después, sobre el pequeño sofá que había frente a la cama matrimonial, el bolso, el saco, la blusa, la falda, el brasier, el liguero y ese pequeñísimo pedazo de tela que llaman tanga. Todo cayó en un desorden de apariencia artística. Al final, se quedó tal como llegó al mundo. Entró al baño, llenó la tina y vertió en ella una serie de diferentes aromas y espumas. Introdujo su cuerpo en el agua y dejó que los diferentes olores se impregnaran en su piel. Jugueteó un poco con sus senos, muslos, pantorrillas y vagina. Después se sumergió en un estado semiconsciente que duró poco más de veinte minutos. Luego abrió la ducha y terminó de bañarse. Se rodeó el cuerpo con una toalla; con otra, se hizo una especie de turbante para secar el cabello y salió al cuarto para escoger su atuendo para la noche. Se contempló desnuda en el espejo de cuerpo entero de la habitación. En su interior, se sintió halagada, deseada por todos y comprendió que esa era la mejor herramienta que tenía para lograr sus ambiciones. El deseo carnal embotaba los sentidos de los demás y ella, por su parte, mantendría el control de su mente y aplicaría toda su inteligencia a lograr el objetivo propuesto: ser la dueña del poder detrás de quien quiera que fuese la cara al mundo como representante del poder ejecutivo de la nación.

IV
AMPARO

espués de colgar el auricular del teléfono público, se encaminó a la tienda para comprar los encargos de su madre. No había estado tan nerviosa como en ese momento. No sólo haber llamado y disponerse a acudir a la cita la tenía con los nervios de punta; además, resonaba en su mente las constantes amenazas que le habían hecho toda la vida por si se le ocurría cometer lo que estaba a punto de hacer. En la tienda confundió todo el encargo y tuvo que rehacer las compras más de dos veces. Quienes la conocían se admiraban de su nerviosismo palpable, ya que temblaba como gota de rocío guindada en la punta de una hoja. Se le atoraban las palabras y no faltó quien le preguntase si estaba enferma porque no se le veía bien.

A todo contestaba que sí con la cabeza, sin darse cuenta de que esas confusiones hacían que todos sus actos fuesen más sospechosos. Nadie se atrevía a forzarla a que dijera «esta boca es mía», porque la mayoría conocía la historia de la Güirigüiri y su silencio sepulcral. Ella misma se había espantado del sonido de su voz mientras habla con él. Entonces cayó en cuenta de que ni siquiera sabía su nombre. No estaba en el pedazo de papel, o si estaba no lo sabría, ya que lo había hecho trizas tan pequeñas, que ni el más experimentado podría volverlo a su primer ser. Tuvo que hacer un esfuerzo sobrehumano para recuperar el dominio sobre sí misma; pagó en la caja, fingió una sonrisa y salió a la calle rumbo al negocio donde su madre le estaría esperando para poner todo en su lugar. De ahí se dirigió a casa.

Había resuelto faltar a clases ese día. Era lo único que le permitía la madre: ir a clases por la tarde, a una escuela para adultos, con el propósito de que terminara el bachillerato. Con suerte, emprendería una carrera técnica en contaduría para llevar los libros del negocio y así ahorraría los honorarios más que leoninos que cobraba el mentado contador que la madre había contratado. El hombre la tenía amenazada con cierta información de pagos atrasados de impuestos y, según él, había podido arreglar. Sin embargo, cada vez que se aproximaba la fecha de pago al erario público, la sentenciaba, y le aumentaba un gran porcentaje cada año:

—Cada vez es más difícil pasar esas omisiones como algo limpio. Si me descubren, iré a dar a la cárcel. Si eso sucede ¿quién va a velar por mi familia? ¿Usted? ¿No, verdad? Así que debo hacerle ese cargo extra para asegurarme de que no se van a quedar en la calle. Sé que usted comprende la situación, doña. Usted es madre también. Claro que, si prefiere, *pos* hasta aquí lo dejamos y cada oveja con su pareja. Adiós y si te vi, no te conozco. Sólo espero que encuentre quién le haga todo este menjurje de impuestos tan bien como yo, que en diez años que tengo de hacerlos para usted la hemos librado, y bien sabe a lo que me refiero.

Estaba ya en el último semestre. Si bien no era la alumna más brillante de su clase, los profesores esperaban de ella el acceso a la universidad y que obtuviera un título profesional en cualquier área donde se desempeñara. Varios le habían ofrecido escribir cartas de recomendación para apoyarla a obtener becas académicas; incluso, uno de ellos le ofreció hablar con ciertos personajes a cargo de aceptar alumnos en la universidad pública más prestigiosa del país. Ella no estaba segura de qué decidiría. A todos decía que sí, pero como la Adelita nunca les decía cuándo y, para colmo, ese día tenía la cabeza en todas partes menos en lo que hacía al caso y le interesaba de más, que eran sus estudios. De tal manera, parecía que pensaba más con los instintos, los deseos carnales y la venganza que con una mente clara. Tal actitud siempre conduce a placeres mágicos, pero sus resultados no son siempre los mejores. Al final se termina enfrentando esa realidad frustrada con el viejo argumento de que lo bailado no lo quita nadie, aunque después se dé a los diablos las decisiones tomadas.

Salió de su casa, vestida como siempre que iba a la escuela: pantalón de mezclilla un tanto apretado que mostraba la redondez de sus nalgas, una blusa holgada, zapatos tenis, una mochila de varias cremalleras. Tenía el cabello amarrado en cola de caballo y, por ser el inicio del otoño, un suéter color rosa delgado que, cuando lo abotonaba, resaltaba el tamaño de sus senos. Se despidió de la madre con un beso y abrazo rápidos, para seguir manteniendo las apariencias y, sobre todo, para que la mujer no se diera cuenta de que la mochila iba un poco más abultada de lo normal. Llevaba, un tanto a la fuerza, un vestidito muy coqueto que resaltaba sus formas juveniles y aún firmes. Ella sabía de sus encantos, vaya que lo sabía; todo la hacía mucho más deseable de lo que la madre le habría permitido en sus sueños más salvajes.

Se sentía tan vigilada que no volteó la cabeza hasta llegar a la parada del camión de todas las tardes. Incluso lo abordó y se bajó donde siempre; entró a la escuela, pero en lugar de dirigirse al aula correspondiente, se metió en los baños y, una vez dentro de la letrina individual, se desnudó, se perfumó y se puso el vestido. Una vez fuera con la ropa de calle en la mochila, se paró frente a uno de los espejos y terminó su arreglo con el maquillaje que con mano inexperta se puso en el rostro. Se contempló por un momento, se acomodó los senos dentro del brasier y dando media vuelta abandonó los baños y la escuela. Pensaba en su pasado, sin estar cierta del futuro que se le abría en ese momento al pisar la calle. Sin importarle mucho lo que llegara, se dispuso a disfrutar de esa tarde-noche de la compañía de un hombre que creía lleno de experiencia y de amor por ella; que la llevaría a conocer placeres ignotos y la sacaría del infierno donde creía vivir. A pesar de que todo le parecía color de rosa, negros nubarrones se aproximaban a su vida, pero ¿quién podría prever el futuro? Ella seguro no.

Llegó temprano al lugar de la cita. No estaba muy segura de hacer lo correcto, pero ya estaba ahí. No le cruzó por el magín dar media vuelta y regresar por donde había llegado y tampoco le dio mucho tiempo la encargada de asignar mesa a los comensales, ya que le preguntó para cuántas personas deseaba mesa. Balbució apenas la respuesta y se dispuso a seguir a la mujer mirando atemorizada el lugar donde se encontraba. Era su primera vez en lo que ella consideraba un restaurante de lujo y se sentía pequeña, malvestida y criticada por todos los comensales, sin percatarse de que tan sólo un par de ellos la habían devorado con la mirada: siguieron el color canela de su piel, las nalgas redondas, firmes, y las piernas que se movían acompasadas debajo del vestido.

Se sentó a esperar. Pidió una cerveza clara y, mientras la bebía, quiso darse valor.

V
EL ENROQUE DE REY
QUE MÁS TENÍA DE REINA

l concejal y su secretaria salieron de la escuela, abordaron el auto y, sin dar más explicaciones al chofer, se arrellanaron en el asiento trasero. Enseguida comenzaron a planear la estrategia para la comida que se aproximaba con los colegas del partido opositor. Baldón deseaba desesperadamente la reunión con el propósito de atraer apoyo para concretar el proyecto del cual, según él, dependía todo su futuro político.

—Esto de leerle a los chamacos me parece buena idea, señorita del Rosal… Margarita, si me permite, claro. Creo que debemos hacerlo una vez al mes, pero en diferentes escuelas y también en algunas fuera de nuestra jurisdicción, así nos iremos dando a conocer más en esta ciudad. A la larga, eso nos beneficiará. Ahora que lo pienso, será bueno hacerlo en mi estado también. Organice una semana de lectura por diferentes municipios, en escuelas rurales sobre todo y en una que otra cabecera municipal. Sí, eso nos va a abrir muchas puertas.

La secretaria tomaba notas conforme el concejal arrojaba ideas; al mismo tiempo pensaba utilizar algunas para sí misma, con la intención de concretar su búsqueda personal de poder. Ahora que Baldón se encontraba en vena de ideas, decidió tratar de estimularlo más y, con discreción, subió un poco la falda fingiendo acomodarse en el asiento. Él se percató de ello unos momentos después y ya no pudo concentrarse tanto: tuvo que forzarse a mirar por la ventanilla y cambiar el tema de conversación. A partir de ese momento, sólo se dirigiría a ella en primera persona del plural para tratar de convencerla del plan que había surgido en su magín al contemplar los muslos desnudos de su secretaria.

—Por favor, siéntese con nosotros a comer, pero quiero que lo haga frente a mí. Pondremos a los otros dos concejales de nuestro lado y, cuando hable yo con uno, usted con todos sus encantos trate de convencer al otro de los beneficios del plan. Creo que lo mejor será alternarnos. Le voy a pedir algo que en verdad no deseo, pero que me parece una buena estrategia para lograr las firmas: si logramos distraer los pensamientos de su posición partidista, que por otra parte creo falsa, entonces aceptarán apoyar el proyecto. Para ello, y por favor piénselo antes de responder, deseo que usted se convierta en el subterfugio que nos ayudará en nuestro propósito: levántese al tocador por lo menos un par de veces durante la comida, no camine de prisa, deje que la sigan con la mirada. Sé que los dos lo harán, porque, con todo respeto, es usted una mujer muy atractiva. Dudo mucho que ellos no hayan aceptado la invitación sólo por el hecho de contemplarle. El deseo les brota por los poros cada vez que vienen a mi oficina, además de que su actitud es muy diferente cuando usted no está.

Guardó silencio sin voltear a mirarla. No quería que ella le reprochara con la mirada la propuesta; no sólo eso, temía que el deseo que criticaba en los otros se le notara en cada poro de la piel y la mirada que no podría sostenerle.

Ella miraba al frente durante toda la elaboración del plan de su jefe. Lo maldijo en sus adentros, pero al mismo tiempo comprendió que era un buen plan, no sólo para él, sino para ella y su futuro. Manejar a los hombres por sus deseos carnales era un arma que muchas mujeres habían empleado como recurso a través de la historia: la Mata Hari; Teodora, la concubina romana; Helena la de Troya; qué decir de Cleopatra y la zorra inglesa llamada Elizabeth o Josefina, aquella de Bonaparte. Todas eran mujeres inspiradoras de grandes logros y asesinatos. Ella iba a jugar el mismo juego, pero con la ventaja de conocer todo lo que ya habían realizado esas mujeres en sus vidas: tanto sus logros como sus errores. Así, estaba más que dispuesta a conseguir lo primero y evitar los segundos.

Sin voltear a mirarlo, pero sabedora de la pasión carnal que sentía por ella, simplemente dijo:

—Como usted diga, señor.

Mientras tanto, pensó cómo lo haría pagar más adelante el sólo verla como un objeto sexual. El concejal sabía que no las tenía todas consigo. Le había hecho una petición muy arriesgada y a la larga podía pasarle la factura —una bastante alta, a como corrían los tiempos— ya que podría perderlo todo. «*Alea jacta est* o como carajo se diga», pensó, porque ya no había vuelta atrás. Incluso si le pedía que lo olvidara, estaba cierto que eso no pasaría. Se movió incómodo en el asiento buscando las palabras adecuadas para aligerar el error de la petición. De pronto, cayó en cuenta de que ella pensaría entonces que la veía sólo como un objeto sexual y no como la excelente secretaria que era. La consideraba un apoyo más allá de lo moral, sobre todo político. De ella provenían varias ideas que había llevado al cabildo, además de que había logrado abrirse paso en ciertas borrascas políticas gracias a su consejo.

—Sé que lo que le acabo de pedir puede ser malinterpretado por cualquiera —le dijo, ahora mirándola a las cejas—. De eso me doy cuenta hasta yo, y usted sabe que a veces no soy el tipo con más luces en esto de la política. También sabe que reconozco su gran talento, sus consejos y las ideas que me han ayudado a subir mis bonos políticos. Sin usted, le soy franco, no creo llegar muy lejos en esta carrera a la que me he metido.

»En verdad, lamento la propuesta, pero, también es una realidad que ambos conocemos. Ese par de lacras me han comunicado sus ideas pecaminosas y, también sé, le han ofrecido salarios mucho mayores de lo que yo puedo ofrecerle. Mi intención es hundirlos y hacerlos pagar caro esos actos. Si podemos probar que eso es lo que los mueve, entonces ganamos todos: el pueblo, usted…, yo… y nosotros.

»Por supuesto, no tiene que hacer nada, incluso, si desea, me dejan en el restaurante y que la llevan a su casa. Ya veré cómo me las arreglo. Prefiero conservarla a usted a mi lado hasta dónde llegue mi carrera política, que lograr ese acuerdo que tenemos entre manos. El camino será más largo, pero con usted a mi lado, sé que lo lograremos.

Se calló sin dejar de mirarla a los ojos. Trató de que su rostro reflejara no sólo arrepentimiento, sino a la vez, un gesto de perro apaleado por su amo, dispuesto a ser perdonado por todos los medios.

Ella lo miró sin pestañar. «Cabrón, ya te tengo, pero eres bueno, a qué negarlo. Sí, te ayudaré a llegar casi a la cima, pero cuando estés ahí, te pasaré por arriba. Seré yo la que mande, sin necesidad de hundirte por esto, pero por el simple hecho de que soy más inteligente que tú en todas las áreas», pensó antes de responderle.

—Concejal Baldón, gracias por aclarar las cosas. En verdad me sentí ofendida porque, como bien dice, pensé que sólo me veía como esos: un objeto sexual de tipo papel desechable. Gracias también por hacerme parte de sus pensamientos y ofrecerme estar a su lado hasta la cima, porque, estoy segura, llegaremos a ella como bien dice: como un equipo. Haremos el juego que propone y a por ellos.

Él balbuceó unas palabras de agradecimiento y clavó la mirada al frente: «Cabrona y buenísima, debo tener cuidado con ella, más de ahora en adelante», pensó.

Llegaron al restaurante de la cita. El chofer abrió la portezuela de él primero y el concejal, con gesto agrio como si le hubiesen exprimido un litro de zumo de limones en la boca, le dijo:

—Primero a la señorita del Rosal, ¿nadie le enseñó que las damas primero?

Ella agradeció el gesto con una sonrisa coqueta y tranquilizadora, pero por dentro con cierta rabia aún no digerida. Bajó del auto y lo esperó en la puerta para entrar juntos, mientras el ujier le preguntaba a qué nombre estaba hecha la reservación. Los llevó a un aparatado que tenía cubierto para cuatro comensales, desplegó el menú de vinos, licores y cervezas, y luego se alejó. Finalmente, llamó a uno de los meseros para que les tomara la orden de bebidas.

VI
EL BALA PERDIDA

A mbos policías observaban a los comensales, mientras discutían los atracos en la zona y trataban de establecer un plan de acción. Pidieron más bebidas y comida, pues no tenían hora fija para regresar al precinto, así que consumieron sin prisa alguna. De esa manera, ambos se conocieron mejor.

A los pocos minutos, Giménez golpeó ligeramente con los dedos la mesa para llamar la atención de Marat sobre algunos comensales que recién entraban y se acomodaban en algunas mesas a la derecha del detective.

—Vaya, si es nada menos que el concejal Baldón. No sé quién es la mujer que lo acompaña; la esposa seguro que no es, porque la he visto en la prensa y no creo que traiga a la querida tan en público. Mesa para cuatro... Tal vez la secretaría.

Con discreción Marat giró la cabeza en la dirección que le señalaban y escucho la voz de su nuevo asistente:

—Y esos dos que entran ahora son los concejales Morales y López Celedonio, de la oposición. ¡Vaya! Se han sentado con Baldón, eso parece una conferencia en la cumbre. Sería interesante poder escuchar esa conversación.

Al inicio parecía que la plática entre los concejales era tirante, pero después de algunos tragos los hombres se notaban más relajados. En un momento dado, la mujer se levantó de la mesa y tanto los policías como los representantes la siguieron con la mirada.

—Si la vista desnudara, la doña esa iría al baño ya encuerada —comentó Giménez, mientras que Marat movía la cabeza asintiendo—. En verdad, está muy buena —acertó a decir y, girando la cabeza a la mesa de los políticos, se dio cuenta de que la conversación había girado a ese mismo tópico.

«La lasciva y el deseo se podía apreciar en dos de ellos» pensó Marat, «y ahora, como al descuido, *Baldanos*, o como quiera que se llame el político, desliza unos papeles frente a sus colegas y comenienza una arenga que tiene toda la pinta de convencimiento. Es evidente: la mujer resultaba ser sólo una distracción para lograr su objetivo».

Dos veces más la mujer hizo la misma jugada. Al final de la comida, por los apretones de mano y las señales de acuerdo de los políticos, Marat comprendió que el concejal se había salido con la suya.

—¿Cómo dice que se llama el tipo ese?

—Baldón de Ambrosía. Es el concejal de toda esta delegación. Le tira a la silla y suena fuerte para su estado, según he leído en la prensa. Parece muy centrado, pero creo que es otro ambicioso que no hará nada por el pueblo —sentenció Giménez.

Los detectives los siguieron con la vista conforme salían del restaurante y a los pocos minutos ya los habían olvidado. Pidieron más de comer, Marat una jarra de cerveza para no estar esperando tarro tras tarro, y su asistente se decidió por una con agua de Jamaica. Su capacidad para beber alcohol no daba para seguir el paso a su nuevo jefe, además de que se sentía fuera de lugar ya que estaba de servicio. La consigna era muy clara con respecto al consumo de bebidas embriagantes, además de que no dejaba de pensar en la condena que le impondrían por culpa de su nuevo jefe. Todo ello se conjuntó con su sorpresa por ver a alguien beber como si fuese una esponja o como si su vida dependiera de ello. Pese a las buenas intenciones y gritos de la conciencia, a la larga no pudo resistir la presión de Marat y trató de beber al parejo de su superior.

Caía la tarde y al pasear la vista por el restaurante, Marat vio entrar a una joven de piel canela enfundada en un vestidito muy coqueto, lo cual lo llevó a pensar en una de las famosas *escorts* que le había mencionado Giménez. Sin embargo, algo dentro de su memoria le decía que la había visto en algún lugar. Para su sorpresa, el *maître* la asignó a una mesa cercana a ellos. Se le veía nerviosa e inquieta esperando a quien fuera su compañía.

—Esa jovencita se ve muy ansiosa. No sé si es de las que usted menciona o es otra cosa. ¿Qué opina, Giménez?

El aludido giró la cabeza mientras masticaba un pedazo de chicharrón en salsa verde. Luego regresó la mirada a Marat negó con la cabeza.

—Creo que espera a alguien y parece su primera vez. Normalmente, las que vienen son mujeres con más experiencia —recorriendo con la vista el local, añadió—:

por ejemplo, aquella en la barra. ¿La ve? Está vestida de verde. Es fácil de reconocerlas, ya que siempre están solas, sentadas en la barra y desde ahí pueden observar todo. Lo más importante: las pueden ver y por ello es fácil acercarse a ellas y negociar la compañía. Esa no tarda en encontrar cliente. Es lo que podríamos llamar «regular». Alguno de esos —dijo señalando con la cabeza a los meseros— debe ser el padrote. Creo que todos tienen una suripanta y el dueño se hace como el que no sabe o recibe lo suyo; es lo más seguro.

Marat fijó la mirada en la mujer señalada por su asistente y dejó salir un pequeño silbido, expresando así una gran admiración por su belleza. Bebió un sorbo de cerveza y se tomó de un trago el tequila que tenía enfrente. Luego volvió a clavar los ojos en la joven que había llamado su atención.

Después de un par de cervezas más, la joven que en principio había llamado la atención a Marat empezó a agitar la mano, como llamando la atención de alguien. Unos minutos después, un hombre que aparentaba algo así como treinta y cinco años se sentó frente a ella. Le daba la espalda al detective, por lo cual no pudo verle el rostro. La conversación entre ellos no llegaba muy clara a los policías, pero alcanzaron a distinguir que se disculpaba por la tardanza ocasionada por un imprevisto de trabajo y después todo se diluyó en un murmullo más de las charlas en las mesas cercanas.

—¿Dónde he visto a esa joven? —se preguntó Marat en voz alta.

LIBRO IV

Donde descubrimos que los gatos parecen pardos
de noche, o si te vi no me acuerdo

I
LA CITA

Más perdido que alguien en barriada ajena sin GPS en su móvil, el Coqueto miró la calle, inundada de la luz de las cinco de la tarde, en un intento por orientarse, no sólo para saber a dónde iba, sino también por lo que acababa de pasar en el banco. En otras palabras, no tenía ni idea de lo que sucedía. Un par de golpes recibidos por los transeúntes medio le regresaron la conciencia, que daba por perdida del todo. Como autómata comenzó a deambular por la calle sin atinar rumbo concreto. El olor a jazmines le tenía el seso más que sorbido, hasta que una mentada de madre le volvió el alma al cuerpo o, lo que es lo mismo, a la triste realidad: tenía una cita con la Güirigüiri y era lo que menos deseaba en ese momento. «¿Qué carajo voy a hacer?», pensó, y la respuesta no acudía por mucho esfuerzo que hiciera.

Con un dolor en el pecho que no alcanzaba a comprender, optó por el más convencional de sus instintos: acudir a la cita y dejar que las cosas siguieran su curso normal hasta el día siguiente. A las diez de la mañana, llamaría a Malinalli. «Hasta las diez de la mañana de mañana, contra, sí que el tiempo corre despacio. En fin, vamos a la cita y veamos qué puedo sacar de ello, aunque no entiendo por qué ya no se me antoja la chiquilla esa. ¿Estaré enamorado?», concluyó sus ideas con un asombro del que no conseguiría salir por el resto de sus días, ya que su destino estaba sellado.

Llegó unos minutos tarde a la cita que había hecho y se sorprendió al ver a la joven vestida para la ocasión. Por un momento, el olor a jazmines que le llenaba los sentidos pasó a segundo plano. Recuperó su viejo ser con la mejor sonrisa de lobo, relamiéndose los bigotes ante un corderito listo para devorar. Se sentó en la silla frente a ella, buscó con la mirada al mesero y vio salir por la puerta principal a tres hombres y una mujer en quien detuvo la mirada por unos segundos, luego de admirar su lento vaivén de caderas, aunque sin despertar en sí las sensaciones de ataño. No se detuvo a pensar en las razones de su nueva conducta y, al acercarse el mesero, pidió dos cervezas, el menú y la carta de vinos. La niña se merecía su atención y, sacudiendo un poco la cabeza, se concentró en el plan de acción que había fijado respecto a ella.

Dos tipos los miraron por unos momentos desde otra mesa. No les dio mucha importancia y, con voz afable y segura, comenzó la conversación con la Güirigüiri. Poco después, experto en la materia, se calló y dejó que la otra hablara de lo que quisiera hasta por los codos. Conocía el parche que tocaba y la dejó hablar y divagar sobre todo tipo de temas. Por alguna oscura razón, nunca había analizado este accionar, pero siempre le había funcionado, para lograr su objetivo: poseer a la mujer en turno y olvidarla a continuación.

Sabía que eso les encantaba: ser escuchadas por horas, brincando de un tema al otro sin llevar un ritmo o idea prefijada. Al final llegarían al punto que deseaban: seguir hablando de sí mismas y sus problemas. Gracias a esa capacidad de escucha, al final todas eran más susceptibles de ser llevadas a donde él las quería —a un lecho grande—, para dar rienda suelta a todas sus pasiones sexuales, que a la larga le costaría la existencia.

Ella, al principio con reticencia, y después, para su asombro, con plena confianza, le habló de su vida, de sus frustraciones, se reía y lagrimeaba a veces a la vez. Le habló del rencor que sentía por la madre por no dejarla salir, ni tener amigos, ni hablar con los clientes; sin embargo, también le agradecía que la dejara ir a la escuela, de donde por cierto se había escapado para estar con él en ese momento. Por ello, no podría alargar el encuentro mucho tiempo, ya que tenía que llegar a casa a una hora determinada. Luego saltó de ese tema a una serie de sueños futuros: viajar y conocer otras ciudades, o bien irse para el norte. La joven pensaba que la vida era mejor ahí, pero como no sabía inglés a lo mejor tiraba para el sur. Así, buscaría ser feliz o cruzaría el charco para irse al viejo continente, aunque había leído en la prensa que en China estaban pagando muy bien por maestros de español. Total, ella lo hablaba y si seguía estudiando aprendería y entonces, a lo mejor, podría enseñarlo. Sin darse un respiro más que para dar pequeños sorbos o masticar, su contaste parloteo por fin la llevó a preguntar el motivo de la nota que él le había dejado sobre la mesa.

La miró con calma, tratando de llegar directo al corazón de la joven, para hacerla suya al día siguiente, pasara lo que pasara con la otra.

—Supe lo que te hizo tu madre y eso me enterneció. Comencé a ir todos los días, primero con la idea de defenderte y poco a poco me fui enamorando de ti. Te veía ir y venir entre los clientes, siempre calladita, muy mona, y no pensaba en otra cosa que darte un beso largo y cómo sacarte de esa vida que llevas. No me atrevía, porque sabía lo que te podía pasar y eso me causaba una angustia mayor de lo que te puedes imaginar. No podía dejar pasar más tiempo. Tenía que decirte lo que sentía, porque, la verdad, cada día que pasaba sin hacerlo era un infierno. La cosa es que no tengo mucho que ofrecerte, vivo en una posada, en una habitación que no tiene ni baño, y así *¿pos* cómo iba a proponerte algo? Un hombre que se precia de serlo no puede hablar de amor a una joven como tú sin tener algo que ofrecerle para su felicidad. Entonces junté mi dinero y creo que tengo lo suficiente para poder abrirte mi corazón.

Ella dejó de comer y lo miraba con tamaños ojos que, de poder, lo devorarían de un bocado. No podía creer lo que le decía; algo dentro, muy dentro de ella, le gritaba que hiciera oídos sordos, que le mentía, que estaba jugando con ella, pero… ¡Ay! La necesidad de creer es muy fuerte en ciertas almas llenas de inocencia del mundo, por mucho que convivan con la miseria y la pobreza. De tal manera, se creyó todo lo que le dijo.

Él la miraba sumiso, pero alguien que le observara con atención podría haber visto la lujuria que le trastornaba el rostro y, sobre todo, el descontrolado tic nervioso del ojo izquierdo. La sabía ya suya y dispuesta a todo lo que le pidiera, aun cuando ella no tenía cabal idea de eso.

—Me gustaría verte mañana otra vez, en otro lugar, no aquí. Así podríamos hablar con más calma, sin que nos vean o nos oigan. No vaya a ser que nos crucemos o llegue alguien que conozca a tu madre y dé al traste con todos nuestros planes.

Ella, perdida ya toda defensa, sólo alcanzó a asentir con la cabeza. La noche comenzaba a cerrar y tenía que irse; aún tenía que cambiarse de ropa y tomar dos camiones: uno para la escuela y el otro para llegar a casa.

El Coqueto pidió la cuenta y fue generoso con la propina, lo que causó en la Güirigüiri una mayor impresión que ya no era necesaria. Se había rendido ante él y haría su voluntad sin más, tanto así buscaba su libertad que nada le importaba ya. La llevó del brazo hasta la puerta y la parada del camión. Había pensado dejarla ir sola, pero cambió de opinión y subió con ella. Sin hablarse mucho iban tomados de la mano; ella con la cabeza plagada con sueños de amor, mientras él pensaba en el aroma de jazmines y deseando que fuese así de fácil poseerla. Se bajaron en la parada cercana a la escuela y se soltaron las manos.

—Mejor nos despedimos aquí —le dijo ella—, no vaya a ser que alguien le vaya con el chisme a mi madre… Ven mañana como siempre y déjame saber dónde quieres que nos encontremos y la hora. Seré puntual… Te quiero —le dijo en un murmullo y enseguida le dio un beso en la boca rápido y a hurtadillas.

Luego salió corriendo rumbo a la entrada del colegio y después se perdió entre el alumnado. Él se relamió los labios, asintió con la cabeza y se perdió en la noche de regreso a su casa. En ese momento, recordó a la Mata Hari.

—Con esa me desquito hoy —murmuró y abordó un taxi rumbo al Molinillo.

II
EL CABARÉ DONDE
LO ESPERABAN FUMANDO

a Mata Hari se miraba atenta en el espejo. Los colores de maquillaje que había elegido eran una combinación de tonos grises para ojos y labios y pasteles para las mejillas. Deseaba resaltar la mirada y la boca bajo las luces que había escogido para su presentación de esa noche. Se había depilado las cejas en tal forma que delineaban un pequeño arco que, si bien se podía tomar como femenino, no perdía un tanto la forma masculina, con el propósito de no entrar en detalles en su trabajo de día.

Sobre la mesa de maquillaje, además de los coloretes, brochas y demás, estaba la diadema recién adquirida que usaría esa noche. Tenía forma de cornamenta de buey sagrado de la India, con perlas falsas en su mayoría, las cuales adornaban el contorno en tres líneas simétricas. La diadema daba la vuelta sobre los costados de la cabeza y formaba círculos concéntricos que se unían por detrás de la cabeza. Al mismo tiempo, estaba coronada por una especie de rombo en cuyo centro se encontraba una piedra de color verde, semejante a una gran esmeralda. Alrededor de ella, había perlas de diferentes tamaños. Cinco días tardaron en fabricar esa diadema y no había tenido oportunidad de estrenarla hasta ese día que pensaba sorprender al público, pero en especial a su hombre.

En uno de los cajones del tocador había cuatro brazaletes similares a la diadema, uno para cada muñeca y uno para cada bíceps, además de un collar largo de tres vueltas que remataba en una especie de suástica sagrada de la India. Colgado sobre un perchero, estaba la pieza que usaría como sostén de unos senos imaginarios. Grandes círculos de piel cubiertos de perlas que partían de afuera hacía adentro hasta formar los pezones, rematados con perlas falsas grandes. En los espacios entre las líneas de perlas, pequeños pedazos de cristalería estaban coquetamente colocados para centellar bajo las luces. Además, había velos de seda transparente que completarían el ajuar de los brazos, lo cual simularía un rebozo.

De la cintura hacía abajo, vestía una falda de seda con diseños que simulaban ser hindúes y que se abrían en tal forma que podía mostrar las piernas torneadas de color canela, tonalidad natural de su piel. Pasaba perfectamente como alguien de aquel país, considerado de lo más exótico a lo largo y ancho del planeta. Iba descalza y gastaba tobilleras idénticas a los brazales.

Se miró en el espejo satisfecha de la imagen que veía. Incluso se sentía más hermosa que la original, más atrayente y misteriosa. Había estado practicando por semanas el nuevo baile que estrenaría ese día: *kandaswami*. Esa noche había decidido hacer lo que la original hizo durante su paso por los escenarios europeos: bailar hasta el éxtasis para terminar desnuda por unos segundos antes de que los reflectores se apagaran. Estaba segura del éxito total de esa noche, pero una cosa la inquietaba: no saber nada de su hombre durante los últimos tres días. Cruzó las piernas, del bolso sacó una cajetilla de cigarrillos y un encendedor. No acostumbraba a fumar antes de las funciones; de hecho, casi no fumaba, lo hacía antes de entrar al trabajo o cuando sentía alterados los nervios. Sacó uno de la cajetilla prácticamente llena, lo llevó a sus labios y lo encendió. Exhaló una gran bocanada de humo y, a través de él, observó su rostro perfectamente maquillado. Trató de que su expresión fuera lo más sexy posible: «Hoy conquisto este lugar a como dé lugar», se dijo, y remató con un murmullo:

—Me vale madre si llega o no llega. Hoy todo es para mí.

Se aproximó uno de los utileros y le avisó que en dos minutos era su turno. Como por arte de magia, los sonidos de El Molinillo le llenó la cabeza: la música y el canto del acto previo al suyo, algunos aplausos y muchos silbidos del público le dejaron saber que la clientela de la noche era una de esas difíciles de complacer. Se puso los brazaletes y tobilleras, se ajustó el brasier y se puso la diadema. Después rodeó sus brazos con los velos de seda y, tras dar una última chupada al cigarrillo, lo aplastó contra el cenicero y se dirigió a la puerta del camerino. Pasó al costado derecho del escenario por donde entraría a la pista después de oír la presentación que haría la madama dueña del local.

Las luces la cegaron por un momento, pero sabía dónde encontrar al Coqueto: en la segunda fila de mesas, al centro, desde donde la miraría todo el tiempo. Después la alcanzaría en la barra, beberían algo y saldrían de ahí, así tal cual vestía, porque siempre le pedía —o le exigía más bien— que repitiera el baile para él solo en la intimidad. Parpadeó dos veces y se vio llena de placer y dolor mientras el otro le hacía pagar caro el amor que le tenía. En ningún encuentro, entre sollozos de amor, dolor y placer, podía evitar la recomendación de siempre: «Sin huellas, papito, por favor. Recuerda que trabajo temprano mañana».

Por fin se acostumbró a las luces y lo vio ahí, sentado, atento, con un vaso jaibolero en la mesa y un habano en la mano. Lo adivinó ávido de deseo. Se puso en posición y esperó la música para comenzar su danza con la intención de generar un deseo incontrolable por poseerla de toda la audiencia. Sin embargo, en mente sólo tenía a su hombre, los placeres y los dolores que le esperaban para después de la función. Comenzó la música y con ella su baile de consagración como *drag queen*.

III
MESA PARA DOS
Y TERMINAN SIENDO TRES

Tenía tiempo que habían salido de aquel restaurante donde los políticos habían tratado sus diferencias. Se encontraron iguales en todo, incluso sólo ella salió como entró: sin mancha alguna. Regresaron a las oficinas. Baldón, después de agradecerle una vez más a la mujer su participación, le informó que iba a tomar un par de horas para sí mismo, pero que tenía otro favor que pedirle. Le indicó que se tomara dos horas libres para ella, pero que la esperaba para otro encuentro que creía iba a ser de su agrado.

—Por favor, si desea acudir al encuentro que le propongo, acudiremos a una cena que… Bueno, podemos llamarla de gala —dijo, mientras con los dedos hacía de la seña de entre comillas.

Ella lo miró desconcertada. Sabía que la agenda del día contemplaba esas dos horas y había creído que el concejal se encontraría con otra mujer, pero lo más confuso era la propuesta de cita. Sabía que el hombre iría a cenar con su esposa «al francés».

Reaccionó después de unos segundos, le agradeció la invitación, la sugerencia y accedió a la cita. «La curiosidad mató al gato, pero murió sabiendo», se dijo, mientras abandonaba el despacho y pensó qué vestido sería el mejor para impresionar a la esposa de su jefe. No le quedaba ninguna duda de que ese era el encuentro que le proponía el concejal. Empezó a dejar vagar su imaginación… La tenía tomada de la mano, frente a todos, sin importar qué dirían en una mesa para dos comensales, café y pan dulce. Por debajo de la mesa, jugaban con sus pies, subían y bajaban por sus pantorrillas y muslos, jugando a perderse entre las piernas de una de ellas a la vez. Las miradas estarían perdidas una en la otra; pensaría en el deseo a flor de piel controlado, pero que fácilmente sería descubierto al instante por un mediano observador. Risas suaves, caricias constantes bajo la mesa… La imaginación la trasportó a un lugar de seguridad y confort que no había sentido nunca. Era como estar frente a la nevería favorita de la infancia en espera de ese sabor que siempre le infundía placer, pero, más que nada, seguridad.

El sonido del teléfono la despertó y, asustada, se dio cuenta de que habían pasado más de tres minutos sin que supiera en verdad dónde había estado.

—Señorita, vaya a casa. Espere al chofer que pasará por usted para llevarla al sitio que le mencioné.

Sin más, la llamada se cortó. Se puso de pie, abandonó la oficina, salió a la calle y estiró la mano para tratar de atraer al primer taxista que pasara. No tardó mucho en aparecer uno que la llevara a casa.

Insertó la llave en la cerradura de la puerta que da a la calle y entró. Sin pensarlo más, se dirigió a la ducha. Tenía la intención de darse un baño para calmar sus pensamientos y, sobre todo, los instintos. Sin embargo, no pudo conseguirlo y, sin más, se masturbó hasta alcanzar dos orgasmos. Se puso la toalla alrededor del cuerpo y así, húmeda por el placer y el agua, se tendió en la cama y de nuevo la imaginación le ganó la partida.

Esta vez, junto a ella, veían desde el balcón de la casa presidencial la gran plaza que se extendía a sus pies. Estaba llena de gente que las aclamaba y les pedía un período más en el poder, sin importar lo que la Constitución estableciera y que había jurado defender con su vida. Ansiaba el poder y la gloria; justo junto a ella, se hallaba la mujer que había hecho suya a base de juventud, belleza, promesas y pasión, mucha pasión. Se masturbó una vez más.

Se desperezó. Buscó un vestido de noche que fuera sencillo y atrayente a la vez, deseaba más que nada causar la doble impresión de sensibilidad y poder. Nada era más difícil que impresionar a una mujer, ella lo sabía; por eso, siempre se vestía no para causar deseo en los hombres, sino para causar envida y, al mismo tiempo, atracción en las mujeres. Optó por un vestido negro, largo y entallado con la espalda descubierta. Acentuaba sus formas y al mismo tiempo era la mar de sencillo. Decidió no llevar ropa interior e ir así, como había llegado al mundo. Se colocó un par de brazaletes de plata ley repujada, un collar del mismo material ajustado a su garganta y un bolso de seda negra pequeño y discreto. Se admiró en el espejo de cuerpo entero de su habitación y se sintió segura del impacto que causaría.

Sonó el timbre de la puerta de la calle y salió. El chofer la esperaba impávido junto a la portezuela trasera que cerró con cuidado. Sin más palabras que un «buenas noches», emprendió el camino rumbo al restaurante donde la estarían esperando. El viaje fue tranquilo y corto, pero le dio el tiempo suficiente para calmar sus pensamientos y estar lista para lo que pudiera terciarse. Llegaron, le abrieron la puerta y el *maître* la condujo a una mesa reservada que aún se encontraba vacía. Le preguntó si deseaba beber algo. Un poco dudosa, al final pidió un café y una copa de coñac a manera de aperitivo.

No esperó mucho. Vio aproximarse al concejal que llevaba del brazo a su esposa. Ambos vestían de manera impecable y se alegró de su elección de vestido. Se levantó y los esperó a que llegarán. Después de que se sentó Malinalli, ella ocupó su lugar. Con una sonrisa de placer y aprobación, el concejal Baldón hizo las presentaciones después de sentarse en el lugar designado. Si Malinalli estaba sorprendida, lo disimuló bien y lució paciente por saber el motivo de la inesperada invitada especial.

—Malinalli, ella es la señorita Del Rosal, Margarita, mi secretaria. Deseaba presentarlas porque ha sido de gran utilidad, no sólo por su presencia, sino también por los concejos que me ha dado en el desempeño de sus labores. Tiene un gran golpe de vista para esto de la política y, me parece que, si todo sale como espero que resulte, los tres tendremos un gran futuro por delante.

La señora de Baldón guardó silencio por unos momentos. Después sonrió y dijo con su tono más meloso:

—Encantada, señorita.

Margarita respiró profundo tratando de calmar el corazón que le latía como caballo desbocado. Dio una ligera cabezada y respondió:

—El placer es todo mío, señora de Baldón.

—Si vamos a trabajar juntas, por favor llámame Malinalli. Si me permites, también he de tutearte, Margarita.

—Gracias por la confianza, Malinalli —respondió en un hilo de voz, saboreando en su fuero interno cada una de las letras que conformaban el nombre amado y deseado.

—Perfecto —terció Baldón—, ahora les diré cuál es mi plan. Sin temor a equivocarme, creo que estarán ambas de acuerdo conmigo.

La idea del concejal era la mar de simple. Consistía en hacer de Margarita la encargada de la imagen pública del matrimonio, lo cual la llevaría a trabajar de cerca con ambos, no sólo en su posición de secretaria, sino como asesora. Eso la pondría en un nivel más alto, coordinaría a la nueva secretaria o secretario, que para el caso al concejal le daba lo mismo. Tendría un equipo de relaciones públicas para ambos, controlaría ambas agendas y trabajaría en estrecha relación con la señora de Baldón, lo cual significaba acceso directo a ella todos los días sin restricción alguna. El concejal estaba cierto de que, en esa forma, teniendo un frente común, con base en un plan de acción realizado por una de las mujeres más inteligentes que conocía, podría alcanzar la gubernatura primero, y al poco tiempo la silla presidencial. No tenía la menor duda.

Margarita iba del uno al otro como perdida en un sueño. Así era desde que escuchó decir que trabajaría en estrecha relación con Malinalli. No oyó una palabra más, porque su mente divagó en otros planos que, de haber sido visibles para la pareja, en ese momento le hubieran cambiado el plan y dado al traste con su sueños amatorios y políticos.

—Entonces, Margarita, ¿qué piensa? Acepta, ¿verdad? —escuchó a lo lejos la voz del concejal y sólo tuvo tiempo de menear la cabeza en forma afirmativa sin decir «esta boca es mía», pero con la imaginación llena de castillos en el aire.

IV
SALIÓ BORRACHO EL BORRACHO

ás borrachos que una cuba, Marat y el oficial Giménez abandonaron la cantina. Caminando con paso irregular e incierto, trataron de parar al primer taxi que pasara, con la sana intención de ir a la comisaría. Pasaron varios minutos y los golpes de aire no fueron de mucha utilidad para aclararles el seso. Todo lo contrario. Por fin, uno se detuvo y los dejó en la puerta de su destino.

Iban a subir las escaleras, cuando ambos, sin ponerse de acuerdo, se dirigieron a los mingitorios del primer piso. Entraron y Marat en un murmullo dijo:

—Es cierto que ningún mexicano mea solo.

Enseguida soltó una risita sarcástica. Giménez le hizo coro y se pusieron a orinar como si fuera la competencia infantil que todo varón ha realizado en esos años de despreocupación.

Se lavaron las manos y, al salir, Marat descubrió la oficina donde se acumulaban las pruebas de crímenes cometidos, confiscaciones de armas, drogas, etcétera.

—Oiga, Giménez, ¿conoce al oficial encargado?

—Sí, detective. Es un tal Peña. No tiene la mejor fama, pero nadie le ha podido probar nada. ¿Por qué lo pregunta?

—Por curiosidad. Siga usted y váyase a su casa, lo veo mañana aquí, como a las diez de la mañana, listo para empezar nuestra investigación.

Sin más entró en el recinto que le interesaba.

—Buenas, Peña. Soy el detective Marat y tengo una preguntita qué hacerle —dijo al tiempo que sacaba de su cartera unos billetes de cien pesos.

—A sus órdenes, detective. ¿Pa′qué soy bueno?

—Estoy empezando una investigación y sé que aquí guarda usted algunas *grapas* de lo fino. Bueno, estoy interesado en ellas a cambio de estos *monitos* que traigo en la mano.

—¡Uy, mi detective! Eso no se va a poder —contestó con ojos tamaño avaricia que delataba que aún no le llegaba al precio—. Esto está inventariado y ya se imaginará… Si alguien viene y pregunta, ¿*pos* cómo justifico lo que falta?

—Se ahoga usted en un vaso con agua mi oficial; es tan fácil —sacó otro billete de la misma denominación y continuó diciendo—: coge usted el teclado y cambia en el archivo el peso del paquete restando las *grapitas* y cambia el documento de papel en el archivero y ¡listo! Asunto arreglado. Si todo sale bien en mi investigación, no olvidaré añadir su nombre como gran colaborador. Además, allá arriba lo hará quedar bien, ni quién se fije en los registros por unas chingadas *grapitas* de más o de menos.

El oficial no necesitó más explicaciones, escamoteó con habilidad de tahúr los billetes y le puso cuatro *grapas* en el mostrador.

—Lo más fino de la casa, mi detective. Si le sabe al corte, puede triplicar la cantidad, si no, *pos* nomás me dice, y con gusto le ayudo —concluyó con un énfasis más que claro en la palabra «gusto», que hasta para el más parvulito significaba una cantidad de billetes iguales a los que ya bailaban en su cartera.

—Gracias, Peña. Lo tendré en cuenta.

Salió de la habitación y de ahí a la calle no mediaron más de veinte pasos. Se subió al primer taxi que se detuvo, abrió la pequeña bolsita y, sacando la llave de su casa, puso en la punta una pequeña porción del polvo blanco. Aspiró de un golpe y echó la cabeza hacia atrás. De inmediato, sintió el efecto del perico. La quijada se le trabó y el cerebro se le despejó por completo.

—Contra... No mentía el tal Peña. Está buenísima esta chingadera. Chofer, lléveme a un buen cabaré, con surtido rico de personal. Hoy me quiero divertir.

—No se diga más, jefe.

Sin pensarlo, el taxista, que como todos saben los lugares adecuados para llevar a su clientela en espera de una propina adecuada —sabía, además, de un buen lugar para una noche de servicio completo para su cliente—, se dirigió al Molinillo. Le advirtió a Marat que el lugar era de esos *drag queens* con espectáculo y toda la cosa, pero que también había mujeres de verdad, quienes no sólo bailaban o cantaban. Además podían acompañarlo, siempre y cuando les llegara al precio.

Marat asintió. No había estado en uno de esos lupanares y le pareció un lugar atractivo para seguir la francachela solo.

Quince minutos después, entró por la puerta principal, no sin antes ser revisado de arriba abajo por la mirada inquisitiva de los *gorilas* —o eso le parecieron— que guardaban la entrada. Sin embargo, nunca lo revisaron por armas o alguna cosa por el estilo, lo cual le llamó un tanto la atención. No hizo mucho caso de ello.

Lo acomodaron en una de las mesas del pasillo superior, así que tenía que girar un poco la cabeza a la izquierda para poder ver el espectáculo. En ese momento actuaba un hombre un tanto obeso, que, a pesar de la afeitada, el bello de la cara se le notaba más de lo que le hubiera gustado. Por más que intentaba pasar por mujer, no lo conseguía, a menos que se dedicara a ser atracción de circo antiguo y pasar por la mujer barbuda, con un número de imitación de una cantante inglesa que había saltado a la fama hacía no mucho. No cantaba mal, pero a la hora del falsete se le cruzaron las cuerdas bucales y la risa del respetable no se hizo esperar. Esto ocasionó que el resto del número fuera un fiasco completo para su personaje, al cual no le quedó más remedio que hacer mutis por la derecha entre algunos aplausos, muchos silbidos y algunas carcajadas aisladas.

Una persona, que pensó era mujer, llegó a su lado a preguntarle qué deseaba tomar. Se pidió una cerveza y un tequila doble. Una vez solo, sacó la bolsita de las *grapas* y con aire discreto se aplicó un par de pericos. «Todo sea por disfrutar el *show* y… Quién sabe. A lo mejor averiguo algo de lo que pasa en estos lares», pensó, mientras sentía el efecto de la droga llenándole el cerebro de energía. Después de palparse la cartera y confirmar que aún tenía algunos billetes, aguzó la vista en busca de una mujer-mujer para terminar la noche con alguna compañía y la esperanza de comprar un poco de amor.

Levantó la cabeza y vio en el escenario a una mujer vestida de forma muy elaborada: seda, corona de perlas y cristales, dos círculos concéntricos que simulaban ser sus senos, y unas piernas bien torneadas para ser de hombre. La mujer esperaba que el público se calmara y pusiera atención a su acto.

Comenzó a sonar una música cadenciosa. De pronto, comenzó a moverse al ritmo lento de las notas y, conforme se aceleraba el ritmo, su cuerpo se contorneaba y empezaba a quitarse la poca tela que le cubría el cuerpo, además de todo lo que la vestía. En los últimos acordes, terminó completamente desnudo, al tiempo que dejó ver un miembro varonil sin un bello a su alrededor por unos segundos antes de apagarse las luces.

Al encenderse de nuevo, el público ovacionó la actuación, en especial, un hombre sentado justo al centro del piso inferior. Sus silbidos y aplausos delataban un gusto sexual un tanto retorcido por quien había dado la actuación. Fue entonces cuando escuchó el nombre de la artista: la Mata Hari, que púdicamente se cubría el sexo con una mano, mientras con la otra saludaba. A continuación, recogió lo que estaba regado por el escenario, hizo mutis por la izquierda y apareció unos momentos después para sentarse en la mesa del admirador que seguía aplaudiéndole conforme se acercaba. De forma efusiva y sin miramientos, le estampó un beso largo en la boca antes de sentarla a su lado.

«Ese ya salió premiado hoy», pensó Marat, mientras buscaba con la vista a una mesera o mesero o lo que se terciara, porque la coca empezaba a darle más sed de la que debería sentir. Por fin se le acercó una mujer vestida de odalisca y, con voz melosa, le preguntó si «el guapetón» le invitaba una copa o algo de beber. La miró e intentando confirmar su sexo, le indicó que se sentará junto a él. La mujer levantó el brazo y, como salida de una lámpara maravillosa, otra mujer de manos grandes y dedos muy gruesos con voz un tanto ronca les preguntó qué deseaban beber. Pidieron y, a los pocos minutos, después de una competencia tequilera, Marat perdió la conciencia de dónde estaba. No podría recuperarla sino hasta el día siguiente.

LIBRO V

Donde el drama se acelera
para todos los actores

I
SUEÑOS DE HUMO Y CASTILLOS EN EL AIRE SON ESO NADA MÁS

argarita del Rosal y Buenrostro regresó a casa mareada de olor a jazmines. El matrimonio Baldón insistió en dejarla en la puerta de su casa y, aprovechando el viaje, le explicaron con más detalle los planes inmediatos, a mediano y a largo plazo. Iba sentada entre la pareja y el contacto constante con las piernas de Malinalli, junto con su aroma tan penetrante, no le permitía pensar en nada. Sólo se dedicó a asentir a todo lo que le decían. Cada vez que ella le dirigía la palabra, se perdía entre sus labios y las lánguidas miradas que creía ver que le lanzaba.

Una vez llegó a sentir el contacto de su mano en su muslo izquierdo. Una corriente eléctrica le recorrió desde el espinazo hasta una zona erógena que no conocía. Deseó con todo su corazón que no la retirara, pero el contacto fue tan sólo por unos segundos, aunque le parecieron horas. Quedó más convencida que antes de que sus sueños de seducción podrían ser una realidad. Sólo tenía que tener paciencia.

Decidió no bañarse. Quería mantener el olor, «su olor», todo el tiempo que le fuera posible. Se desnudó, se metió en la cama y se quedó dormida.

Unas horas después, con el pulso y la respiración agitados, despertó. Una pesadilla de las peores, como pensó unos momentos después, era la culpable. En ella, Malinalli, con quien había estado pasando unas horas deliciosas, la dejaba en medio de un beso ardiente. En cambio, se iba con un desconocido de sonrisa maliciosa —de lobo de cuento de hadas que se prepara para refinarse a su víctima— y con un tic en uno de los ojos (no recordaba si el izquierdo o el derecho). Lo triste era que, a pesar de sus gritos implorándole que volviera, Malinalli reía a carcajadas de lo que sea que el hombre le decía, mientras le metía la mano entre la blusa, a la altura de los senos. Después le sobaba las nalgas por debajo de la falda y la otra se dejaba hacer con muestras de placer. Al final, se desvanecía en la puerta de un hotel de mala muerte.

«Maldita sea, ¡vaya pesadilla! ¿Cómo es posible tener este sueño tan real? Y lo peor es que me haya cambiado por un hombre tan feo, digo, si al menos fuera el marido, vaya y pase, es el esposo y no es de mal ver, pero ¿con ese ente? Lo que nos hace la imaginación», concluyó su pensamiento.

Miró la hora en su despertador y se dio cuenta de que no faltaba mucho para tener que prepararse para ir a trabajar. «Lo primero que haré será llamarla para espantar este sueño maldito, no sea que se haga realidad —se decía a sí misma, presa de la superstición popular de que si las pesadillas no se cuentan o se habla con quien aparece en ellas, se convierten en parte de la vida real—, me la robe un cualquiera y todos mis planes se vayan al carajo».

Entró a la ducha y se vistió para la rutina diaria. Fue a la cocina, se preparó un café colado, un par de tostadas y salió rumbo al Palacio Legislativo luego de abordar el primer taxi que se cruzó en su camino. Iba inquieta, más de lo que quería aceptar. Pese a toda su educación e inteligencia, la superstición la carcomía desde niña el alma y había pasado por períodos dolorosos por confiar en ella. Se había prometido no hacerlo más y estaba por lograrlo, hasta esa mañana de marras en que el destino que creía reconocer y hacer todo lo posible para espantar, se le presentó en una forma extraña con toda la fuerza de la que era capaz.

Entró sin saludar a nadie. Se acomodó en la silla de su escritorio e iba a descolgar el teléfono para llamar y ponerse a las órdenes de la señora Malinalli cuando, en mala hora, repiqueteó la campanilla que demandaba su presencia en la oficina del concejal. Lo maldijo, pero no le quedaba más que obedecer. Tomó su libreta, se acicaló la falda y el cabello. Con paso menudo y cadencioso, entró en la oficina de su jefe, quien se encontraba ya bebiendo uno de esos cafés de moda que no son café, pero que la gente tiene por tal. Tenía la vista clavada en el monitor de su computador, un cigarrillo encendido en la comisura de los labios; era algo raro en él, ya que sólo lo hacía cuando estaba demasiado nervioso. Con un gesto, le indicó que se sentara.

Eso pintaba mal, muy mal para ella, ya que sólo podía significar una cosa: no poder hacer lo que tenía planeado en por lo menos cinco horas. El peso de la superstición la abrumó por completo, pero tuvo que poner cara de «aquí no pasa nada», y esperar a que su jefe le dijera su cometido para el día.

II
LA CRUDA REALIDAD
DEL DESPERTAR CRUDO

Tenía la boca más seca que una lija cuando abrió los ojos. No reconoció dónde estaba, situación que ya no le sorprendía mucho, pero que aún lo desconcertaba. Extendió el brazo y sintió un cuerpo junto al suyo; giró la cabeza de espacio, ya que la luz le producía un dolor intenso y descubrió la espalda de una mujer... o al menos eso le pareció. Con el índice de la mano derecha, recorrió los huesos de la columna vertebral y su cuerpo se estremeció un poco. Al girarse, dos senos grandes, de pezones pequeños y oscuros, le confirmaron la suposición.

«De los males el menos», pensó, mientras buscaba con los párpados semiabiertos un vaso con cualquier contenido. Se incorporó un poco y descubrió una cubeta con hielos, así que hizo el esfuerzo de levantarse de la cama, tomó el vaso que estaba junto a la cubeta, añadió unos hielos y bebió el contenido. A continuación, masticó los hielos y se puso otros más en la frente.

La mujer abrió los ojos y, con voz melosa, lo instó a regresar a la cama. Añadió que aún no acababa con él, se incorporó un poco más. Al ver sobre la mesa de noche una línea de coca, la aspiró con unción para decirle que se aplicara una y volviera junto a ella. La alarma de un celular comenzó a repiquetear y Marat extendió la mano sobre la boca de la mujer, para hacerla callar y contestar la llamada.

—Marat aquí… Sí, Giménez, gracias por decirme… Ya voy… Una media hora, creo… ¿Dónde? Está bien. Mande la dirección por texto y allá lo veo.

Cortó la comunicación. Buscó en la bolsa del pantalón el paquetito de plástico que contenía la coca y descubrió que casi no había nada. «¡Carajo! Va a ser un largo día hoy y yo sin refuerzos». Miró a la mujer que lo esperaba y lanzó un suspiro. Enseguida le dijo que se vistiera, que tenía que salir; ya tendrían otra oportunidad. Ella lo miró, entre sorprendida y divertida.

—Aquí el único que tiene que vestirse eres tú, papi. Esta es mi cama.

Le quitó el celular de la mano y, después de teclear algo, se tomó un autorretrato, así como estaba, con los senos al aire.

—Listo. Ahí está mi nombre, número y foto, para que no me olvides. Llámame pronto, papi.

La miró un tanto desconcertado. Salió de la habitación, entró al baño a orinar, se lavó las manos y cara. Después buscó su ropa por el departamento y una vez vestido, sin decir «esta boca es mía», salió a la calle.

No se acostumbraba a ser deslumbrado por el sol de la mañana, entonces se dio cuenta de que había perdido las gafas en la refriega nocturna. Miró a ambos lados en busca de un taxi. Después de una breve espera, uno se detuvo, dio la dirección y urgió al chofer a llevarlo lo más rápido posible.

Cuando llegó Giménez ya lo esperaba tan fresco como una lechuga y, para sus adentros, se recriminó el hecho de envejecer. Sobre todo, más que nada, culpaba a la cruda que en oleadas de mar picado por tormenta le azotaba el frontispicio.

—¿Hay algo de beber aquí? —preguntó con voz pastosa.

Para su sorpresa, su nuevo asistente le alargó un vaso de plástico color amarillo lleno hasta el borde de cerveza. Lo miró un tanto desconcertado y bebió un largo trago, para, después, relamerse los labios. Luego dio una cabezada en señal de agradecimiento y añadió en voz baja que le debía un favor. Recibió como respuesta una señal con la mano.

—Tenemos un caso muy interesante, detective Marat. Esta tienda de abarrotes fue robada esta madrugada, se llevaron la caja registradora, que no contenía más que «sencillo», porque como dice aquí el señor —dijo Giménez, señalando con la cabeza al dueño del establecimiento— desde hace tiempo no deja nada más que monedas dentro. Al corte de caja uno de sus hijos, en forma discreta, pasa por el resultado de la venta del día y lo lleva a depositar al banco temprano, mientras él abre el negocio.

»Lo interesante del caso, es que hace tan sólo dos días decidió instalar un sistema de cámaras de video que se encuentran ahí y allá —dijo señalando el techo y dos esquinas opuestas— y ahora tenemos una imagen de los ladrones.

Marat seguía la conversación, aún con los vapores del alcohol y con algunas reminiscencias de la noche pasada con la corista, sonriendo para sus adentros y llevando maquinalmente la mano al celular donde le había anotado su número telefónico. Pensaba qué día sería pertinente tener otra entrevista con ella, pero evitó distraerse. Pidió ver la imagen y en la trastienda el dueño le mostro el video del robo: dos hombres entraron por la puerta, después de haberla forzado; abrieron uno de los refrigeradores y sacaron algunas cajas de cervezas. Luego las cargaron con la caja registradora al tiempo que la alarma empezó a sonar. Sorprendidos, uno de ellos levantó la cabeza y, sin consciencia de que no portaba la típica máscara quirúrgica, contempló la cámara de video que estaba disimulada detrás de unos estantes y que grababa toda la escena.

—Vaya, eso nos hará la vida un poco más fácil. Buen trabajo, Giménez, y qué buena idea la suya. Esperamos encontrar a los culpables pronto y recuperar su registradora.

—La registradora es lo de menos —contestó el abarrotero—. Lo que nos urge a todos en este vecindario es que capturen a toda la banda y podamos vivir tranquilos, sin pagar protección y sufrir este tipo de asaltos que nos tienen los nervios de punta. No hacemos más que darnos al carajo, porque ustedes no hacen nada.

Marat lo miró un tanto asombrado de la franqueza, pero comprendió la situación de todos los mercaderes. Sacó el casete de la máquina para llevarlo a la comisaría y ver si encontraban alguna foto o información del asaltante que les ayudara a resolver por lo menos ese caso.

Subieron al auto patrulla que conducía Giménez sin decir palabra. Así, se perdieron en el tránsito de la ciudad por algunos minutos. Al llegar a su destino, Marat pensó en darle una visita al guarda Peña, pero cambió de opinión: abordó el elevador junto con su asistente para reportarse con el comandante Mondragón y comenzar con las investigaciones. Más tarde tendría tiempo de apalabrarse con el otro, si es que ese día estaba de turno.

Los llamó desde su oficina. Después de cuadrarse ante el superior, Giménez dio el parte pertinente. El superior los instó a que revolvieran cielo, mar y tierra, pero que encontraran al sospechoso lo antes posible, para quitarse de encima a la gente de arriba.

—En especial al concejero Baldón, que me está chinga que chinga con resultados— apuntó y dio por concluida la reunión.

Marat, con una excusa cualquiera, abandonó la comisaría y dejó a Giménez como encargado de buscar en los registros con fotografía al único sospechoso. Se dirigió a la fonda donde había almorzado el día anterior. Cuando la mesera le llevó el menú, la reconoció como la chica de la noche anterior en el restaurante. No le hizo ningún comentario, pero por instinto se puso alerta a ver si el tipo con el que había comido se aparecía. Pidió dos cervezas y unos chilaquiles verdes.

La Güirigüiri le llevó las dos cervezas y un tarro, pero él las bebió del pico de la botella una tras otra y pidió una más para pasarse los chilaquiles.

En eso estaba cuando un hombre, trajeado y con un puro, se sentó en la mesa del fondo, pegada a la entrada del local. Marat sorprendió el nerviosismo de la mesera y sin prisa, giró la cabeza para ver al culpable del alboroto. Al verla aproximarse poco a poco para tomarle la orden, descubrió a un tipo más que común y corriente, que se daba aires de «mátalas callando». Entonces creyó reconocer al tipo de la noche anterior. Ella no dejaba de observar con el rabillo del ojo la puerta de la cocina al tiempo que escamoteaba un papel que el tipo había dejado junto a los cubiertos, luego lo metió en uno de sus senos y dio un suspiro de alivio.

«Esos dos algo traen, pero me parece más una cita amorosa que tratan de esconderle a alguien», pensó mientras le daba un sorbo a su cerveza. En eso, de la puerta de la cocina, salió una mujer con la actitud del can aquel que guardaba las puertas del inframundo según los griegos.

«Vaya doña esa, en verdad tiene tres cabezas. Con qué mirada los acaba de fulminar... ¿Cómo es que se llamaban las cabezas del Cerbero? ¡Ah, sí! Veltesta, Trestesta y Dittesta. Pero ya le pasaron el *strike* y seguro el chulo ese está planeando lo que le va a hacer a la chamaca. En fin, cosa de ellos; a mí que me traiga otra chela y asunto concluido», dijo para sus adentros con una sonrisa maliciosa reflejada en el rostro.

En ese momento, la mesera dejó frente a él los chilaquiles. Sin inmutarse ni mucho ni poco, le encargó otra cerveza. Luego se dedicó de lleno a comer el contenido del plato. Sin embargo, el rostro del «chulo», como lo había definido, se le grabó en la memoria; no era supersticioso, a pesar de que de niño lo llevaban a esas ferias de pueblo donde niñas se decían ser mujeres serpientes por haber sido groseras con los padres, y gitanas que argumentaban ser capaces de decir la buena o mala fortuna. De haberse topado con alguna de ellas en ese momento, tal vez, le habría vaticinado con lo que se toparía en un futuro no muy lejano y bajo circunstancias completamente diferentes. Sin embargo, no se encuentran muy a menudo gitanas que en verdad puedan predecir el futuro, o al menos, no en fondas de medio pelo en la gran ciudad.

Después de comer, pagó por el servicio y regresó a la comisaría. Resistió la tentación de buscar al guarda Peña y subió al piso donde Giménez estaba aún tratando de encontrar a alguien fichado parecido al tipo que aparecía en el vídeo. Al llegar al último escalón, casi da de bruces con su asistente, el cual tenía una sonrisa llena de satisfacción que no se esforzaba por disimular.

—Detective Marat, creo que tenemos a nuestro hombre. Tiene todo un historial de entradas y salidas de chirona —Marat lo observó con seriedad y pensó en quién carajo usaba esa expresión en estos días—, pero no ha pasado mucho tiempo a la sombra. Pequeños robos aquí y allá. Me supongo que el otro es alguno de sus socios, pero no pude encontrar su foto en los archivos que tenemos. La última dirección conocida del «Mazapán» (como lo llaman, a saber por qué) no está muy lejos del lugar de los hechos.

—Excelente trabajo, Giménez. Vamos a presentar nuestros respetos al señor Mazapán. A ver si sabe cantar las rancheras tan bien como se lleva las cervezas.

III
QUIEN MUCHO ABARCA
POCO APRIETA

El Coqueto se despidió de la Mata Hari. Jamás lo llamaba por su nombre de pila en la puerta de entrada a los departamentos donde esta vivía. Como siempre, tenía el tiempo medido para llegar al banco y hacer su rutina. Los vapores de la noche anterior aún le daban vueltas en la cabeza, pero esperaba que un café bien cargado los despejara. Eso fue lo primero que hizo después de chequear su tarjeta. Hasta ese momento, recordó que a las diez de la mañana tenía que hacer la llamada. Su mente se llenó de aquel olor a jazmines que ella despedía. Por unos momentos no fue dueño de sí mismo y tan sólo deambuló por el local, sin saber cómo se encontró frente a la ventanilla que le habían asignado ese día: la número tres.

Aún faltaban un par de horas para la llamada, pero todo él estaba perdido desde que recordó hacerla. No atinaba a hacer su rutina; en un corto lapso, recibió dos llamadas de atención de sus compañeros para que atendiera a quienes habían acudido a su ventanilla. Eso le dio una excusa para ir al baño a mojarse el rostro y tratar de espabilar. Al regresar se sintió un poco más tranquilo y poco a poco recuperó algo de confianza en sí mismo, pero no del todo. No tenía idea de qué diría y en esas estaba cuando recordó que además tenía que lidiar con la Güi-rigüiri. «Maldita la hora en que me metí en esas, cuando estoy por tener a una verdadera mujer, ¡carajo!», se dijo mientras se colocaba de nuevo detrás de su ventanilla.

Cuando faltaron cinco minutos para las diez, pidió permiso para tomar un ligero descanso. El supervisor del día se lo otorgó sin mayores preguntas; entonces abandonó el edificio. No encontró un lugar tranquilo, o al menos uno donde no hubiera tanto ruido, para hacer la llamada. Alzó los hombros a manera de resignación, sacó la cartera del bolsillo trasero del pantalón, extrajo la tarjeta de ella (aún impregnada de su olor). Llevaba el celular en la mano desde que había pedido permiso, así que no perdió el tiempo: en cuanto dieron las diez en punto tecleo los números con la vaga esperanza de que ella contestara, pero con la resignación y el fatalismo de tener la seguridad de que no lo haría. Se había puesto como límite esperar al quinto timbrazo, porque se había dicho que «no hay quinto malo» desde que recordó el aroma de jazmines.

Justo al quinto, escucho su voz al responder. Llegó a grado tal de nerviosismo que estuvo por cortar la lla-mada, pero cuando escuchó por segunda vez la respuesta supo que no habría más que rifársela toda y hablar.

—Buenos días, señora… Aquí reportándome… como me pidió —fue lo más inteligente que pudo decir.

Se dio cuenta de que ni su nombre había dicho. «Eres un pendejo, ¿cómo esperas que sepa quién llama, animal, si no te identificas?», alcanzó a pensar. Para su sorpresa (que no sería, por cierto, la última ese día, pero sí de las pocas que aún tendría en esta vida), la escuchó responder después de un corto silencio:

—Buenos días. Pensé que olvidaría su compromiso. Gracias por llamarme. Se ve que es usted un hombre de palabra. ¿Tiene en mente cuándo y a dónde le gustaría ir a beber ese café?

No podía salir del asombro de que ella recordara su llamada y la invitación. Las palabras se le atragantaron por un momento. Tragó saliva suficiente como dejar en un chisguete al río Grijalva (que no tenía ni idea de que existía), pero en su fuero interno le pareció que toda esa agua le pasaba por el cogote.

—Le agradezco que lo recuerde, señora. Para ser honesto, había pensado dejarle a usted que decidiera el lugar y encontrarla ahí el día y la hora que le pareciera bien.

—Muy galante de su parte —contestó ella—. ¿Qué le parece hoy a las cuatro de la tarde en ***? ¿Conoce el lugar?

—No, pero lo encontraré sin dificultades. Entonces hoy a las cuatro de la tarde en ***. Gracias por hacerme el honor.

—Al contrario. Gracias por su cortesía y ayuda en el banco. Nos vemos pronto —terminó de decir y cortó la comunicación.

El Coqueto se quedó plantado como árbol de arriate en medio de avenida principal hasta que la campanilla del carrito del paletero lo regresó a la realidad. Guardó el celular y regresó a su puesto más ufano que ganador de medalla olímpica. En ese momento, recordó a la Güiri-güiri y, sin pensarlo dos veces, decidió no terminar con ella hasta el día siguiente —después de poseerla, por supuesto— y desaparecer de su vida, como había hecho tantas veces en el pasado. «Total, fondas sobran en esta ciudad», se dijo sin sombra de remordimiento.

Su plan de acción era sencillo: ir a almorzar como siempre, darle cita en algún lugar cercano a un motel, hacerla suya y dejarla ahí mientras durmiera, porque estaba seguro de extenuarla hasta el grado de que perdiera la conciencia. Nunca imaginó que ese plan, como todos los otros que hizo a futuro ese día, se vería truncado, al mismo tiempo que dejaría de respirar, en concordancia con aquello de que «el hombre propone, pero Dios dispone».

Hizo su turno regular hasta la hora del almuerzo. Salió del banco rumbo a la fonda donde estaba seguro que lo esperaba con ansiedad. Su caminar demostraba la autosatisfacción que le invadía las entrañas y, según él, no era para menos: una mujer en la totalidad de la expresión le daba cita para ese día y una jovencita estaba dispuesta a entregarle su inocencia a cambio de unas palabras vacías. Todo le parecía color de rosa, si es que esa expresión cabía en su vocabulario al entrar al local. Se arrellanó en la mesa más alejada y espero. No había mucha clientela. Un tipo que no recordaba estaba bebiendo cerveza como si fueran las últimas en el planeta y una madre con su hijo pequeño comían arroz en silencio.

La Güirigüiri salió de la cocina, llevó en la mano la bandeja con comida para el hombre de las cervezas y, sorprendida por ver al Coqueto, casi cometía la estupidez de tirar los alimentos. Para sorpresa de ambos, se recuperó pronto, dejó la comida y con paso que aparentaba ser natural se dirigió a tomar su orden. El Coqueto sacó del bolsillo interior del saco la nota preparada, y la encerró en su puño dispuesto a ponerla junto al servicio para que ella pudiera tomarla sin que nadie los viera: el viejo «toma y daca» como en las películas que le gustaban. Ella escamoteó el papel, lo escondió en uno de sus senos y suspiró. En ese momento la madre se asomó por la puerta de la cocina y ella daba media vuelta con el pedido anotado en la comanda y desde ahí le hacía llegar a la doña lo que el cliente había pedido ese día.

El Coqueto se sorprendió de la habilidad de la chiquilla y casi lamentó no estar dispuesto a explotarla más de lo planeado. Sin embargo, el embriagante aroma a jazmines le tenía trastornado el seso. Llegó la comida, la degustó sin prisa, y esperó captar con la vista la reacción de la camarera. Ya no fue posible, porque la doña estaba ahí pendiente de todo. Se resignó a pensar que la cita era un hecho, pero no le daba mucha importancia. La que hacía al caso era en tres horas y «centavos» y apenas tenía tiempo de regresar al banco, ausentarse con una excusa cualquiera y endomingarse para la otra: la única que hacía al caso de ahora en adelante. Había olvidado por completo a la Mata Hari en ese momento y no la recordaría, sino por un breve segundo, justo antes de dar su último suspiro en este valle de lágrimas.

IV
DONDE SE ESCUCHA LA VOZ INTERIOR, PERO SE HACE TODO LO CONTRARIO

espués de dar por terminada la conversación, Malinalli se miró en el espejo que se encontraba en la sala de estar frente al sofá. El reflejo «le gritaba» el error que estaba por cometer, al igual que cada célula de su ser: «No vayas, no vas a ganar nada. Sólo lograrás meterte en problemas de gratis y destruir todo lo que has luchado por construir».

Pero ella, con un solo movimiento de cabeza, desdeñó todo lo que la conciencia le aconsejaba. Traía metida la aventura entre «ceja y oreja» y no había poder humano o, al parecer, divino que impidiera cumplir ese capricho.

—Mi marido me ha sido infiel no sé cuántas veces, y yo me he mantenido al margen de reclamaciones y de hacer lo mismo; hoy me desquito con un ilustre desconocido. ¿Qué es lo peor que puede pasar? ¿Que lo encuentre en el banco de nuevo? Sí, eso puede pasar, pero siempre puedo cambiar de banco, no tengo que pedir permiso a nadie para eso. Si el tipo este me cumple, me gusta y logra lo que mi marido no ha podido, entonces ¿qué me limita a gozarlo cada vez que yo quiera hasta que me hastíe de él? Nada, así que a ponerme lo más seductora que sea posible, y a encontrarlo. Ya la suerte dirá qué pasa.

Se levantó sin prisa y se dirigió a su habitación. Una vez ahí, se desnudó y se metió a bañar. Al salir, seleccionó la ropa interior más sensual que tenía. La combinó con una blusa y falda entallada que resaltaba toda su figura. Estaba más que dispuesta a seducir por completo al hombre que le había despertado los instintos más oscuros, sin saber bien a bien cómo había sucedido.

Aún tenía tiempo para arrepentirse. El pensamiento le cruzó por la mente, pero lo descartó en el acto. Sin embargo, analizando las cosas con más detalle, se encontró con el ligero problema de cómo llegar al restaurante y su cita. No tenía muy claro cómo deshacerse del chofer y menos tenía idea de si el hombre tendría automóvil. Llamar un taxi o uno de esos servicios nuevos vía aplicación de celular no parecía una buena idea, al menos mientras no supiera qué hacer del chofer. «Para ello puedo enviarlo a algún lugar, pedir un taxi unos minutos después y decir a la servidumbre que tuve que salir de último momento y que llamaré al chofer cuando lo necesite… Pero ¿y si el tipo este no tiene auto? No puedo decirle al chofer que me pase a buscar a un hotel o a dónde sea que vayamos después de comer. ¡Claro, qué tonta! Su número está en mi celular. Le llamo y le pregunto si tiene auto o que me pase a buscar en un parque o así y de ahí… Pues ya veremos».

Tomada la decisión, marcó el número más reciente que tenía en su teléfono móvil y esperó que le respondieran.

—Hola. Lamento interrumpirlo… Tan gentil que es usted. Me preguntaba si puede usted venir a buscarme a la dirección que le voy a dar… ¡Ah! Su auto está en el taller… No, no hay problema, entonces. ¿Será posible que cambiemos el lugar de nuestra cita? ¡Perfecto! ¿Conoce el hotel ***? ¿Sí? Sensacional. Justo en frente hay un restaurante muy mono y discreto. Me gustaría proponerle que nos encontremos ahí; digo, si le gusta la comida hindú… ¿No la ha probado? Entonces mejor que mejor. Nos vemos ahí. Ya le diré cuáles son los mejores guisos que tienen… Maravilloso. Entonces, nos vemos a las cuatro de la tarde, como habíamos quedado, en el restaurante hindú frente al hotel ***. Nos vemos pronto. Gracias por ser tan flexible.

Cortó la comunicación y se estiró. Aún había tiempo para arrepentirse, o al menos eso le decía la conciencia, pero ella la ignoraba, la tenía sin cuidado lo que le dijera. Sólo el placer que esperaba sentir le llenaba la cabeza y eso ahogaba el buen juicio del que había hecho gala a lo largo de su vida.

Cuando se aproximaba la hora de la cita, llamó al chofer y le hizo un encargo cualquiera, pero lo suficientemente lejos para que le llevara tiempo el cumplirlo. Esperó quince minutos, para estar segura de que se había ido. De pronto se dio una palmada en la frente cuando una de las jóvenes del servicio estaba cerca y exclamó:

—¡Ay! Olvidé que me había comprometido a ir a una comida hoy. Bueno, no es el fin del mundo. Llamaré a un taxi y solucionado.

—Señora —le dijo la joven del servicio—, ¿no prefiere que llame al chofer y que venga por usted? No debe estar muy lejos.

—No te preocupes, Felicia. No pasa nada. Me voy en taxi y, cuando termine la comida, le llamo para que venga a buscarme donde quiera que la señora Vallespino quiera ir a comer. Ya sabes cómo es, le gusta ir a nuevos sitios. ¿Conoces algún servicio de taxi a domicilio confiable? He oído muchas cosas sobre los taxistas callejeros y no tengo muchas ganas de que algo suceda. Tampoco quiero molestar al señor con esto.

—Creo que tengo anotado un número en mi habitación, señora. Déjeme ir por el número y les llamamos. Son los que uso cuando tengo el fin de semana libre y quiero ir a casa de mis padres. Les tengo confianza porque ya los conozco a todos.

—Muy bien, Felicia. Gracias por tu ayuda. Te recordaré la próxima vez que tengas descanso: yo te pagaré el viaje y te daré un extra para que lleves a tus padres a comer un helado y al cine si les interesa —le dijo, esbozando su sonrisa más encantadora y viendo como la muchacha salía rumbo a su cuarto más rápido de lo necesario, no sólo por hacer la llamada, sino por la recompensa prometida.

Después de algunos minutos, regresó y anunció triunfal:

—Señora, el taxista don Miguel ya viene en camino. Es muy agradable él. Es un señor mayor, muy respetuoso; lo mejor es que no maneja como loco. Es muy prudente.

—Mucho mejor. Parece que le conoces, así que más agradecida contigo aún. Lo prometido será doble, esto es, doble extra para tus próximo dos descansos.

Pasaron unos minutos. La joven del servicio no se separó de Malinalli hasta estar segura de que el taxi llegaba conducido por don Miguel. Su espera no fue tan larga.

Sonó el timbre, Felicia abrió la puerta y dejó saber a la señora que el taxi había llegado. A continuación, se dirigió a la cocina donde tenía que terminar de preparar la comida para los empleados que estaban en la casa.

La Señora de Baldón salió de casa y subió al taxi. Se arrellanó en el asiento trasero y dijo a dónde se dirigía. El taxista asintió con la cabeza, subió un poco el volumen de la radio, no sin antes pedir la autorización de la pasajera. Puso rumbo al restaurante, donde esperaba no llegar antes que su cita. «Si no está ahí esperando por mí, me regreso por donde vine, que nadie me hace esperar, ¡qué caray!», se dijo maliciosa. Mientras tanto, recorría con las manos sus muslos como para estar segura de lo que su cuerpo en ese momento valía. Una sonrisa traviesa se le dibujó en el rostro durante todo el trayecto.

«Ese tipo no se la va a acabar, como dicen».

LIBRO VI

Donde se narran las andanzas de los actores
de esta tragicomedia la noche de autos

I
LA MOCITA QUE ESTÁ MÁS QUE PUESTA EN BANDEJA DE PLATA

Amparo no cabía en sí de felicidad. La nota le daba cita para el día siguiente y ella ya sabía lo que iba a hacer: empacar lo poco que tenía dentro de su mochila escolar, y desaparecer con el hombre en el que quería creer le salvaría de la situación en que se encontraba, lo veía ¡tan enamorado!, que no era posible que no se la llevara con él, y no le importaba dónde fuera, con tal de dejar de soportar a la bruja que tenía por madre, estaba dispuesta a hacer lo que fuera.

Cuando por fin pudo salir de la cocina, se dio cuenta, con tristeza, que el Coqueto ya no estaba ahí. Sólo vio los billetes sobre la mesa pagando el consumo y maldijo una vez a la vieja por no haberle permitido salir antes y poder despedirse, pero sólo fueron unos segundos de decepción.

Sabía el plan para el día siguiente y eso le llenó de sueños el corazón. Con la alegría inusual en ella, los clientes regulares se asombraron, pero no abrieron el pico para manifestarlo, tal sólo en sus fueros internos se alegraron de verla feliz…al menos por esos momentos, que el destino nos reserva sorpresas que pueden llevarnos a la desesperación total un momento después de tenernos en la cima del gozo y alegría.

De pronto recordó que ese despliegue de alegría podría poner sobre aviso a la madre de que algo pasaba, y después de un par de respiraciones profundas, regresó, al menos por fuera, al estado silencioso y taciturno que tenía todos los días. Para ese entonces, la fonda se había vaciado, así que, creía que nadie le había observado los cambios de humor.

Llegó la hora en que debía salir rumbo a casa para darse un baño e ir a la escuela. Se quitó el mandil, lo dobló y lo puso dentro del cajón de siempre en el pequeño aparador que estaba en la cocina. Se despidió de la madre, que le dio el dinero justo para los pasajes de camión y una bolsa de papel con una torta de pollo en mole para su comida más tarde. No hubo palabras dulces, ni besos ni abrazos de despedida, más bien, como siempre, fue un «hasta luego» frío y no nada cordial. Levantó los hombros al traspasar la puerta del local y, por primera vez, creyó respirar los aires de libertad.

Montó en el camión que le dejaría cerca de casa. Eran poco más o menos las tres y cuarenta minutos de la tarde, cuando, observando el paisaje citadino, creyó reconocer al hombre que ella creía ser su libertador entrar a un café un tanto de renombre y muy *fufurufo*, sólo para personas que podían pagar un plato de frijoles refritos con plátanos macho, que pagaban toda la comida corrida que servían en la fonda. Sin pensarlo haló el hilo de la campanilla con desesperación y un par de calles más adelante se bajó del *guajolotero* como llaman coloquialmente al autobús en el barrio, que algunos también llama la *guagua*.

Con la mirada ofuscada por la duda y, algo que no había experimentado jamás, los celos, corrió más que caminó hacia donde creía haber visto al que desde el mediodía consideraba «su hombre». Detuvo su loca carrera unos cuantos metros antes de llegar. Procuró calmarse. «¿Y si no es? Y aquí la loca de mí, bajándose un *titipuchal* de cuadras antes de llegar a casa porque creí verlo, pero ¿y si sí es?» pensaba con angustia al cruzar la calzada para ver desde el otro lado de la acera las ventanas del restaurante.

Se paró, sin darse cuenta, en el arco de entrada de un hotel que tenía vista directa al restaurante. Le costaba trabajo ver hacia el interior, ya que el sol le daba de lleno en el rostro y, para colmo, las ventanas estaban cubiertas de una capa que las polarizaba. No sabía que hacer. Daba pasos de un lado a otro, como leona enjaulada. De pronto, se abrió la puerta y lo vio. El alma se le fue al piso. Llevaba del brazo a una mujer, de la que no vio más que eso, que era una mujer, y para colmo de males ¡se dirigían hacia donde ella estaba! No tenía tiempo que perder, y con mirada alucinada buscó dónde esconderse. Se abrió la puerta frente a la que se encontraba y sin pesarlo dos veces entró.

Desde ahí pudo observar sin ser vista. Era él, no había duda y ambos entraban al hotel muy amartelados. Los celos casi hacen que pierda el conocimiento, pero se sobrepuso, con todos los sentidos alertas y un dolor inconmensurable en el pecho, que poco a poco se volvió en un odio mortal contra la pareja. Decidió esperar a que salieran. La pinta de «la puta esa» como la llamó en su fuero interior, era de *fufurufa*, así que, en algún momento, deberían de salir y ella estaría ahí, esperándoles, para seguirlo y encararlo: — es mío o de nadie —murmuro, pero con un tono que, si el Coqueto le hubiese escuchado, se habría precavido, porque el pellejo le iba en juego.

II
CANTAR COMO JILGUERO NO LO ALEJA DE LAS REJAS, QUE SÍ MATAN

arat y Giménez llegaron a una de las vecindades más pobres de la demarcación de policía. No iban en la autopatrulla por recomendación del asistente del detective, así que la gente, a pesar de mirarlos con un poco de desconfianza, los olvidó muy pronto. Entraron por la puerta de madera desvencijada, que por artes oscuras se medio mantenía en sus goznes, y se encontraron en el patio central cundido de tendederos y ropa de asolear. Los lavaderos estaban llenos de comadres y chiquillos en calzones corrían por todos lados en gran gritadera.

Se movieron sin prisa buscando el número de la vivienda del Mazapán. No querían preguntar, pero fueron descubiertos por algunas niñas que se correteaban. Se les acercaron para pedirles alguna moneda de regalo. Giménez estuvo por alejarlas, pero Marat lo contuvo con un gesto y, poniéndose a la altura de una de ellas, le entregó unos pesos:

—Pero los vas a repartir con todas, ¿eh? —le dijo en tono afable y enseguida le preguntó—. ¿Sabes si el Mazapán anda por ahí?

La niña lo miró un poco desconfiada, pero al ver las monedas y la sonrisa afable del policía, levantó los hombros y señaló rumbo a una de las viviendas.

—Debe estar ahí, jetón —le contestó y salió corriendo con todas las monedas y el resto de la chiquillada tras ella haciendo gran alaraca.

Las mujeres ni se enteraron porque estaban muy metidas en el chisme que una de ellas contaba, mientras fregaban la ropa que algún día fue blanca.

Ambos policías se dirigieron al lugar señalado, con una mano en la cintura, por encima de la camisa, que cubría el arma de cada uno: treinta y ocho especial de Smith and Wesson. Llegaron a la puerta y pegaron oreja. Lo único que se escuchaba eran los ronquidos de un hombre, a intervalos irregulares. Marat aplicó la mano a la cerradura y comprobó, para su fortuna, que no tenía llave. La giró con precaución, a la espera de que no rechinaran las bisagras. Luego entraron pasito.

Un hombre estaba tendido en un camastro, sin camisa, con pantalones y zapatos puestos. La habitación hedía a cerveza y varias cajas se amontonaban en diferentes lugares. «Como Santa Ana, este cabrón está dormido en sus laureles; aquí es Tejas, que es como decir Troya», pensó el detective, al tiempo que daba instrucciones a su segundo de colocarse del otro lado de la cama.

Aplicó el cañón de la pistola a la sien del Mazapán y le dijo al oído con voz quedita:

—Despierta, mi bien, despierta... Mira que ya amaneció.

El hombre, medio resopló en sueños, como espantando el sonido que no sabía de dónde provenía, y trató de girar el cuerpo. No obstante, sintió en el lado opuesto del rostro algo frío que apenas alcanzó a distinguir.

Abrió los ojos tratando de enfocar a su alrededor y escuchó las mismas palabras, que lo espabilaron un poco, se llevó el dorso de la mano a los ojos y al removerla, enfocó a los dos hombres que lo tenían encañonado. Trató de reaccionar, pero era muy tarde. Un clic le dio a entender que si se movía sería la última vez que lo haría. Maldijo entre sí, pero se quedó quieto.

—Por ahora y sólo por ahora, así calladito te ves más bonito, Mazapán. Tenemos algunas preguntas que hacerte. Depende de ti y sólo de ti que sigas respirando aire fresco, ¿sí entiendes lo que te quiero decir? Deja las manos quietas, así, sobre el pecho, como si fueras ya fiambre listo para que se lo zampen los gusanos. Por el olor que despides, debes de tener varios millones de ellos dentro.

»No está de más recordarte que tengo el dedo índice muy inquieto, sobre todo cuando tiene un gatillo que le invita a halar, creo que le divierte ver la sangre salir de la jeta del futuro occiso… Pero tú tranquis, manito. Si nos dices lo que queremos, no va a pasar mucho. Te vas a sentar, des-pa-ci-to, así, muy bien. Esas cajas de cerveza que tienes aquí, además de darme la sed, me hacen muy curioso de saber cómo las obtuviste y, sobre todo, por encargo de quién. Eso es lo que quiero que nos digas a mi camarada, aquí presente, y al de la voz… Venga, cuéntanos todo y, como te dije, podrás seguir respirando el aire *limpiecito* de esta ciudad.

El Mazapán se daba a todos los diablos del infierno. Sabía que las promesas de un policía desconocido eran pura palabrería. No era ninguno a los que les untaban las manos con regularidad. Para colmo de sus males, tenía harta sed y, encima, el frío de los dos cañones sobre sus orejas no lo refrescaban tanto como le gustaría.

—Esas cajas yo las compré con mi dinero, palabra. Ande, pregunte en la chelería de la esquina, mi jefe, verá que ellos le dan razón de eso.

—No te hagas tarugo —le dijo Giménez—, ¿en verdad crees que estaríamos aquí sin haber checado antes? No jodas. Te vamos a dar otra oportunidad. En los separos, tenemos guardados a un par de clientes que debes de conocer muy bien y, que, con las palabras adecuadas, estarán dispuestos a hacerte la vida más corta de lo que crees. Tú dirás.

El Mazapán dudó de la veracidad del comentario, pero entre lo que son peras o manzanas, decidió decirles todo lo que sabía. Pensó que sería lo más saludable dadas las circunstancias; ya los toparía después a ese par y les ajustaría las cuentas. Cantó como un jilguerito, con nombres, direcciones, moquetes y demás. Para estar más seguro, les dejó saber dónde sería el próximo golpe con lujo de detalles.

Marat había grabado todo lo que el criminal había dicho con su teléfono celular. Hizo una señal a Giménez, quien, sin dejar de presionar la sien del maleante con su pistola, sacó la radio y pidió una patrulla y una furgoneta de urgencia para la dirección donde se encontraban. El Mazapán se atragantó y los miró con más odio.

—Dijeron que me dejarían respirar aire freso y no creo que el interior de la patrulla lo tenga. ¿A dónde me van a llevar?

—Tenemos un cuartito reservado para ti, no te preocupes; una vez que toda la información que nos has dado se confirme, te moveremos a otro lugar para que pases unas buenas vacaciones pagadas... por el gobierno federal, se entiende —le respondió Marat con voz impersonal, mientras le ponía las esposas.

Al poco tiempo, llegó la patrulla y algunos oficiales más. Con los brazos esposados a la espalda, el Mazapán subió al asiento trasero, mientras los otros oficiales cargaban las cajas de cerveza que serían el cuerpo del delito para la acusación formal. Los vecinos se apiñaron para ver el desfile, pero nadie dijo nada. El silencio acompañó toda la operación.

Marat y Giménez abandonaron la vecindad y abordaron un taxi.

—Hace hambre, pareja. ¿Dónde vamos a comer hoy?

—Hay una cantina a algunas cuadras de aquí detective, la botana es buena y barata. Si quiere vamos para allá.

El detective asintió con la cabeza y el asistente, ascendido a pareja ahora, daba las instrucciones al chofer. Mientras iban rumbo, Marat distinguió a lo lejos al tipo de la fonda que había llamado chulo, muy trajeado, estirando el brazo para detener un taxi. «Vaya que el mundo es un pañuelo. ¿A dónde irá tan *vestidito* ese cabrón? No creo que a ver a la meserita... En fin, ¿a mí qué carajo me importa?», se dijo y lo olvidó por completo al sentarse a la mesa. Ordenó dos cervezas y dos mezcales para cada uno de ellos.

III
«NO ES POR SER CHISMOSA, PERO...»

argarita del Rosal y Buenrostro estaba sentada en su escritorio. Miraba el reloj esperando que diera una hora pertinente para llamar a la señora de Baldón, Mali, como la llamaba en su fuero interno. Se le cocían los dedos por marcarle, pero no había encontrado la excusa exacta para hacerlo, a pesar de que llevaba toda la mañana pensando en ella. Tal era su estado que el concejal le había recordado en tres ocasiones que le hacían falta ciertos documentos. Según él, eran muy necesarios para otro proyecto de ley que deseaba presentar a su partido. De ahí buscaría amarrar navajas con algunos concejales que pensaba estarían de acuerdo con ello y lo apoyarían a la hora del debate y, sobre todo, a convencer a sus respectivos compañeros de partido.

Pero todo eso le era impermeable; lo único que tenía en mente, y a decir verdad en todo su ser, era el olor a jazmines que de ella emanaba. Le estaba trastornado la vida «literal», se dijo con una sonrisa juguetona al pensar en la expresión del momento de la juventud. Sin más, decidió que no necesitaba una excusa, pues parte de su trabajo era simplemente llamar para saber los planes, agendar las citas posibles y manejar los planes de acción a lo largo de los días y semanas por venir.

Levantó el auricular y marcó a la casa de la familia Baldón. No quiso hacerlo al número celular directamente, por ahora. El protocolo que se había formado en su cerebro era sencillo: la casa y después el celular, con la esperanza de no ser «una intrusa en su vida», tal como murmuró mientras esperaba una respuesta al otro lado de la línea.

—¿Bueno? —escuchó al otro lado de la línea—. La señora salió hace unos momentos; se fue sola, no la llevó el chofer como siempre. Dijo que iba a una comida con la señora... Pero ¿quién habla? ¡Ah! Señorita del Rosal. Sí, claro; le digo que me dijo que iba a una comida con la señora Vallespino, pero se fue en taxi. No es que yo sea chismosa, pero eso nunca lo hace, siempre es el chofer el que la lleva y la trae. No, no me dijo a dónde iban a comer. Yo sólo esperé a que llegara el taxi y le avisé, pero a lo mejor el señor sabe a dónde iban. Está bien, si llega le comentó que le llamó. ¿Tiene el número de celular? ¿Sí? Bueno, ya le doy su recado, señorita. Buenas tardes.

El clic que finalizó la llamada la dejó intranquila. A pesar de que no sabía muy bien cómo se manejaba la señora de Baldón, algo dentro de ella, muy dentro de sí, le decía que las cosas no estaban caminando bien. No sabía qué hacer. Decirle al marido le parecía una falta de tacto y profesionalismo, así que se decidió por llamar directo al número móvil.

—¿Bueno? Hola, señora Baldón, habla Margarita del Rosal, ¿Malinalli? Sí, claro, aún no me hago a la idea... Gracias de nuevo por la confianza. Comprendo, lamento interrumpirle, pero quería hablar con usted sobre sus planes para tratar de comenzar una agenda de… Sí, comprendo. Está ocupada hoy… Claro, no hay problema, ¿cuándo quiere que le llame de nuevo? Perfecto, le llamo a la siete de la noche entonces. Gracias, que tenga buen provecho. Gracias, hasta luego.

Terminó la llamada, pero no por eso se quedó tranquila. El mar que le carcomía por dentro le enviaba señales de alarma que no podía comprender, pero allá en el fuero interno sabía que algo no estaba bien. Trató de calmarse y concentrarse en el trabajo asignado por el concejal, pero con la sana intención de salir temprano, ir a beber y comer algo para buscar tranquilidad antes de la llamada a la hora acordada. «Algo no está bien, se le escuchaba…, no sé, ¿agitada? ¿Nerviosa? No sé, en verdad», se decía cada dos minutos y el agobio de la incertidumbre la inquietaba más y más.

Por fin dieron las cinco treinta de la tarde y decidió dejar de trabajar. Avisó al concejal y se dirigió a su casa a bordo de un taxi. No se sentía con ánimos de nada en especial y no tenía apetito, pero al pasar por un restaurante hindú, como si el nombre le alertara los sentidos, pidió al chofer que se detuviera. Se bajó del auto y entró al restaurante, que no pintaba del todo bien, pero el aroma la llenó de alertas interiores que jamás comprendió.

Se acomodó en una de las mesas frente a la ventana y le sorprendió descubrir que enfrente había un hotel, si no de mala muerte, sí de reputación cuestionable; sin embargo, no le dio mucha importancia. Vio el menú, pidió cualquier cosa incluida una cerveza y observó la calle y los transeúntes. Descubrió a una joven agazapada en el portal de una tienda, con la mirada muy fija en la puerta del hotel, y se preguntó qué estaría esperando. «Tal vez al novio», pensó. Llegó la comida y su cerveza. Sin hacer más caso y sin mucho apetito, comenzó a comer para matar el tiempo para llamar a Malinalli. Eran las seis de la tarde en ese momento.

Terminó el platillo que había ordenado, pidió un café y una copa de vino para darse valor. Miró su reloj de pulsera y, al ver que eran las seis y cuarenta de la tarde, se dispuso a sacar el celular. Cuando levantó la vista, vio a la joven tratar de esconderse aún más en el portal y, de pronto en su campo visual, observó salir del hotel, muy amartelada, a Malinalli abrazada de un desconocido. No daba crédito a sus ojos y, por instinto, trató de cubrir su rostro detrás del menú. Una furia incontrolable le invadió cuerpo, seso y corazón. Perdió el conocimiento y su cabeza cayó sobre el pecho, sin que nadie en el local se diera cuenta.

IV
LO VEO, PERO NO LO CREO

l agente Giménez conducía sin mucha prisa, acompañado por el detective Marat en el asiento del copiloto. Iban callados, cada uno metido en lo suyo, pero el tema que les seguía rondado la cabeza era la declaración del Mazapán. Tenían todo para apresar a los cabecillas y deshacer la banda que asolaba la demarcación. Eso aseguraba felicitaciones para ambos, además de una posible promoción o un aumento de salario.

Se detuvieron en el semáforo al final de la calzada que estaba cambiando de amarillo al rojo. Marat hizo un gesto de frustración por la manera sobria de conducir de su asistente, pero se le desvaneció para convertirse en uno de sorpresa. Después de dar un silbido largo, exclamó:

—¡Mira nada más al catrincito ese! Quién me iba a decir que se iba a procurar una zorra de ese calibre.

Giménez siguió con la vista a la pareja a la que se refería su jefe. Como él, lanzó un silbido de admiración:

—Pero si esa es la esposa del concejal Baldón, detective. Sorpresas da la vida, en verdad.

Marat giró la cabeza, miró con incredulidad a su compañero y giró la cabeza, nuevamente, rumbo a la pareja.

Sacó el celular y les tomó una fotografía sin estar muy seguro de la razón de hacerlo.

—¿Estás seguro, Giménez? —preguntó con esa incredulidad infantil de dudar lo que salta a la vista.

—No me cabe duda, señor. Esa es la mera esposa. Creo que al concejal le debe estar doliendo más el orgullo que la cabeza en este momento —comentó el agente con sarcasmo.

Marat, entonces, se percató de una joven que salía del portón de la tienda de junto, con mirada furiosa, pero sigilosa, para encaminarse en pos del que él llamaba «catrincito».

—Creo que no le espera un momento de reposo a ese cuando la niña esa lo alcance. Le va a dar hasta con la cubeta, y lo tendrá bien merecido, por bruto y dejarse apañar de esa forma. Claro que no quiero saber cómo le va a ir si el concejal descubre que su mujer le pone los del diablo con un ser... tan insignificante. En fin, no es problema nuestro, y la luz no se va a poner más verde Giménez, así que dele y a los que nos toca, que es lo que hace al caso ahora.

El agente asintió con la cabeza. Siguió por el retrovisor a Malinalli, que abordaba un taxi, y observó cómo se perdía con rumbo desconocido en el tránsito de la ciudad.

Cruzaron un par de arterias principales, dieron algunas vueltas y, por fin, llegaron a un estacionamiento cercano al restaurante a donde tenía pensado llevar al detective: Los Repérez.

Marat se sorprendió del nombre y, antes de entrar, dirigió una mirada interrogadora a su segundo.

—Es muy bueno, detective; tienen de todo. Si el nombre le produce curiosidad, se debe a que los dueños, que no son parientes, se apellidan Pérez los dos, así que, no se les ocurrió mejor nombre que ese. La cocina es buena y los tragos no lo van a decepcionar.

Marat se encogió de hombros al oír las últimas palabras y buscaron una mesa, al fondo del local, donde los alcanzó una ujier vestida de negro, con blusa muy entallada y una minifalda demasiado sugestiva. Enseguida, les presentó el menú de alimentos, el de las bebidas, y les preguntó qué deseaban tomar antes de que el mesero les tomara la orden. Ambos pidieron cerveza oscura y mezcal. La ujier dio media vuelta y se alejó moviendo las caderas en forma provocativa, más ensayada que naturalmente. Todo indicaba que era requisito del puesto, más que coquetería personal.

Mientras transcurría la cena, Marat parecía distraído y sumido en sus propios pensamientos, lo cual hacía feliz a Giménez, que podía degustar la comida a su gusto y leer una novela en su celular. En caso de que le preguntara por qué lo hacía, tenía la respuesta a flor de labios: «Para no distraerlo detective».

De pronto, y sin previo aviso, como las tormentas en el trópico húmedo, Marat pidió la cuenta y ordenó al subalterno que fuera por el auto, porque tenía una corazonada y precisaban ir a otro lugar.

Giménez «hizo de tripas corazón», se terminó la soda que bebía y fue al estacionamiento. Pagó, y recogió a su jefe en la puerta del restaurante, no sin antes lanzar una mirada de deseo a la ujier, tratando de memorizar el nombre, para la próxima vez que fuera solo. Desde luego, trataría de invitarla a un lugarcito que pensaba sería más adecuado para intimar con ella.

—¿Dónde dice el Mazapán que se reúnen sus amigos?

—En la vieja estación de tranvías, pero ya estuvieron ahí varios de los agentes que enviamos a investigar —contestó Giménez mirado al detective con curiosidad.

—¿Y qué tal si esos que enviamos están coludidos con ellos? Se me hace demasiada casualidad que no hayan encontrado nada, cuando el Mazapán nos dio todos los detalles —dijo Marat—. Se me hace que hay gato encerrado en algún lado y nos están dando gato por liebre. Creo haber pasado por ahí hace poco, pero no presté atención al movimiento que había. Pensé que eran de esos indigentes que se reúnen en algún lugar para quedarse unos días y después continuar su eterno vagar.

Giménez asintió con la cabeza. Ambos se dirigieron al estacionamiento por el auto y fueron a la estación abandonada.

V
ESCENA MARITAL, ENTRE AMANTES, DONDE MENOS SE ESPERA

Ulises Mascota abandonó la tienda departamental pasadito de las seis de la tarde. Estaba orgulloso y ufano del recorrido que había hecho por toda la tienda y sus exhibidores. Pensó en los cambios que haría y lo único que le molestó consigo mismo fue no tener una libreta para hacer bosquejos y anotaciones de sus planes.

—Pero... —dijo con confianza, a media voz— en el rato que tengo antes de mi presentación hago todo eso y lo pulo mañana en la mañana sin problemas.

Entonces continuó andando más lejos de lo normal para tratar de abordar un taxi que disimulara el lugar a donde se dirigía, lejos de las miras indiscretas de los clientes y compañeros de trabajo.

Se apeó en la puerta de El Molinillo y se dirigió a la papelería, ubicada a un par de cuadras de distancia. Una vez ahí, pidió dos lápices del número dos, borrador, libreta a rayas y un cuadernillo de hojas en blanco para dibujar. Pagó el importe y regresó ufano al antro donde esa noche tenía prevista otra entrega triunfal. Además de satisfacción personal, esto mismo podría abrirle la puerta para solicitar un ligero aumento de salario por presentación o, lo que sería mejor, tener acceso al horario magistral:

las once de la noche. Ese horario representaba haber triunfado en el medio; tal vez así aspiraría a un antro de mejor calidad, cercano al centro de la ciudad, donde la clientela, además de la gente fifí, se abarrotaba de turistas y eso significaba propinas en dólares, tan cotizados en el país.

Llegó a los camerinos. Antes de pensar en el espectáculo, se puso a hacer notas, con su letra pegadita, muy femenina, sobre los cambios que había pensado para ciertos exhibidores, y algunos dibujos, muy similar a los de los parvulitos. El dibujo no era lo suyo y lo sabía. Con la satisfacción metida en el pecho, los dejó en el casillero que tenía asignado, del que comenzó a sacar su bolso de maquillaje y comenzó sin prisa la ardua tarea de transformarse en la Mata Hari.

Una hora después, se encontraba a medio vestir, pero ya maquillada; así que decidió asomarse, tras bambalinas, a ver la clientela de la noche. No tenía en sus planes ver a su hombre esa noche, lo había llamado a media tarde para cancelar la cita, pero no dejó que eso le arruinara el día de trabajo. Bailaría igual que lo tenía meditado y allá él si se lo perdía.

El número que se presentaba era la imitación de una cantante negra de la época de las discotecas que la juventud actual no tenía idea de quién era. Su personificación era excelente. Paseó la mirada por el respetable, y vio al Coqueto sentado en una de las mesas laterales, lo que le produjo una gran sorpresa. Estuvo por salir a saludarlo, pero no estaba del todo vestida, y así no le gustaba a la madama que salieran. De pronto le llamó la atención una joven que estaba sentada unas mesas detrás de su hombre, con la vista clavada en él. «¿Quién será esa niña?», se preguntó, pero se encogió de hombros y la olvidó a los pocos momentos, ya que no pudo establecer una relación entre ellos. Regresó a los camerinos y terminó de vestirse.

Una serie de gritos sordos le llegaban a través de la puerta y, con la curiosidad a cuestas, salió a ver qué pasaba. Llegó a la pista y se encontró con que al Coqueto se le había subido una desconocida a la espalda y lo golpeaba con furia. No lo pensó dos veces y salió tal cual estaba a defender a su hombre que, por alguna razón, no trataba de quitarse a la desconocida de encima. La joven gritaba como gata en celo una serie de reproches y malas palabras que se perdían en la cacofonía de las risas del respetable. Los alaridos de la madama y los grititos hicieron más escándalo, que las meseras daban por verdadera preocupación, no le permitían entender lo que acontecía.

No lo pensó dos veces y se lanzó de frente contra la asaltante que tenía tomado por los cabellos a su hombre. Lo golpeaba con el puño cerrado sobre los hombros, el rostro, el pecho, y ya le había dejado hilillos de sangre en cada lugar donde le pegaba. De un tirón en la ropa, la bajó de su espalda. Esta, al verse acometida, dirigió contra ella sus improperios y, al escuchar a la Mata Hari decirle que dejara en paz a su hombre, comenzó a gritarle lo que «su hombre» había hecho: se había metido con una puta en un hotel y a ella le había prometido huir a un estado cercano a la capital.

La Mata Hari se congeló al oír estas palabras. En ese instante aprovechó Amparo para lanzar una amenaza más y salió huyendo del local para perderse en las calles aledañas. El Coqueto, arañado, ensangrentado, aparentando estar ebrio como una cuba, con la corbata de lado, sintió un golpe en la mejilla que casi lo hace recuperar la conciencia; sin embargo, lo único que logró fue enviarlo contra unas sillas, golpearse la cabeza y perder el conocimiento. La madama, furiosa, le ordenó a la vedete que se llevara a ese hombre de ahí, porque bien sabía ella quién era y sus tratos con ella.

La música comenzó a sonar de nuevo, el público perdió interés en la pareja y se dispuso a disfrutar del espectáculo, en especial después de escuchar por las bocinas las palabras mágicas de la madama y regente de El Molinillo:

—¡Dos rondas para todos por cuenta de la casa y que siga el *chou*!

La Mata Hari, a medio vestir, levantó al Coqueto del piso, lo hizo apoyarse en su hombro y salió en busca de un taxi para llevarlo a su casa, así como estaba: golpeado, casi inconsciente por el golpe en la cabeza, pero más por la cantidad de alcohol que parecía haber bebido. Pasó por delante de una mujer que no hizo ningún gesto por ayudarle, sólo se hizo a un lado y las siguió con la mirada hasta la calle.

Llegaron a la casona donde vivía el Coqueto. Subieron a duras penas los pisos, entre los reclamos de la Cara de Ángel quien decía que no eran horas de llegar, sobre todo en ese estado, y demás sutilezas de portera de vecindad a las que no hizo caso la Mata Hari. Con una mirada fulminante, la hizo callar porque nada bueno presagiaba su rostro. La portera se hizo a un lado, rumiando tal cantidad de improperios para su coleto, que cualquier carretero de poblado se espantaría y, lo más seguro, moriría de envidia por no tener en su vocabulario tan linda retahíla de vocablos para ofender a otro ser humano. Mientras tanto, se dirigió a su cuarto en el fondo de los lavaderos.

La Mata Hari a duras penas esculcó el pantalón de su amante en busca de las llaves; después de encontrarlas, abrió la puerta y lo aventó en la cama. No estaba muy segura de qué creer y eso la tenía muy confundida. La actitud de la mocosa que lo golpeaba parecía más que sincera; nadie inventaría algo así de gratis y, sin embargo, dudaba. Bajó a la calle y buscó la primera tienda de abarrotes que estuviera abierta. Compró una bebida hecha a base de sábila y coco, una bolsita con hielos y regresó a atender al que hasta ese momento consideraba su hombre.

Le dio de beber, le enjugó el rostro, le puso una comparsa con hielo en la cabeza y, entonces, comenzó a fijarse mejor en él. Tenía mordidas en el cuello y lo que en su mundo llamaban «sello de propiedad»: varios chupetes alrededor del cuello y en los hombros. Había estado con alguien, de eso ya no cabía duda. A ella jamás le permitió hacer ese tipo de marcas; siempre aducía el trabajo y ahora tenía por lo menos cinco bien definidas.

Entonces el olor le llegó de un golpe: jazmines. Todo él olía a jazmines. Buscó desesperada el teléfono celular y lo encontró en el bolsillo de atrás del pantalón. Trató de desbloquearlo, pero no pudo. La contraseña había sido cambiada, lo que le confirmaba más y más que lo que había dicho la joven era verdad. Dejó el teléfono sobre la mesa, lo miró con un odio profundo, de pantera lastimada y traicionada. Sin más, le azotó la cabeza dos veces sobre la cabecera de la cama y salió dando un portazo, jurándose no volver a verlo nunca, porque si lo hacía, lo iba a matar como a un perro.

Diez minutos después, una sombra sigilosa se escurría dentro de la habitación. Pasados unos veinte minutos, la abandonó de la misma manera en que había entrado.

LIBRO VII
Donde descubrimos que no sólo los gallos
de pelea amarran navajas

I
JUNTOS Y REVUELTOS O LO QUE ES LO MISMO: YO NO FUI, FUE TETÉ, O QUIEN RESULTE RESPONSABLE

La Cara de Ángel salió de su cuarto al escuchar el silbido largo y agudo con el que se identificaba su comadre la Junquillo. No podía significar más que una cosa: traía dineros para gastar y le entró una sed mayor a la que siente un náufrago en el medio del océano, cualquier océano, ya sea de agua o arena. Cerró con cuidado la puerta de su cuartucho, se aseguró de que nadie la veía y salió al encuentro de la comadre. Mientras se dirigían al antro de mala muerte Sal si puedes, le contó —adornando a su manera— el lance que había visto de uno de los inquilinos. Estaba dispuesta a vengarse en la mañana al dejar saber al dueño lo que había acontecido.

Varias horas después, regresó dando tumbos y caídas a la casona. Por el estado en que se encontraba, no se percató de que la puerta estaba abierta de par en par. Tropezó un par de veces, se fue de bruces contra el mostrador; pasó golpeando las paredes del pasillo que llevaba a los lavaderos; se resbaló y cayó de rodillas. Acompañó cada golpe y porrazo con finas palabras de carretero, prometiéndose culpar al inquilino que metía gente a deshoras, de todas ellas, y todo por la salvaguarda del lugar.

Entró a su cuartucho y se dejó caer en el catre que le servía de cama, pero casi enseguida lo abandonó, presa de un mareo de marino novato en plena tormenta. Buscó el balde que tenía cerca y dejó salir no sólo las tripas y el estómago, sino hasta la conciencia. Hipeó un par de veces, y se dejó caer de nuevo en el camastro.

El ruido de las vecinas que comenzaban a lavar la ropa la despertó del todo. Buscó la palangana llena de agua no muy traslúcida, y se la dejó ir sobre la cabeza. Salió sin dar los buenos días y luego se dirigió a la portería. Sacó los tiliches del armario, luego se dispuso a barrer y trapear. Decidió hacerlo primero por el tercer piso. Después de varias pausas en los niveles anteriores, llegó por fin al último y, para su sorpresa, vio que la puerta de uno de los vecinos estaba abierta. En la bruma de la resaca, recordó que ese era el cuarto del inquilino indiscreto de la noche anterior. Se aproximó con precaución, y llamó a la puerta.

La falta de respuesta y la situación le hicieron pensar en dos opciones: el inquilino estaba en el baño del fondo o se había olvidado de cerrarla antes de salir. Optó por abrir la puerta con cuidado y se asomó. Lanzó un grito, pero lo reprimió al instante. Dejó la puerta como la encontró y bajó las escaleras a toda la velocidad que le permitían tanto sus piernas como la cruda. Al llegar a la vuelta final de la última escalera, perdió el pie y rodó hasta el término de los escalones. Se levantó a duras penas sin saber qué hacer.

El miedo le empezó a ganar el juicio. Un muerto en la casa, y ella ni enterada por andar con la Junquillo; que el diablo cargara con ella por siempre por andar de sonsacadora, representaba perder el trabajo. ¿Hacerse la loca? Podría funcionar, pero, el temor a pasar tiempo a la sombra por no dar parte a la autoridad le cambió la perspectiva. Abandonó la casona y fue en busca del primer policía que pasara para denunciar el crimen, encomendándose a todos los santos y vírgenes que recordaba.

***

—¡Ouch! ¿Eso seguro dolió, eh, compita? —exclamó el oficial Ponciano Valverde, al ver el cuerpo inerte del Coqueto sobre la cama, con varios cortes en el cuerpo. Miró en derredor, pensando, tal vez, qué podía tener valor, pero la mirada de la portera sobre su nuca le tenía las manos quietas. No le quedó más remedio que medio anotar, con su letra regordeta y plagada de faltas de ortografía, el reporte de lo que miraba en ese momento.

—Va tener que venir conmigo a la comandancia —le dijo sin voltear a mirar a la Cara de Ángel— para dar sus generales y repetir cómo encontró al finadito.

La portera lo miró con horror, mientras pensaba cómo evadir la responsabilidad. No se le ocurrió nada. Abandonaron la habitación y ella le puso doble llave. Bajaron las escaleras, que se empezaban a llenar de la curiosidad de los vecinos. Se dirigieron a la auto patrulla que les aguardaba en la calle, frente a la puerta, con torreta encendida y toda la cosa. Parecía más programa de televisión gringo que la cruda realidad de la ciudad. Minutos después el coche se estacionó frente al edificio gris y frío de la comandancia.

El sargento de turno oyó la perorata de la Cara de Ángel y decidió pasar el reporte al comandante Mondragón. Este escuchó el reporte y, a su vez, llamó a Giménez, que se presentó a los segundos. Le explicaron la situación y le encargaron el caso.

—Llame a Marat y me resuelven eso, ¡pero ya! —escupió el comandante.

Giménez, sin preocuparse mucho por el tono de su superior, se dirigió a su escritorio y marcó el número del detective que no había llegado aún. La noche anterior se habían despedido a la puerta de un bar de mala muerte. Lo que sabía ya de él le hizo estar seguro de que su pareja había cerrado el establecimiento, si no es que seguía ahí, «durmiendo la mona», como se decía en tiempos de sus abuelos.

Por fin, a las tantas, Marat respondió y Giménez le dio la información necesaria. Enseguida, salió rumbo a la escena del crimen. Al joven le agradaba el caso, ya que, como quiera que sea, un asesinato resuelto le daría más estatus que resolver una serie de robos en el barrio. Además, sería el primero en que participaría y quería ver si los programas gringos de televisión sobre investigación criminal y asesinatos le servirían de algo. Quizá tomar el curso de forense que ofrecía el *heroico cuerpo de policía* podría ser buena idea. Abandonó la comandancia y se dirigió al lugar de los hechos para esperar paciente la llegada de su superior.

***

Marat hundió la cabeza debajo del chorro de agua fría que salía del grifo del lavabo; sin embargo, pensó que tal vez un baño con agua fría hubiera sido mejor para despertarlo. Pensó todo de una: que se fueran al carajo Giménez, Mondragón, el occiso y el o los asesinos. Salió más despierto de lo que esperaba y, mientras se vestía, repasó la media nota que había tomado, con la dirección incluida, de lo que le había mencionado el subalterno.

Al final el muerto no iría a ningún lado, y él necesitaba un café con piquete para sentirse mejor, así que se embolsó en el bolsillo de atrás del pantalón una pachita con lo que quedaba de tequila de la noche anterior. Después salió en busca del primer café que se cruzara en su camino, sin importar la calidad.

Llegó a una de esas tienditas de la esquina que nunca faltan en la gran ciudad. Se pidió un café grande, compró un pan dulce y, sin miramientos, vertió el contenido de su pachita en el vaso que contenía la bebida que apodaban de café. Con mirada crítica, el dependiente le llamó la atención con la siguiente cantaleta:

—Está prohibido consumir bebidas alcohólicas en la tienda.

Marat lo amagó dando el consabido charolazo: mostró su placa de policía. Así silenció la boca del dependiente. En su fuero interno este lo mandó noramala y a darle saludos a la mujer más vieja de su casa, en el folclórico lenguaje del pueblo, que si bien oprimido, da rienda suelta dentro de su cerebro para ofender todo aquello que apeste a gobierno, sobre todo, si representan a la ley.

Bebió con unción el brebaje, que mejoró su sabor infinitamente con el tequila, y se dispuso a esperar un taxi. Mientras tanto, comía la concha de chocolate que había comprado. Tardó bastante en lograr que alguno de los vehículos se detuviera, dio un portazo, sacó de nuevo su placa, dijo la dirección y con un escueto «volando» se arrellanó en el asiento trasero para meditar sobre su vida mientras hacían el viaje.

Cuarenta minutos después, se apeaba frente a un caserón del siglo pasado, o más viejo tal vez. Giménez lo esperaba ahí, aconchado contra la pared, leyendo uno de los periódicos matutinos plagado de fotografías alarmistas, mujeres en poses provocativas, titulares más falsos que moneda de dos pesos y el consabido despliegue de medias verdades de los políticos nacionales.

Un breve saludo y pasaron al interior de la vivienda. Admiraron, sin ver, las reglas de convivencia; pidieron a la portera que les repitiera los detalles de lo que había encontrado. Sin miramientos, Marat le hizo la pregunta que ella temía tanto:

—¿Dónde estaba usted a la hora en que todo esto paso?

La Cara de Ángel balbuceó una respuesta, que no satisfizo a ninguno de los dos. Simplemente, le pidieron que los guiara y que estuviera disponible por si tenían más preguntas para ella.

Subieron al tercer piso. La puerta estaba guardada por Valverde. El agente recién había regresado después de presentar su informe para evitar que nadie entrara a la habitación en mientes. Esto le había causado mucho trabajo, ya que él mismo tenía la intención de hacerse con el relojito del finado, que le había llamado la atención, además de la cartera que adivinaba cargadita de pesos.

Para su desgracia, los vecinos no dejaban de subir a tratar de enterarse qué había pasado.

Giménez y Marat entraron en la habitación. Giménez tomó nota de la situación, con su característico estilo de brevedad:

Teléfono móvil sobe la mesa de noche; un habano; libro abierto *120 días de Sodoma*, Marqués de Sade; una cama; cómoda con un espejo ubicada frente al lecho. A la izquierda de la cama un aguamanil y su jarra de cerámica; un clavo sostiene un sombrero negro de ala ancha; sobre el perchero, cuelga saco color azul a rayas delgadas blancas, hace juego con pantalón y el chaleco. Veintisiete puñaladas en el cuerpo, al parecer, ninguna mortal. Puertas del armario con espejos de cuerpo entero cerradas; persianas semiabiertas; fuerte olor a puro impregna el ambiente, aromas de algunas botellas de licor que están abiertas. De la cama, cuelga inerte el brazo derecho de un hombre, cubierto por la manga larga de la camisa de tono azul pastel con puño blanco; una mancuerna de plata manchada de sangre procedente del hombro; tapete sobre el que se encuentra la cama manchado de sangre al igual que los zapatos de charol blanco y negro; la puerta da a un pasillo donde se encuentran tres habitaciones más, la escalera de caracol; el baño comunal al fondo a la derecha.

Marat, por su parte, hurgó en los cajones, pero no encontró nada relevante. Tomó el celular y vio que había una serie de llamadas perdidas, pero no tenía identificación el número que aparecía en la pantalla; entonces, miró al occiso.

—Vaya, vaya, Giménez, ¿ya se dio cuenta quién es el finadito? Nada menos que el catrincito que vimos muy acaramelado del brazo de la esposa del concejal ese. Esto no le va a dar mucho gusto al comandante Mondragón, supongo. Inmiscuir políticos o sus viejas en crímenes nunca ha sido bien visto por nuestros superiores. En fin, quién la manda a enredarse con tipos como este.

»Vamos a tener que empezar por ella, que me parece fue la última que lo vio con vida, o al menos eso sospecho, para reconstruir sus pasos después de que se separaron. Le apuesto triple contra sencillo que el número de la pantalla es el de ella.

»¿Conoce el antro que se llama El Molinillo? También nos daremos una vuelta por ahí para charlar con la travesti con quien lo vi hace unos días.

Giménez lo miró un tanto sorprendido. No esperaba que Marat tuviera gusto por ese tipo de espectáculos, pero «caras vemos, gustos y corazones no sabemos», pensó. Luego examinó con cuidado la cartera del difunto, no sin antes sacar unos guantes de látex —como había visto hacer a los actores gringos de las series de forense— del bolsillo trasero del pantalón, lo cual hizo sonreír sarcástico al detective.

—Deje de ver gringadas, Giménez. La vida real no es como los gringos la pintan. ¡Imagínese si todo eso estuviera cerca de ser verdad! No habría criminales en las calles, ni gobiernos tiranos, ni guerras, ni nada de lo que nos azota en este país o todos los países del mundo; vaya, ni los extraterrestres vendrían a amenazarnos.

Giménez le dirigió una mirada de reproche y, al mismo tiempo, con toda la candidez posible le hizo un comentario sobre el antro que mencionó:

—No sabía, detective, que le llamaran la atención los hombres vestidos de mujer.

Marat resintió la puya, pero no quiso entrar en una discusión con el subalterno sobre sus gustos o preferencias, así que lo miró fijo a los ojos y, soltando cada sílaba de espacio para que lo entendiera, bien, le replicó:

—El último que dijo algo así, Giménez, no vivió para terminar la frase. Guarde eso en su memoria.

Giménez retrocedió al ver la palidez del rostro del detective, pero, sobre todo, al leer una especie de sentencia de muerte en los ojos fríos que le miraban. Tosió, balbució una disculpa, dio media vuelta y abandonó la habitación con toda la dignidad que el miedo le había puesto en el cuerpo. A pesar de ser un hombre valiente —cosa que había probado en más de una oportunidad—, esta vez se supo muerto desde antes de poder defenderse. El detective abandonó la habitación, cerró la puerta, le puso doble llave y se guardó el llavero que encontró en el bolsillo del pantalón del occiso.

Bajaron separados por algunos escalones. Marat, una vez calmado en su fuero interno por el comentario de su subalterno, lo llamó. Le ordenó interrogar una vez más a la portera, mientras él recorría la casona. Le pidió que consiguiera la llave del cuarto, para que nadie tocara nada, y despachara a hacer lo que tuvieran que hacer los vecinos que seguían curiosos las indagaciones. El agente Valverde fue enviado a continuar su rondín, ya que no se le necesitaba por el momento.

***

Margarita volvió el estómago una vez más en el baño de la alcaldía. Por más que trataba de serenarse no le era posible. Tenía metido entre la ropa, el cuerpo, ceja y oreja, todo lo que había sucedido el día anterior. Para colmo, estaba segura de que el tono de voz que había empleado con Malinalli la había delatado del todo; aunque no estaba muy cierta qué significaba realmente eso.

Regresó a su escritorio y trató de aparentar serenidad sin conseguirla. En ese momento sonó el teléfono. Dudó en contestar, lo que menos le interesaba era entrar en la oficina de Baldón, pero observó que la pantalla tenía ya cinco llamadas perdidas. No le quedaba más que hacer de tripas corazón y enfrentar a su jefe.

—Diga, señor Baldón, ¿en qué puedo ayudarle? Sí, claro… Lo haré en un momento… Sí, todo está bien, gracias. Sólo me siento un poco indispuesta, no sé si algo que comí me hizo mal… No, no se preocupe, por favor. Si es necesario, le aviso, pero creo que ya pasó. Gracias, muy amable.

Colgó el auricular y buscó en el computador el archivo donde estaba la información que le solicitaba su jefe. Las cosas habían cambiado mucho desde la comida con los otros dos concejales. Todo parecía indicar que el proyecto que traían entre manos iba a pasar de manera fácil en la sala del Concejo.

Sintió una vez más un poco de vértigo, pero no hizo nada al respecto y se dedicó a armar el archivo que le estaba solicitado. «Después de eso, me voy para mi casa, pase lo que pase», se dijo convencida, y un ligero estremecimiento le recorrió la espalda. Dos horas más tarde, abandonó el trabajo, después de haber comunicado al concejal que aún se sentía indispuesta. Salió rumbo a su casa y subió al primer taxi que encontró.

Una vez en su hogar, se cambió de ropa, se preparó un té de azahares, lo bebió a pequeños sorbos y procuró acallar el diálogo interior. No logró hacerlo. Las escenas de la tarde y noche anteriores la tenían con los nervios de punta. Se pasó por la sala y decidió encender la televisión. Cualquier cosa era mejor que revivir una y otra vez lo que había sucedido. Buscó una telenovela o una película cómica, algo, cualquier cosa; incluso dibujos animados si se terciaba… Fue entonces cuando se enteró.

Un asesinato en una casona, en una zona de recursos económicos moderados. No había pistas de los posibles culpables. El detective era parco en sus respuestas, pero al final, mirando fijamente hacia la cámara, aseguró que quien haya cometido el crimen lo pagaría con todo el peso de la ley. Al parecer, ya tenían identificado al difunto. Toda la pantalla se cubrió por la foto. Aún seguían varias pistas para dar con el o *la* —fue muy enfático en esta palabra— responsable…

Margarita no terminó de oír final del reportaje. Había perdido el conocimiento.

***

Malinalli abrió los ojos revestidos de ensueños. Había dormido más de diez horas de un tirón. No se enteró de la llegada ni la salida del esposo. Estiró los brazos; miró en rededor y abandonó la cama. Se puso las chanclas afelpadas para el frío, la bata de dormir y, con una sonrisa por el recuerdo del día anterior, se dirigió al baño a orinar. Se lavó las manos y el rostro. Decidió ir a la cocina para servirse un bocadillo, tenía antojo, pero no sabía de qué exactamente. Así y todo, bajó.

A pesar de que su marido era concejal, Malinalli no acostumbraba ver los telediarios o noticieros, como les llamaban también; por el contrario, procuraba evitar verlos u oírlos lo más posible. Su justificación era muy sencilla: todo era crímenes, política, los mismos deportes, gente que trataba de predecir el clima. Nunca había buenas noticias o algo semejante a ello.

Al entrar a la cocina, ¡cuál no fue su sorpresa al ver el rostro de su nuevo amante ocupando toda la pantalla! Para colmo, había sido asesinado la noche en que habían estado juntos. Tambaleándose, se apoyó en el quicio de la puerta, más pálida que hoja de papel, y cubrió su boca en un gesto de sorpresa.

Dedicada a escuchar más que a ver las noticias porque estaba acomodando en la alacena la platería pulida ese día, Felicia vio a su patrona con el rabillo del ojo. Sin pensarlo dos veces, acudió a su auxilio mientras le preguntaba qué le sucedía.

Sintiendo que el piso le faltaba, Malinalli no hizo más que señalar una silla. Apenas tuvo tiempo justo para sentarse. Estaba azorada, y en ese momento le llegó la noción como un golpe de que ella había pasado horas con el ya finado. Tal vez, alguien la había visto con él o podían asociarla. Recordó las llamadas que le había hecho y que su número estaba registrado en el celular del hombre. El miedo, en forma de sudor frío, comenzó a recorrerle no sólo el espinazo y la frente, sino todo el cuerpo. Tiritaba, como si estuviese desnuda en un campo congelado y con el viento azotando el cuerpo.

Felicia trataba de llamar su atención, pero no conseguía sacar del estupor a su patrona. No comprendía la razón de su estado. Se daba cuenta de que la noticia era el asesinato de un hombre, pero la reacción de su patrona le parecía, por lo menos, ridícula... A menos que ella lo conociera, pero ¿cómo iba a conocer a ese tipo? No había forma posible que de eso sucediera... ¿O sí?

El repiqueteo del teléfono la sacó de sus meditaciones. Descolgó el auricular y, sin perder de vista a la patrona, dio el tradicional «¿bueno?» y esperó. Al otro lado de la línea, la voz del concejal, muy quitado de la pena al parecer, le preguntaba por su esposa y otras tantas preguntas a las que ella sólo contestaba con monosílabos.

—Creo que está en el baño señor... No, no he hablado con ella desde que regresó... No, señor, no sé si tiene el celular —articuló por fin, cuando Malinalli en forma energética movía la cabeza de un lado al otro, al parecer negando su existencia a su marido por el momento.

***

Amparo llegó a su casa sin saber cómo. Entró y, sin decir «esta boca es mía», se encerró en su cuarto. Enseguida se echó en la cama y se propuso callar lo que le corría por el cerebro a toda velocidad, lo más discreta que pudo y sin hacer ruido, más sigilosa que ratón de biblioteca, como dicen por ahí. Sabía que la madre tenía el oído fino —«de tísico», solía decir— y entraría a preguntar qué pasaba. Un simple «nada» no resolvería las cosas y seguro recibiría algo más que preguntas, además de un par de cachetadas, al menos.

En su mente revivió cada momento del día, después de haberlos visto salir del hotel y subir a un taxi cada uno por separado. Oleadas de odio y celos convergían en su cerebro que no estaba para bollos. Subió al primer taxi que pudo, sin importarle un rábano haber aventado al cliente que trataba de subir. Con un imperativo «¡siga ese taxi!», azotó la portezuela mientras el taxista, que después de verle el rostro tan alterado, salió tras el auto que ella le señalaba con el dedo.

Llegaron justo detrás del auto que había abordado el Coqueto. Amparo se bajó hecha toda una exhalación, después de haber aventado unos billetes sobre el asiento del copiloto sin esperar el cambio. Vio al hombre entrar en una casona y ella, con la vista perdida en la puerta, comenzó a caminar sin saber bien a bien, dónde estaba. Eso le importaba muy poco, lo único que llenaba su mente y cuerpo era la sed de venganza a su amor propio ultrajado.

Echó andar por la calle, sin saber bien a bien qué quería o lo que buscaba. De pronto, de una calle cerrada escuchó una voz que le llamaba y le ofrecía «la escapada perfecta de la realidad». Giró la cabeza y vio a un hombre de mediana edad, que le tendía unos sobrecitos con un polvo blanco dentro y una jeringuilla. No tenía idea de qué era eso y lo miró desconcertada.

—Mi reina —le dijo con voz melosa el hombre—, por quinientos pesos, con esto se te olvidan todos tus problemas. Te lo garantizo.

Ella lo miró y observando a todos lados le preguntó qué era eso.

—Un poco de anfetas, cariño. Te va a llevar al cielo y desearás estar ahí por siempre, je, je je. Créeme, lo vas a disfrutar como nada en este mundo; vas a ver cositas ricas, tus problemas se olvidarán y sólo pensarás en tener un poquito más dentro de ti; ni el sexo es mejor, je je je. Bueno, el sexo es mejor si tienes un poco de esto en tu sangre por supuesto, si quieres te enseño, un poquito y ¡listo! El paraíso de a deveras.

—¿Cuánto debo inyectarme?

—Esta bolsita da para dos días de placer cariño.

—Va. Dame todo, bolista y jeringuilla y explícame cómo le hago.

El tipo le explico el procedimiento: agua o alcohol calentado en una cucharilla para disolver el polvo, cargar hasta la primera rayita la jeringuilla, picarse la vena y ¡a volar!

—Nada más fácil —le dijo con una sonrisa de oreja a oreja, mientras que por su mente le pasaba lo que le haría mientras ella *volaba*—. Tengo mi cuartito aquí nomás, si quieres te ayudo.

Amparo le pagó, tomó todo, lo metió en su bolso y se alejó en dirección contraria. No sabía bien a bien qué haría «el muy maldito, me las va a pagar», pensó mientras daba la vuelta a la manzana. Ahí esperaría a que saliera el Coqueto de su morada. «Tiene que salir», se repetía como si rezara. Iba a seguirlo o enfrentarlo, no estaba segura aún.

Buscó un lugar para sentarse a esperar. Sacó la jeringuilla y la bolsita. Las contempló por largo tiempo con la mente en blanco, como el papel que tenía frente a ella los días de exámenes; en su mente, las palabras del narco le empezaron a bailar, primero a ritmo de vals y, después, como una polka desbocada. «Agua o alcohol calentado en una cucharilla para disolver el polvo, cargar hasta la primera rayita la jeringuilla y picarse la vena y ¡a volar!». Eso haría: llenar la jeringa y dejarle ir todo el líquido de un solo golpe. Después huiría rumbo a su casa; total, nadie sabía nada de ellos, así que ni a quién le importara lo que le pasara a «ese sujeto», como decidió llamarlo a partir de ese momento. Sin embargo, seguía sin saber qué hacer.

Lo vio salir y se levantó de un golpe. Lo siguió hasta que lo vio entrar en un antro, del que no vio ni el nombre... Media hora después, salió a todo correr. Después de hacerlo por algunas calles, ya más calmada, decidió ir a la escuela. «Es lo mejor y olvidar al ese para siempre», pensó mientras buscaba una parada de camión. Abordó el primero que llegó sin saber a dónde se dirigía, y se perdió en la gran ciudad.

Horas más tarde, agitada, en llanto, llegó a su casa y se encerró en su cuarto. Su madre golpeó, sopló y resopló contra la puerta, pero, como el lobo del cuento, no logró que se abriera. Le gritó toda clase de improperios y ni así.

Detrás sólo le respondía el silencio, como de tumba recién cavada de la que no sabemos qué hay o lo que esconde. Se rindió ya que sabía que tendría que aparecerse por
la fonda más tarde. «Igual y son sólo dolores de mujeres;
yo me sé bien qué es eso», pensó, y se metió en su cuarto
después de levantar los hombros.

II
INICIA LA BATIDA

ás crudo que barril de petróleo, Marat bebió de un trago su segundo café de la mañana. Estaba sentado frente a su escritorio; la cabeza aún le daba vueltas. No había sacado nada claro después de revisar la habitación del Coqueto, así que regresó a la oficina, llenó el parte de día y, junto con Giménez, se dirigió a El Molinillo. La madama los recibió hosca tan sólo de pensar en cuánto le saldría la visita de los de azul, pero usando su mejor sonrisa les prometió la colaboración del personal.

Por supuesto, nadie identificó al finadito la noche anterior, aunque sí lo recordaban. Siempre llegaba solo y así se iba; por supuesto, no dijeron ni una palabra de la escena —que suscitó horas de chismes y habladurías antes de cerrar—. Toda persona que laboraba en el antro sabía que esas menudencias no eran de la incumbencia de la policía; y menos era para andar cacareando fuera del recinto, suceso tan trivial. Claro, entre bambalinas, más de una se preguntaba en qué había parado todo. Nadie sabía nada de la Mata Hari; desde luego, nunca intimó mucho, pero no se había aparecido por ahí en todo el día.

—La dirección que tenían en el archivo era un apartado postal —se lamentó la madama con profundo suspiro, que hacía que sus mofletudos cachetes temblaran, dando mayor énfasis a la situación.

Marat y Giménez no se tragaron del todo la verborrea de las actrices, pero no hallaron nada que les diera una pista de lo sucedido la noche anterior. Por costumbre, anotaron el apartado postal y dejaron su información:

—… por si alguien de pronto recuerda algo —dijo Marat sin dirigirse a nadie en especial—. Ya saben lo que dicen: «ayúdame, que yo te ayudaré», o más o menos así.

Para su desgracia, todas tenían en la mente el refrán de «a otro perro con ese hueso». Sin dejar de sonreír, les dieron la espalda.

Se despidieron al salir de El Molinillo. Marat se dirigió a la cantina donde días antes lo había llevado Giménez y había visto al concejal Baldón. «Quien quita y se aparece por ahí y podemos conocer un poco sobre él y, sobre todo, de la mujercita, que dicho sea de paso se cae de buena», meditaba dentro del taxi que lo transportaba. Su último recuerdo de la noche fue una morena espectacular que conoció en la barra; su recuerdo más cercano, su despertar solo en la cama.

Giménez le puso enfrente un vaso con agua, lo suficientemente grande como para contener medio litro. «¿Qué cupla tiene el agua?», pensó mientras bebía con avidez. Después de ello, se sintió un poco mejor. Miró a su segundo y con una cabezada manifestó su agradecimiento.

—¿Sabemos algo nuevo? ¿Hay ya resultado de la autopsia? —preguntó mientras que con los dedos se daba un masaje en los esfenoides, con la ilusión de que eso le ayudara más a controlar el dolor de cabeza. «Una raya y una cheve es lo que realmente necesito», pensó mientras esperaba las respuestas.

—Nuevo, nuevo, nada; salvo que ninguna de las heridas es mortal. El reporte de la autopsia debe estar listo mañana, según el médico forense. Eso en cuanto al fiando se refiere. Por su parte, los atracos a los estanquillos, tiendas de la esquina, papelerías y demás han disminuido, pero se han reportado tres más. Creo que han sido más, pero esos son los que nos han reportado.

—Me lleva el carajo. Con lo del finadito había olvidado que aún tenemos que resolver esos atracos. ¿Dónde está el Mazapán? Vamos a hacerle una visita; es hora de terminar con esto.

Se encaminaron a los separos que estaban en el sótano del edificio. Eran cinco jaulas y, por el momento, sólo el Mazapán estaba hospedado ahí. No le importaba estar solo, pero le preocupaba en sobremanera que sus socios se enteraran dónde estaba; más aún, que hubiese cantado lo que sabía. La regla es la misma siempre: las mismas letras tiene un sí que un no, y el problema es que él se había equivocado en la elección.

—Mazapán, espero que te encuentres cómodo aquí y que no te falte un pan y agua —escuchó antes de ver a Marat.

—Tus informes fueron… ¿Cómo decirlo? Casi exactos. Pero cuando llegamos algunas de las avecillas ya habían volado y, lo más triste para ti, es que se han realizado en estos días una serie de atracos de los que, casualmente, olvidaste prevenirnos. Eso nos ha puesto mal, muy mal, con los superiores. No es que sea rencoroso, pero necesito desquitarme con alguien y ¿qué crees? Saliste premiado.

Su tono era cada vez más sarcástico, por lo que El Mazapán aguzó más los oídos. Tal vez podría librarla una vez.

—Pero, jefe, yo le dije todo lo que sabía. Además me había dicho que sólo pasaría unas horas aquí de vacaciones, y no veo claro. Ya van varias horas, y creo que me van a extrañar al no tener noticias mías, y eso *pos* no es bueno para mi salud.

—Vamos, vamos —le contestó Giménez—... Exageras un poco. Pero si nos dices lo que deseamos saber, pues, ya sabes, te soltamos. Y con boleto pagado para que salgas de la ciudad y te vayas a donde te parezca que el aire será mejor para ti. Por lo que dices, creo que el de esta ciudad te está haciendo daño.

—Vamos al grano Mazapán —le dijo Marat—: dame la dirección donde podamos encontrar a tus amigos, todos —enfatizó la palabra— y, una vez terminada nuestra diligencia, yo mismo te llevo a la estación de camiones, te pago el boleto y me aseguro de que te subas al camión. Ya arriba, no me importará lo que te pase, siempre y cuando no regreses por acá. ¿Cómo ves?

El Mazapán tragó saliva un par de veces. No estaba muy seguro de confiar en lo que le ofrecían. Se rascó el magín tratando de adivinar las intenciones, pero sobre todo, si habían o no apresado a los que él había sacado a balcón. Quiso tentar su suerte y jugó un albur.

—Pero, mi oficial, si ya le dije todo lo que sabía, ¿qué pasa si no puedo decirle más?

Giménez lo miró de arriba abajo, volteó a ver a Marat y respondió con mucha flema:

—Es muy simple, Mazapán, te llevamos a tu casa, en la patrulla, con torreta encendida y toda la cosa para agradecerte frente a todos la ayuda que nos has prestado para arrestar a los que han realizado los robos cerca del vecindario. Y, bueno, a ver qué te pasa. Te aseguro que no me va a quitar el sueño lo que te suceda.

Media hora después, ambos agentes salieron en auto patrulla, seguidos por dos julias con espacio para más de diez detenidos por unidad y cuatro unidades con cinco agentes en cada una.

III
EL CHANTAJE

uy quitado de la pena, el concejal Baldón hojeaba los diarios de la tarde anterior buscando si había alguna mención sobre sus actividades: en especial la lectura en la escuela, o el nuevo proyecto de ley con el que buscaba el apoyo de los partidos de oposición. Tenía la certeza de que eso sería el gran parteaguas de su ya flamante carrera política.

Conforme pasaba las páginas, en las interiores locales, se topó con la historia del asesinato de un hombre —del que no se sabía ni su nombre—, que había movido las fuerzas policiacas a una cacería humana para atrapar a los responsables. No había mucha información aún. El desplegado de la policía para pedir ayuda de los habitantes de la ciudad le pareció muy interesante. Hacía tiempo que no leía uno de ellos.

Sintió vibrar dentro del cajón central del escritorio su celular, pero no le hizo mucho caso. No tenía nada planeado en especial para ese día. Era muy raro que Malinalli le enviara mensajes de texto; por norma general, le llamaba en vez de escribir, bajo el argumento de que era mucho más fácil y, además, le gustaba oír su voz.

Dejó los periódicos de la tarde anterior y se enfrascó en la lectura de los de la mañana. Nada fuera de lo rutinario: en el país, la mitad en contra del presidente en turno; la otra mitad, en su adoración plena. En lo internacional, lo de siempre: un par de guerras que ocupaban ciertas páginas con la narración de lo que acontecía, además de un análisis sobre ellas. Del vecino del norte, la constante amenaza de que los republicanos alcanzaran el poder una vez más, lo que implicaría mala vida para el resto del continente y, ¿por qué no?, para el resto del planeta.

Aventó los diarios al cesto de basura, sabedor de que alguien los pondría en orden y haría los recortes pertinentes. Se sorprendió de que el celular vibrara un par de veces más. Estaba por levantar el auricular para llamar a la señorita Del Rosal, con el propósito de revisitar la agenda del día, pero le ganó la curiosidad por saber cuál era la urgencia de quien fuese que le enviara los mensajes de texto. Abrió el cajón y sacó el celular. Digitó la contraseña y cuál fue su sorpresa al ver fotografías de Malinalli abrazando a otro hombre y entrando a un hotel en alguna parte de la ciudad.

Al principio no dio crédito a lo que veía. Le pareció una broma de muy mal gusto; incluso pensó que la foto estaba alterada. Sin embargo, conforme movía el dedo por la pantalla, las imágenes que danzaban frente a él lo hacían dudar sobre la falsedad de lo que veía. Por fin, llegó al mensaje de texto:

Tu mujercita te engaña y tengo todas las pruebas. Antes de mandarlas a los principales periódicos y canales de televisión, he decidido darte la oportu-

nidad de pagar por ellas. Tienes hasta la medianoche de mañana. No tardes.

Por más de diez minutos Baldón no supo qué hacer.
Contemplaba ya el texto, ya las imágenes, y no lograba
decidirse a tomar un resolución. Se abrió la puerta y apareció en el marco la señorita Del Rosal, un tanto desme-
jorada en su apariencia, pero con la agenda en la mano
y dispuesta a acercarse al escritorio, como siempre, para
repasar el día con el concejal. Él la miró como si no existiera o viera una especie de fantasma. No alcanzó a decir
nada. Iba del celular a ella y, después de un minuto que
le pareció eterno, le hizo una señal con la mano para darle a
entender que más tarde la llamaría. Margarita comprendió el mensaje, dio media vuelta y cerró la puerta sin pensar mucho en la actitud de su jefe. Ella misma tenía un
torbellino de ideas que no la dejaban ver claro más allá
de su nariz.

Como marro en yunque, las palabras le azotaban el
cerebro, pero las fotos lo hacían todavía más fuerte. De
pronto, se levantó y tomó uno de los diarios de la tarde: en
efecto, la fotografía del occiso y la del hombre que estaba
con su mujer ¡era la misma! Se dejó caer en su sillón y el
vértigo le hizo perder el conocimiento.

No estaba seguro de cuánto tiempo había estado inconsciente; un sabor amargo le recorría la boca y deseó
que todo fuese una pesadilla, mas no… Las imágenes, el
texto y los diarios le decían lo contrario. Decidió enfrentar
a Malinalli. Llamó al celular de su esposa, pero no obtuvo
respuesta; vía texto, la instó a que se comunicara con él

y esperó, por dos eternos minutos. Pasado ese tiempo, llamó a su casa. No le contestó nadie. Ahora, además de inusual, era extraño. Tomó su saco y salió de su despacho y se encontró con que tampoco había nadie en la antesala. Miró el reloj y se sorprendió al darse cuenta de que eran las siete de la tarde.

Llamó al chofer; por fin alguien le contestó. Sin muchas palabras, le previno que se alistara para llevarlo a casa. En su mente se reproducían sin compasión las imágenes, los textos, que nadie le contestara en casa y el silencio de su mujer. Ni una palabra hasta ese momento. Todo ello le empezó a generar un coraje y odio contra todo y contra todos que se apoderaba de su ser. Al subir al auto, pensó: «esa perra lo va a pagar caro, verdad de Dios».

Llegó a su casa, despidió al chofer hasta el día siguiente y entró. Lo recibió un silencio pesado y una oscuridad nada normal. No se molestó en llamar a nadie; sabía que sólo el eco le respondería. Sin encender una luz se dirigió a la sala, a su sillón favorito frente a la televisión. Se dejó caer y encendió la lámpara que estaba detrás de él. Sacó uno de los diarios del portafolios, luego lo abrió en cualquier página. Tomó el control remoto y encendió el aparato. Una vez más, la fotografía del occiso llenaba la pantalla, mientras una mujer leía la noticia con una entonación de alarma. Desde la penumbra, no distinguía lo que había a su alrededor y el brillo de la pantalla no lo dejaba ver mucho de todas maneras. De pronto, sintió el llanto corriendo por su rostro, no comprendía por qué lloraba, pero hizo el esfuerzo por reprimirlo.

Se levantó y fue al bar en busca de un vaso y una botella de licor; el que fuera, lo necesitaba. En el primer vaso que su mano palpó, sintió un papel enrollado dentro de él. Lo sacó y regresó al sillón. Conforme leía, las lágrimas le anublaban la vista y el coraje aumentó sin medida.

—La muy puta lo va a pagar caro —dijo en voz alta.

IV
¿A DÓNDE HUIR?

Amparo se movía como zombi en la fonda. Sólo salían monosílabos de sus labios cuando su madre le hacía una pregunta o tomaba la orden de algún cliente. En un recóndito de su cerebro, tenía la esperanza de que el Coqueto aparecería por la puerta, ocuparía la mesa de costumbre y ella flotaría para atenderlo. Le parecía escuchar su voz ordenando lo de siempre y dejar una notita con información para una nueva cita… Pasaron las horas y, por supuesto, el Coqueto no volvió a aparecer.

Ahora la Güirigüiri tenía una pregunta constante atorada entre ceja y oreja: «¿Debo quedarme o debo huir?». No se decidía. La madre la vigilaba de cerca, la seguía con la mirada desde la cocina cada vez que llevaba alimentos a los clientes; la atosigaba preguntas que no obtenían respuestas y las amenazas tampoco producían efecto. Un cliente dejó sobre la mesa uno de los diarios amarillistas, de esos a los que se les estruja y escurre sangre de cada nota redactada.

No resistió la tentación de doblarlo lo más posible y correr a esconderse al baño para leerlo. Le había parecido ver la foto del Coqueto en la primera página. En efecto, era él, muerto paleta; más frío que hielo de jaibol. Las lágrimas comenzaron a correr por sus mejillas sin que se diera cuenta. Maldita la gana que tenía de retenerlas. Estuvo encerrada en el baño por un tiempo que no pudo medir, pero que fue interrumpido por los gritos de la madre y azotes en la puerta para que saliera. La fonda se estaba llenando y no había quién atendiera a la clientela.

Con el mandil, se enjugó el llanto y la luz del sol le golpeó el rostro. Como autómata y a paso lento, se dirigió al comedor y empezó a atender la clientela. El remordimiento de lo hecho, la incertidumbre de qué hacer, la tenía en un estado de conmoción que estaba por llevarla a perder el conocimiento. No leyó la nota sobre el crimen. «¿Para qué?», se dijo. Ella sabía lo que había pasado y eso era suficiente.

Esperaba la hora de irse a su casa y de ahí a la escuela. Tal vez ahí encontraría inspiración para decidir qué hacer. No creía que hubiera algo que la implicara: nadie la conocía en el tugurio aquel a donde lo siguió y nadie podía establecer una relación entre ellos. pero, el que nunca falta, toda sombra y hasta las aves que pasaban la sobresaltaban; sentía que su rostro la delataba. Necesitaba huir, pero temía que eso la denunciara.

Por fin llegó el momento ir a su casa. Después, se dirigiría a la escuela. La madre la miró intensa:

—Derechito te vas a casa después de clases, o llamo a la policía —espetó decidida.

Eso le alteró los nervios aún más. No respondió y agachó la cabeza al salir. Subió al camión; la mente en blanco todo el camino hasta la parada cercana a su hogar. Entró, se cambió la ropa y tomó los útiles escolares. Al final comió un pedazo de pan, como si el refrán aquel «las penas con pan son menos» fuera una realidad y partió rumbo a la escuela.

Durante todas sus clases no puso atención. Era un mesabanco más; ni las bromas o los piropos a su alrededor le causaban efecto. Se sentía vacía…, peor aún: sucia. Escuchó que la llamaban, pero no se detuvo, hasta que una mano la tomó con suavidad por el hombro. Era el profesor que le había ofrecido ayuda para ingresar a la universidad. No comprendió bien lo que le decía, así que le pidió repetir sus palabras.

—Muy distraída has estado en la clase hoy, Amparo. Espero que todo esté bien. Te decía que he hablado con el rector de la Universidad de *** y ¡has sido aceptada! Beca completa, pasaje de camión, hospedaje… Está todo arreglado. Podrás hacer las materias de tronco común, y después decidir qué área en particular deseas estudiar. ¡Felicidades!

Ella lo miró sin comprender, pero poco a poco la idea de que esa era la respuesta a todos sus males le penetró en el magín. Salir de la ciudad, con una excusa más que perfecta… Ni su madre podría negarse; si lo hacía, no le importaba. Al fin y al cabo era mayor de edad, así que podría hacer lo que le viniera en gana.

Abrazó al profesor, al tiempo que le agradecía todo lo que había hecho por ella. Subió al camión de regreso a casa. «Una semana más», iba pensando, «y me largo para siempre de esta ciudad ¿Qué le voy a decir a la bruja esa? ¡Me vale! Empaco mis cosas, le digo que me voy a *** y que haga lo que quiera».

—Una semana —dijo en voz alta.

No vislumbró todo lo que podía pasar en esos siete días; sin embargo, por alguna extraña razón, tenía confianza en que su futuro no pintaba tan oscuro como había creído en las últimas horas, olvidando aquello de que «el hombre propone y Dios dispone».

Subió al camión para dirigirse a su casa. La alegría que sintió por unos minutos al saber la noticia del profesor poco a poco fue dando paso a los hechos recientes. Llevaba la cabeza gacha, sin mirar a su alrededor. Se guiaba por los timbrazos demandando la parada en alguna estación. Iba de pie, en medio del pasillo. Sentía que alguien le restregaba la pelvis en los glúteos, pero no dio importancia. «Que haga lo que quiera, me vale», pensó, pero de pronto rectificó y supuso que no, no debía permitirlo. Enseguida, haló del cable para solicitar la parada; se giró bruscamente y de improviso y con un rodillazo se deshizo del tipo que se había colocado detrás de ella. Quejándose y doblado por el dolor, la miró sorprendido. Otra mujer que iba junto a ella, al ver su reacción, decidió golpear con su bolso al hombre, quien cayó sentado en otro hombre distraído. Al sentirlo en su regazo, lo maldijo, le propinó un fuerte golpe en el rostro y le fracturó la nariz al pervertido. En consecuencia, salpicó de sangre al vecino, que armó un dimes y diretes del que nadie entendía nada. Amparo, sin preocuparse mucho del escándalo, se abrió paso y bajó del camión.

Miró a derecha e izquierda para orientarse y emprendió el camino a casa a pie. «Un poco de aire fresco me hará bien», pensó, mientras andaba con paso lento, pero seguro por las calles de la ciudad.

***

Margarita abandonó las oficinas concejales, sin plena conciencia de cómo. Sus pensamientos estaban en todas partes y en ninguna. Abordó el primer taxi que se cruzó en su camino, dio su dirección y trato de silenciar el diálogo interior. No quería pensar en nada, pero, el que nunca falta, las imágenes de dos noches anteriores se le agolparon en el cerebro y sintió que las arcadas le volvían. Hizo un esfuerzo increíble para no volver el estómago, sin nada más que bilis dentro de sí.

Por fin llegaron frente a su casa. Pagó y, sin esperar el vuelto, se dirigió a la puerta de entrada. Dejó caer sus cosas conforme iba caminando por el pasillo y se metió al baño. Se hincó frente al inodoro y trató de volver el estómago una vez más, pero sin mayor éxito que sus dolorosas arcadas.

Se levantó, se enjugó la boca y se mojó la frente. Se dirigió a la cocina, abrió el refrigerador y sacó una cerveza que bebió a grandes sorbos, sin parar. Tiró la lata vacía a la basura. Pensó que se sentía más tranquila, a pesar de que la cabeza le daba un poco de vueltas. El ligero mareo la hizo apoyarse en la estufa y, cuando sintió que había pasado, se dirigió a la sala. Ahí se sentó en el sillón frente al televisor, tomó el control remoto y encendió el aparato.

Presionó el botón «menú» para buscar algo que no fueran noticias. No tenía ganas de saber lo que acontecía en el mundo, y menos en la ciudad. Pensó, más bien anheló, que aquello de «ojos que no ven, corazón que no siente» fuese una realidad. Olvidó silenciar la TV y no pudo evitar el escuchar a la lectora del noticiero reportar sobre el nulo progreso del «asesinato del inquilino de la casona» como se le denominaba desde la tarde anterior.

—¿Es que no hay escapatoria? ¿No van a dejar eso por la paz como asunto sin remedio? —gritó sin poder contenerse.

En su fuero interno, supo que, en efecto, no había escapatoria; no para ella al menos, agobiada por los recuerdos. Sin percatarse del momento, empezó a llorar una vez más.

—Dios mío, ¿qué voy a hacer? ¿Dónde puedo esconderme? —imploró en voz alta, como esperando la respuesta de ese Dios que nunca contesta.

Pasada una media hora, más tranquila, trató de ser la mujer objetiva que siempre había sido. Intentó recordar si había dejado alguna prenda que la identificara; si alguna persona de las que estaban cerca en el restaurante donde acechaba la salida de Malinalli la podría reconocer; si podrían reconocerla en el antro a donde había seguido al maldito ese; o incluso al verla entrar o salir de la casona. No pudo reconocer a nadie. Estaba segura: no había dejado nada que la inculpara.

Ese pensamiento comenzó a taladrarle el cerebro, al grado de que una hora después se dio cuenta de que no había posibilidad de que alguien la inculpara. Incluso las llamadas a Malinalli no podían ligarla, eran llamadas de carácter profesional y no había dejado ningún recado, al menos ese día. Para estar más segura, regresó al pasillo, tomó su bolso y sacó el celular. En efecto, las llamadas estaban registradas, pero estaba segura de que no había dejado ningún recado. Siempre podría argüir, en caso de que alguien le preguntara, que sus llamadas eran puramente profesionales; al menos ese era el argumento y no habría poder humano que la sacara de ahí.

Por si tuviera mala suerte y se le viniera el argumento abajo, recordó que tampoco tenía una cortada. Si era bueno que nadie la pudiera asociar, tampoco nadie podía decir dónde había estado durante todas esas horas, salvo el recibo del restaurante frente al hotel de marras. Pensó que lo que la salvaba, al mismo tiempo la condenaba. Pero al final «¿quién podría asociar las horas con la presencia de ambas, casi frente a frente?», se preguntó con alivio.

—De todos modos, mañana hablo con Baldón y le digo que necesito tomar unos días de vacaciones... o mejor que debo ir a visitar a mi abuela *enferma* y cuidarla, ya que la pobre vive sola.

Esa idea la reconfortó lo suficiente, como para poder conciliar el sueño, si no tranquilo, al menos sin la voz interior gritándole su culpabilidad.

***

La inquietud se le notaba a Ulises Mascota desde Saturno, por lo menos, o eso creía él. Sentía que todos lo miraban acusándolo de algo, pero no estaba seguro de qué. Recordó esa sensación de su pasado que pensaba tan lejano y que ahora estaba tan cerca. Respiraba profundo y sintió el sudor, si bien no le brotaba a mares, como un río a punto de salirse de madre. Esa sensación lo tenía más que atosigado y ofuscado.

Recorrió los pisos y pasillos tratando de concentrarse en los aparadores y escaparates. Daba pequeñas instrucciones, que veinte minutos después cambiaba sin aparente razón de ser. Una vez que se alejaba, algunos empleados murmuraban que «todo lo hace por sus pistolas» y «no tiene la más remota idea de lo que quiere». Decidió subir al piso donde estaba el restaurante cafetería. Necesitaba aclarar sus ideas; sobre todo, tranquilizarse. No quería perder el trabajo que recién le habían ofrecido y eso le hacía recordar al Coqueto.

Vívidamente se le representaba la noche de marras. «Todo iba tan bien, ¡carajo!; nuevo trabajo, la posibilidad de tener un nidito para los dos; cuidar a su amado; tener esas noches locas de pasión; seguir triunfando en El Molinillo», pensó, mientras sorbía un chocolate espumoso. Había dejado de beber café desde hacía dos días, pues lo ponía demasiado alterado, así que optó por el remedio aprendido en el puerto: chocolate caliente y una pieza de pan dulce.

A pesar de sus buenas intenciones, nada lo tranquilizaba. Para colmo, la madama no lo quería ver de nuevo por el tugurio; de hecho, al día siguiente que se presentó para su presentación, encontró sus cosas dentro de una caja de cartón. Sin anestesia previa y con una fría expresión, doña Teodora le anunció:

—Lo lamento, Mata Hari, pero después del espectáculo de ayer, la visita de la policía y las noticias en televisión no podía poner en riesgo la *íntegra* reputación de la casa.

No le quedó más remedio que regresar a su casa, con la cola entra las patas, más zarandeado que perro de hortaliza. Esa noche lloró como no lo había hecho desde que su madre se perdió en la selva del trópico húmedo. Lloró por él, o ella… o como sea. Lloró por el Coqueto; por los castillos en el aire, que una vez más se le venían abajo. Lloró, en fin, por la injusticia de la vida para con los pobres. «Eso de que los *ricos también chillan* es una chingadera más inventada por la televisión», pensó, «sólo para seguir dando atole con el dedo a nosotros, los verdaderos miserables».

Pagó el chocolate y el pan dulce. Luego regresó a los pisos que había recorrido más de una vez ese día. Una idea le daba vueltas en la cabeza: huir simplemente, huir, dejar todo y largarse de esa ciudad maldita sólo con lo que traía puesto y desaparecer.

—Otra vez… —se dijo sombrío.

Llegó a uno de los aparadores, uno de esos que había cambiado por lo menos tres veces ese día. Notó la mirada de los otros dependientes y pudo leerles claro el pensamiento a todos ellos: «ya viene a joder la marrana otra vez». Entonces cambió la actitud. Los felicitó de viva voz por el gran trabajo que habían hecho y, ¡colmo de sorpresas!, los animó a que ellos decidieran lo mejor para el área donde se movían.

—A final de cuentas —les dijo— ustedes saben mejor qué funciona y qué no.

Dio media vuelta sobre sus talones, vio la puerta que daba a la avenida principal, se dirigió a ella y una vez cruzado el umbral se preguntó: «Y ahora ¿pa' dónde?».

***

Malinalli salió de la cocina, después de asegurarle a la sirvienta que todo estaba bien.

—Un pequeño mareo, tal vez estoy embarazada —dijo con una sonrisa que pretendía engañar a Felicia, pero que no confundiría ni a un niño de pecho.

Entró en su cuarto sin decidir qué hacer o adónde ir. El terror pánico se empezaba a apoderar de ella más y más. «Huir» era la única palabra que le comenzaba a taladrar el cerebro, pero ¿a dónde? ¿Cómo?

Trató de respirar para tranquilizarse. Después de muchos intentos, pudo conseguirlo. Miró en derredor y su mirada se clavó en el alhajero abierto. «Una visita al judío podría hacer todo eso efectivo», pensó. Recordó la caja fuerte en el banco donde tenía otras joyas y efectivo, tanto en pesos como en dólares. Se congeló por completo. La imagen de el Coqueto le llenó la mente, recordó que ahí fue donde lo conoció, así que se estremeció.

—Ni siquiera supe su nombre… —se dijo mientras se vestía.

Tenía los nervios de punta, como dicen, sin saber a ciencia cierta el por qué usan esa expresión, pero no daba pie con bola. Había sacado todo del bolso, lo había llenado con las mismas cosas, por lo menos tres veces, hasta que decidió sentarse en la cama para intentar calmarse otra vez. «Maldita la hora en que acepté encontrarme con ese tipo», pensó al recorrer por décima vez la habitación. Tomó una decisión en ese momento y se puso en actividad: llenó la bolsa con las joyas que tenía, comenzó a vestirse como si fuera a ir al gimnasio. Enseguida puso algo de ropa interior y dos mudas sencillas en la maleta.

—Felicia no sospechará nada. Como siempre, me vestiré para ir a hacer ejercicio —murmuraba mientras seleccionaba ropa ligera para que no hiciera mucho bulto.

«Iré donde el judío y espero no me robe en el cambio; de ahí al banco a sacar todo el efectivo y, después, le diré a la servidumbre que se tomen unos días, porque el concejal y yo decidimos salir de viaje. Si se van al carajo, pues mejor», pensó mientras apretaba los dientes. Dejó de importarle lo que el servicio o el marido pensara, lo único que hacía al caso era huir. No sabía por qué tenía que hacerlo, pero estaba cierta que todo su presente se había ido al carajo desde el momento en que «al tipo ese», como ahora lo llamaba en su fuero interno, lo mataron.

Miró las joyas en el bolso una vez más antes de meterlo en la maleta para el gimnasio. La mente se le puso en blanco por unos momentos. La pregunta le llegó de golpe:

—¿A dónde carajo iré?

V
TRAS EL RASTRO

Marat y Giménez se sentían satisfechos. La razia había sido un éxito. El Mazapán había delatado a los cabecillas de la banda que azolaba los vecindarios: los habían encontrado a todos juntos y, a otros, revueltos, así que se dirigían a los separos con las julias cargadas. Tenían la esperanza que esto les permitiera regresar sobre las pistas del asesinato del que Marat sólo denominaba como el catrincito.

—Bien. Ahora el capitán nos dejará en paz con este asunto. Es hora de empezar a seguir las diferentes pistas que tenemos sobre el muertito —comentó Marat entre cansado y hastiado del día a día.

Llevaba varias horas en que no conciliaba el sueño, no sólo por los cafés y los pericos extras: sus fantasmas personales no le daban mucho reposo en últimas fechas.

—¿Dónde quiere empezar las pesquisas? —preguntó Giménez con cierto recelo.

No quería volver a provocar a Marat con el recuerdo del El Molinillo. La amenaza había calado en su consciente y el subconsciente no lo dejaba olvidarla. Esperó la respuesta con la mirada clavada al frente, en la nuca del oficial que conducía en ese momento, de quien ignoraba hasta el nombre.

—Vamos a dividirnos en esta ocasión —contestó Marat después de una pausa larga—. Yo voy a indagar en el hotel donde los vimos entrar. Intentaré seguir sus pasos desde ahí; tal vez alguien vio algo. Vana esperanza, pero esperanza al fin. Usted va a la morgue y a la vivienda del difunto, a ver si encuentra dónde trabajaba y hace las preguntas pertinentes. Sobre las tres de la tarde nos vemos en la fonda donde lo vi alguna vez. ¿Cómo es que se llama? ¡Ah, sí! La Esquinita. Ahí veremos qué podemos averiguar.

Giménez asintió y no volvió a decir palabra hasta que llegaron a la comandancia.

—Hago el reporte y salgo para seguir sus instrucciones —dijo muy solemne, mientras Marat lo miraba con cierta simpatía. Al menos eso quiso creer.

Se dirigió a su escritorio, encendió el computador y se enfrascó en la redacción del parte del día. Sólo se escuchaban sus dedos azotando las teclas. Marat lo vio y decidió hacerle una visita al oficial Peña. Su dosis de coca había disminuido considerablemente y, se justificaba a sí mismo, eso le ayudaría a pensar mientras se dirigía al hotel.

Se encontró con la novedad de que ese día su conecte no estaba de servicio. Maldijo su suerte y salió a la calle, donde aguardó por un taxi. La espera le pareció una eternidad, pero que en realidad fueron sólo cinco minutos. Dio la dirección del hotel y se arrellenó en el asiento de atrás, cerrando los ojos. La voz del taxista lo trajo de nuevo a la realidad: pagó y bajó del taxi. Miró el edificio gris, con la puerta de cristal cerrada. Giró la cabeza y vio un restaurante desde donde podía verse la fachada principal; es decir, quién entraba o salía del lugar. No lo pensó más y entró.

Buscó una mesa desde donde pudiera observar el movimiento de la clientela del hotel. Mientras esperaba al mesero, sacó un cigarrillo de la bolsa de la camisa, pero no lo encendió. Había dejado de fumar hacía bastante tiempo, pero cuando estaba nervioso o atorado en alguna investigación, le gustaba sentir uno en la comisura de los labios y después tirarlo en cualquier bote de basura.

Llegó el mesero por fin para ofrecerle algo de tomar, al tiempo que dejó el menú. Ordenó una cerveza fría, sin tarro, y preguntó por el plato del día. Nunca había comido guisos hindúes, así que no estaba seguro. Le recomendaron un plato con alubias, pollo bañado en salsa de espinacas, con guarnición de vegetales. Lo aceptó sin más y, por alguna secreta inspiración, preguntó al mesero si había observado algo raro en el hotel de enfrente hacía un par de días, al tiempo que le mostraba la charola, que lo acreditaba como policía.

El mesero no se inmutó con el gesto. Estaba consciente de que «quien nada debe, nada teme». Con mucha flema, le contestó que una clienta que había ocupado esa misma mesa había salido precipitadamente, después de pedir la cuenta y dejar todo el vuelto como propina. Algo inusual, porque había sido bastante, así que salió en su busca, pero sólo la vio abordar un taxi a toda prisa. Decidió guardarse el resto del dinero, sin hacerse más preguntas.

Marat lo cuestionó sobre qué creía que había llevado a la clienta a salir tan apresuradamente, pero no supo contestarle.

—No tengo idea —le dijo.

Luego preguntó si había algún sistema de cámaras de seguridad o algo similar. El mesero comenzó a lamentar el haber abierto la boca de más, pero levantó los hombros como resignado. Señaló hacia una pequeña puerta a la derecha de la barra. A continuación, fue por la cerveza y puso la comanda en la cocina.

Regresó con la bebida, la puso en la mesa y respondió a la pregunta de si el gerente o dueño o encargado estaba presente. Asintió con la cabeza. Marat le pidió que fuera a buscarlo. A los pocos minutos, un hombre barbado se aproximó zalamero a la mesa.

—Señor oficial, me dice Amil que desea hablarme; ¿en qué podemos servirle?

—¿De casualidad tiene aún la grabación de sus cámaras de seguridad de hace dos días?

—Sí, aún no las borramos. ¿Desea verlas? ¿Puedo saber el motivo?

—Tal vez contengan una pista para descubrir a un asesino —respondió Marat con un tono nada amiguero—. ¿Tienen vista a la calle, hasta enfrente? ¿O sólo la puerta de entrada del restaurante?

—La cámara de afuera está situada de tal manera que podemos ver la avenida y la acera de enfrente. Tenemos dos cámaras interiores, nada más que abarcan todo el piso central.

—Perfecto. Necesito una copia o los originales, no importa. Por favor, entréguemelos después de que termine de comer…, pero no vaya a cometer la imprudencia de *borrar* algo, ¿me comprende?

El dueño no dijo nada, sólo sonrió. Se dirigió a la oficina y unos momentos después puso sobre la mesa una tarjeta de video.

—Ahí está todo lo que ha acontecido en los últimos tres días. No tenemos copia de respaldo, pero no importa, no ha pasado nada interesante en ese tiempo.

De una cabezada se despidió del agente de policía y regresó a su madriguera. Marat bebió su cerveza y cuando le sirvieron la comida, pidió otra. Le gustó la comida, la cual roció con tres cervezas más. Al pedir la cuenta, le informaron que todo estaba pagado, que era a cargo de la casa. Sacó su billetera y dejó una propina que pensó proporcional al coste de lo que había ordenado.

Sin prisa, tomó el último trago de cerveza y abandonó el local. No fue al hotel. Tenía más curiosidad de ver qué había en las imágenes de seguridad. Estiró el brazo, señal universal para detener un taxi, abordó al que se detuvo frente a él y se dirigió a la comandancia.

VI
TOMANDO LAS DE VILLADIEGO

alinalli llegó en taxi donde Jacobo. No se le veía tan esplendorosa como en otras ocasiones, pero su atractivo natural era suficiente para disimular su estado. El judío salió de su despacho en cuanto le avisaron que «la señora» quería hablar con él. Tan sólo cruzar el umbral y la sonrisa de lobo hambriento se le dibujó en los labios, sonrisa que se fue desdibujando de a poco al oír lo que le decía.

«¿Que me quiere vender todas esas joyas? ¿Se volvió loca? ¿Sabrá el marido lo que pretende? ¿Qué le respondo? Claro que si le doy la mitad de lo que me pagó por ellas salgo ganando, pero un tercio sería mucho mejor. Vamos, Jacobo, te haces viejo, en verdad, un tercio y que se tenga por ganona», pensó.

Ella se dio cuenta de que el judío estaba dispuesto a robarla ofreciendo menos, mucho menos de lo que las joyas valían. No iba a permitirlo. Una súbita y desagradable idea le acudió al cerebro: llevarlo a su oficina y ahí, solos ambos, sin testigos, lo convencería de que le diera más, mucho más de lo que se imaginaba. «El pinche ladrón este…», terminó pensando.

—Don Jacobo —le dijo melosa—, ¿sería demasiado pedir que habláramos en privado?

La pregunta, junto con el «don» antes de su nombre, lo tomó por sorpresa. Balbució algo inteligible, asintió con la cabeza. Enseguida abrió la puerta del mostrador y la guio a su despacho, dejando que ella pasara primero.

Malinalli se sentó en la silla, algo estrecha, frente al escritorio. Jacobo se quedó parado junto a su silla, esperando sin saber bien a bien qué. Ella, con el mismo tono de antes, le pidió que se sentara, lo cual hizo el hombre en forma de autómata. Ella vestía una blusa ligera, color crema, desabotonada a la altura del comienzo de los senos y no usaba brasier ese día. Sus pezones grandes se insinuaban sobre la tela y podía comprobarse la firmeza de sus senos.

Jacobo le había sostenido la mirada hasta ese momento, pero como al desgane, ella se llevó la mano al cabello, como para acomodarlo. Ese simple movimiento hizo que su pecho se moviera provocativamente hacia adelante. El judío no pudo resistir la tentación de clavar en él su mirada. «Ya lo tengo», pensó ella; y, como si fuera el movimiento natural que seguía, deslizó sus manos por sus senos, hasta dejarlos sobre la mesa. Él siguió con la mirada las manos, vio que las dejaba en la mesa, y sus ojos se detuvieron una vez más en los senos. Con un gran esfuerzo, la miró de nuevo a los ojos, sonrió y esperó…

Malinalli no perdió el tiempo. Sonrió, movió el torso hacia su bolsa y, con un movimiento ágil, desabotonó la blusa. Esto le permitió al judío ver no sólo el nacimiento de los senos, sino la mitad de ellos. Además, con una pequeña fricción, Malinalli logró que sus pezones se erectaran. Lo miró directo a los ojos, luego se movió ligeramente hacía él. Esto le permitió poner sus senos sobre el escritorio, lo cual le permitiría tener una vista más clara de ellos. Con una mano, haló la bolsa donde estaban las joyas, la abrió y las desparramó sobre la mesa.

—Don Jacobo, tengo necesidad de dinero. He descubierto que mi marido me engaña y no sólo eso... Si nos divorciamos, él se queda con todo y yo... nada. Las joyas son lo único que tengo. Sé que valen mucho cuando se las compro, pero que pierden valor cuando se las trato de vender. No es justo, sé que así es... Usted es... todo un hombre. Lo sé de siempre... y estoy dispuesta a hacer algo —dijo más insinuante todavía—, lo que sea por que me las compre a buen precio. Sé que después lo recuperará, pero... lo que yo le dé jamás lo tendrá de nuevo.

Él no asimiló al principio lo que le proponía. Tenía la mente perdida entre los senos de ella, el olor a jazmines y el brillo de las joyas. De pronto, comprendió. Se le estaba ofreciendo: oportunidad única, a su edad, y su condición de usurero. Nunca se le presentaría otra oportunidad como esa; por supuesto, la avaricia trató de imponerse: regatear el pago de las joyas, sin perder la oportunidad. Sin embargo, se dio cuenta de que si él no aceptaba, ella estaba dispuesta a ofrecerse a otro y «¿quién aguanta un cañonazo de cincuenta mil pesos?», pensó, recordando la famosa frase de un presidente de inicios del siglo pasado.

—Doña Malinalli, yo... no puedo... Por favor..., no me ponga...

—Don Jacobo —le interrumpió—, tres cuartas partes del valor de las joyas —se levantó, mientras se desabotonaba la blusa— y yo... Toda, ahora mismo...

Media hora después, salió ella del despacho, más ligero el peso de la bolsa, pero con más efectivo del que había pensado. Una sonrisa para todos, pero con un asco interior que a duras penas podía ocultar. Abandonó la tienda sin decir una palabra y se perdió entre la gente que caminaba por la avenida.

El judío respiraba agitado. No daba crédito aún, la oficina olía sólo a jazmines.

—Otra media hora de estas —murmuró— y le doy todo lo que tengo, sin pensarlo dos veces.

***

Margarita despertó sin saber bien a bien dónde estaba. Poco a poco fue reconociendo su alcoba y lo que había decidido la noche anterior. El despertador estaba por sonar a la hora de costumbre entre semana, para alistarse e ir a trabajar. Hoy, ese no sería el caso. Aún no decidía a dónde iría, pero sin duda lejos de la gran ciudad. Llamaría a Baldón y le pediría un mes sabático, sin goce de sueldo ni nada; la excusa de la familiar enferma le sonaba aún bien, pero no diría dónde podían encontrarla. Al contrario, se trataba de perderse y si era posible, de cambiar toda su identidad.

No tenía idea cómo iba a lograr eso. Siempre en los programas gringos de televisión era algo fácil, pero en la vida real le parecía más que imposible. De entrada, no tenía dónde empezar a buscar, así que no encontraba la salida tampoco. Se dirigió al baño, desalojó vejiga e intestinos, se dio un baño y se rodeó el cuerpo con una toalla.

Abrió los cajones y empezó a hacer su maleta. No pondría muchas cosas, sólo las suficientes para tres semanas. Ya vería qué hacer después. Tenía dinero en efectivo, además de los ahorros bancarios y algunas joyitas heredades de algunas tías. A sus padres les diría que la enviaban al extranjero en un plan de estudios superiores, otra maestría; eso los tendría felices y despreocupados por algún tiempo.

Terminó de hacer la maleta y se preocupó por vestirse. No había encendido la televisión, no quería saber nada de nada, ni de ella misma, como si eso fuera posible. Se decidió por una blusa blanca holgada, pantalones de mezclilla —de esos que llaman vaqueros o jeans—, unos tenis deportivos y un bolso de mano de regulares mediadas. Metió las joyas y pensó cómo venderlas o empeñarlas. El efectivo le era más urgente, ya que no sería fácil de rastrear. Optó, entonces, por empeñar o vender las joyas en su lugar de destino, antes de volver a moverse a otro sitio.

Miró la hora; Baldón no estaría en la oficina aún, así que llamó al número directo y dejó un escueto mensaje. Borró toda la información de su celular y sacó el chip con toda su información, lo rompió y el celular lo guardo en el bolsillo de atrás del pantalón para deshacerse de él en cualquier bote de basura.

Recorrió su casa por última vez. El contrato de renta terminaría en unos meses. Recordó entonces que tenía un pago automático con cargo a su tarjeta de crédito, que tenía completamente pagada. Decidió cancelarla; la renta del mes ya estaba pagada y lo que quedaba no le importaba mucho: ropa, utensilios de cocina, cuadros, libros, fotografías. «Debo deshacerme de todas las fotografías antes de irme, pero me quedaré con alguna de mis padres», pensó. En un santiamén, todas las fotografías estaban fuera tanto de los marcos —diplomas incluidos— como de los álbumes fotográficos. Metió todas en una bolsa de plástico para la basura y no supo qué hacer con ella.

—Quemarlas sería lo mejor —pensó en voz alta—, pero ¿dónde hacerlo?

Mientras, intentó ubicar un lugar. Como con desgane, veía las fotos en la parte superior de la bolsa, entonces recordó el lote baldío que había a un par de cuadras de su casa. Tomó la bolsa, unos cerillos, su bolso y salió de su casa para incinerar el bulto que le pesaba como un lastre de sueños incumplidos.

Miró arder la bolsa y chamuscarse todas las fotos. Ninguno de los vecinos se asomó o dijo algo. «En la gran ciudad, uno está más solo que la una», pensó sarcástica. Se aseguró de que todo hubiera desaparecido y regresó a su casa, con la mente en blanco. Una vez dentro comenzó a debatir consigo misma dónde ir.

—Si salgo huyendo de la ciudad —dijo en voz alta—, pueden seguir mi rastro con la licencia o tarjeta de crédito, pero si me quedo en la ciudad, en un lugar opuesto o cercano, será más fácil esconderme por un tiempo, dejar que las cosas se enfríen y, entonces, cambiarme a otro estado. Igual y así puedo conseguir una identificación falsa y empezar una nueva vida, con otro nombre… Carajo, de película está esto.

Salió a la calle, esperó que pasara un taxi libre. Después de unos minutos, subió a uno, dio una dirección en la zona conurbana y se perdieron en el tránsito local.

***

Ulises guardó todo lo que tenía de su *alter ego* en una bolsa para el gimnasio; en una maleta puso el resto de sus pertenencias. Huir una vez más no le hacía mucha gracia, pero no quería que el pasado lo alcanzara con este presente que se había desbaratado por completo. Por un tiempo, pensó que la felicidad era posible, pero el destino, una vez más, le cerraba esa puerta y no veía otra abierta. Decidió dejar un mensaje en el trabajo sobre no sentirse bien. La razón era bastante vaga, pero aceptable. Dijo que se presentaría en cuanto recuperara la salud.

—Bien, ¿y ahora a dónde? —recorrió en su cerebro el mapa del país y no encontró un lugar lo suficientemente seguro para esconderse. Contó una vez más el efectivo que tenía y, sin pensarlo más, se dirigió al banco más cercano. No pensaba retirar todos sus ahorros. Creía que eso llamaría la atención o tendría que responder muchas preguntas. En su lugar, sacaría el máximo permitido por el día. Una súbita inspiración le pareció la mejor opción. Alguna vez escuchó sobre un retiro en las montañas de uno de los estados al sur de la capital.

El clima no era malo y, lo más importante, podría mantenerse enterado de lo que podía ir descubriendo la policía y, entonces, actuar en consecuencia. Siempre podría dirigirse al norte, hasta el Canadá, donde según los mitos urbanos siempre estaban buscando gente para «colonizar» las regiones más frías del país, además de que en teoría eran más liberales con las personas como él.

Paseó la mirada por la habitación para estar seguro de que no dejaba nada atrás. Vio la cama donde había pasado tantas horas de placer y dolor con el ya finado Coqueto. En una bolsa de plástico para la basura, metió todos los *juguetes*, y con esos tres bultos a cuestas abandonó la pensión.

Decidió no tirar la bolsa junto con todos los otros desperdicios. La prudencia le aconsejó buscar otro basurero: «que les cueste más trabajo encontrarlos», se dijo con un tono de tristeza, pero seguro de su decisión. Así que anduvo unas calles y, al encontrar otra pila de basura vecinal, metió su bolso de basura en medio, para que no resaltara.

Esperó por un taxi. Al abordarlo, le dijo al conductor que lo llevara a la estación de camiones que partían al sur. Una vez en la terminal, inspeccionó las corridas y se decidió por ir hasta Puerto Escondido, Oaxaca. El nombre le pareció romántico y hasta una señal, ya que eso es lo que él pretendía: esconderse. Una vez ahí, tomaría la decisión de su segundo paso.

Se acercó a la ventanilla y compró un boleto de ida. Ahora tendía que esperar algunas horas para la salida de camión, pero le tenía sin cuidado, ya que saldría ese mismo día. Tenía confianza en la incapacidad de la policía metropolitana de actuar tan rápido y dar con su paradero antes de que partiera a su nuevo destino.

***

Amparo llegó a su casa, consciente de que su madre aún se tomaría una hora en entrar por la puerta por la que ella iba a dejar toda su vida atrás. Ahora tenía un plan; lo más importante era que nadie pensara que huía o que se escondía. Simplemente, se le había presentado la oportunidad de estudiar lejos de la capital.

Redactó una nota para su madre explicando la situación. Claro está que no mencionaría el nombre de la universidad por precaución. También había logrado convencer al profesor de guardar el secreto; no había sido difícil, ya que como adulto no necesitaba permiso de su madre para decidir qué hacer con su vida.

Empacó sus pertenencias y sacó el dinero que había ahorrado a lo largo de los años, escondido siempre dentro de una de las patas huecas de su cama. Sabía que su madre jamás imaginó que pudiera tener todo ese capital. En su bolso, encontró la documentación para la universidad, la dirección de la casa de huéspedes que el profesor le recomendaba, junto con el teléfono y nombre de la dueña.

—Les llamaré en cuanto llegue —murmuró en voz alta y se dispuso a abandonar la casa donde había vivido siempre, sin ningún remordimiento.

Una hora después, estaba en la terminal de camiones del norte. Por supuesto, su plan no era permanecer en la posada, ni siquiera en la universidad, pero esa era la ruta que tomaría. Una vez allá pensaba cambiar de rumbo a otra ciudad y empezar de cero: «como quiera que sea, tengo dinero para sobrevivir varios meses sin trabajo», pensó sin malicia.

Con mucha discreción, pagó su boleto rumbo al norte y se sentó a esperar la salida. Su mente era un torbellino de dudas sobre su futuro, pero no había huellas de remordimiento por lo acontecido al Coqueto. En su fuero interno, se lo tenía merecido y punto. Miraba pasar a la gente en la terminal y sintió hambre. Miró los diferentes puestos de comida, sin decidirse por algo en específico. En su mente, se encontró en el restaurante. Meneó la cabeza para despertar y se decidió por una torta cubana y un refresco. Hizo su pedido y regreso a la banca donde había estado antes. Masticaba lentamente y con unción. No le pareció tan mala y entre dos bocados murmuró:

—... pero la de la tortería de la esquina es mucho mejor.

Cuatro horas después, medio adormilada, le pareció escuchar en el altavoz el número y ruta de su camión. Sacudió la cabeza y puso atención a lo que le rodeaba. Sí, era hora de abordar por la puerta número cinco. Se dirigió al baño para mujeres, se refrescó el rostro y se dirigió a la puerta de embarque. Hizo su fila, como el resto; mostró su boleto al conductor y buscó su asiento junto a la ventana, a la mitad del pasillo. En la rejilla superior colocó su pequeña maleta, se arrellenó en el asiento y cerró los ojos. Una nueva aventura la esperaba: entre el miedo a lo desconocido y la felicidad de salir de la ciudad, su corazón palpitaba en concordancia.

A los pocos minutos, sintió que alguien ocupó el asiento de a lado, abrió los ojos y vio a una mujer de mediana edad, bastante atractiva, que se acomodaba el cabello negro azulado, dentro de una gorra de béisbol.

La mujer despedía un aroma a flores, pero no pudo reconocer la fragancia. Ambas sonrieron, intercambiaron unas palabras y después, sin más que decirse, cada una se encerró en sus propios pensamientos. Ella miraba por la ventana, la otra mantenía la mirada fija al frente. «Jazmines», pensó, mientras veía el reflejo de su vecina. El camión se puso en marcha en reversa y comenzó su viaje rumbo a lo desconocido.

VII
DEL PLATO A LA BOCA
SE CAE LA SOPA

E l concejal Baldón pasó una noche de esas que la gente sin consideración llama de perros; tal vez porque no pudo pegar los párpados, tal vez porque al menor ruido se agitaba a la espera de que entrara a la habitación la que había sido su fiel esposa. Después de mucha indecisión, decidió saltar de la cama y refrescarse, comer algo y salir rumbo a su despacho. «Al menos, Margarita estará ahí y podrá distraerme con la agenda del día», pensó mientras se lavaba los dientes.

Salió de casa conduciendo él mismo. Se dirigió al primer café que se le ocurrió, ordenó su bebida y un pan dulce.

—Las penas con pan son buenas —le comentó al dependiente.

Maldita la gracia que le hizo un cliente haciendo chistoretes y, para colmo, sin ningún contexto, cuando apenas empezaba su jornada laboral.

Baldón ocupó una mesa frente a la ventana. Veía pasar a la gente y trató de imaginar a dónde se dirigían. Se dio cuenta de que las opciones eran tan innumerables como la gente que pasaba frente a él. Su pensamiento regresó a lo que le preocupaba realmente: ¿dónde estaba su mujer? ¿Quién era el que le había enviado la foto? ¿Qué carajo iba a hacer?

Ni el pan, ni el café parecían ayudar con las respuestas. Su celular comenzó a vibrar, por lo que se puso más nervioso. Lo sacó del bolsillo interior del saco y miró con atención la pequeña pantalla. Un mensaje nuevo de un número desconocido. No le ayudaba mucho esa información para saber sobre el paradero de su mujer. Se levantó de espacio y salió del local. Ya en la soledad del auto podría ver qué querían y cómo reaccionaría sin tantas miradas indiscretas. En ese momento odió con todas sus fuerzas ser personalidad pública y maldijo su ambición de poder.

> Para que todo quede entre nosotros, la cuota es la siguiente: cinco millones de pesos, en billetes de quinientos, doscientos, cien, cincuenta y veinte. NO billetes nuevos, pero tampoco rotos. Los detalles de la entrega en otro mensaje. Tienes dos días. El martes a las cinco de la tarde vence el plazo. Si no pagas, a esa hora toda la prensa y los medios sociales podrán ver la foto de tu mujer con el otro. No respondas a este mensaje.

—¡Cinco millones de pesos! ¡¿De dónde cree este pendejo que los voy a sacar?! —decía Baldón mesándose los cabellos—. Necesito ayuda, no sólo para tener el dinero, además para deshacerme de este cabrón, porque hoy son cinco y pasado mañana diez y en un mes a saber —seguía hablando consigo mismo, mientras en la cabeza trataba de armar el rompecabezas donde Malinalli lo había metido.

«¿Dónde estará?» se preguntó, ya sin rencor y con cierta preocupación. «¿Sabrá que la descubrieron y por eso huyó, o sólo vio las noticias y le dio pánico?». Sabía que no encontraría las respuestas hasta no dar con ella, pero maldita la idea de a dónde se pudo haber ido.

—Espero que esté bien —murmuró después de exhalar un suspiro.

Encendió el auto y se dirigió a su oficina. En el trayecto, redujo a tres personas con las que podría hablar sobre lo que estaba pasando. Deberles un favor era mejor que ser extorsionado por el resto de su vida. Posición política o no, eso iba a ser el cuento de nunca acabar, lo sabía, así que tenía que tomar una decisión que solucionara las cosas de raíz. El plan se le hizo fácil a partir de ese momento: solicitar a una de las personas los cinco millones de pesos, que devolvería el mismo día; y a otra persona que le organizara un sicario.

—¡Carajo! Eso me va a esclavizar con al menos uno de ellos para siempre, a menos que con el tiempo o se muera o lo elimine yo. ¡Qué dilema! ¡Hasta pensamientos asesinos tengo ahora! ¿Se puede caer más bajo? —terminó de razonar mientras estacionaba el auto.

Azotó la puertezuela e ingresó al edificio. No contestó los saludos más que con ligeras cabezadas. Al llegar a su despacho, se llevó la sorpresa de que la puerta estaba aún con llave. Sacó la suya y atónito miró que no había luces encendidas, ni café en la cafetera, ni Margarita.

Unos instantes más tarde, cuando cruzaba el umbral de su despacho, el teléfono celular vibró unos momentos. Se sobresaltó, lo sacó y vio que tenía un mensaje de su secretaria. Lo abrió y leyó la breve nota: «Concejal, me siento indispuesta y hoy no iré a trabajar. Gracias por comprender».

—Lo que me faltaba —dijo en voz alta Baldón, sintiéndose más solo que la una.

***

Marat salió de casa, después de aplicarse tres pericos. No le ayudaron mucho, pero al menos le despejaron un poco la conciencia y lo pusieron un tanto alerta. Lo que le urgía era una cerveza o tres y comer algo. Se encaminó a la fonda donde había visto al Coqueto, ya que estaba convencido de que la meserita se entendía con él. Tal vez, sabría algo.

Llegó, se sentó en una mesa que estaba un tanto bajo la penumbra y decidió esperar a que le tomaran la orden de comida. No veía a la mesera por ningún lado, pero creyó estaba dentro de la cocina. Su sorpresa fue que una mujer de edad indefinida se le aproximó y, no con muy buenos modos, le preguntó qué deseaba comer y beber. Ordenó lo primero que se le ocurrió, y le urgió que le trajera dos cervezas lo más frías posibles, antes que nada.

La mujer lo miró, asintió con la cabeza y desapareció en la cocina. Al poco tiempo regresó con dos cervezas, las dejó en sobre la mesa y, luego de dar media vuelta, regresó por donde había salido. Marat bebió la primera cerveza de un trago y se dispuso a despachar la segunda. Preguntó por la mesera cuando le llevaron el primer plato. Vio venir a la mujer y compuso su mejor sonrisa.

—Soy el detective Marat, de la policía de la ciudad —dijo a bocajarro—. Quisiera hablar con la señorita que atiende las mesas, por favor.

La mujer lo miró entre sorprendida y enojada. Arrugó el entrecejo, miró en ambas direcciones y con voz agria y cargada de coraje le respondió:

—Yo también quisiera hablar con esa desagradecida *jija* de la tiznada. No sé dónde está desde ayer que salió para la escuela; sólo me dejó una nota de que se iba a otra ciudad para estudiar en la universidad, pero no me dijo ni en qué ciudad o qué universidad. Así que si la encuentra, me la trae, aunque sea de la greña a la muy…

Marat la escuchó sin parpadear, pero por dentro se daba a todos los diablos. «La muy mosquita muerta se peló y ahora… ¡para encontrarla! Me lleva la chingada», se lamentó, mientras contemplaba el plato de comida. Decidió comer, beber otra cerveza e ir a la comandancia. Ahí hablaría con Giménez para tratar de conseguir video, en caso de que existiera, de las terminales de camiones. No creía que el aeropuerto fuera una opción y los ferrocarriles eran cosas del siglo pasado.

Sentía la boca pastosa y reseca. Se acercó al changarrito que estaba en la esquina y se bebió dos botellas de agua. Regresó a la puerta; apretó el botón del elevador y se aconchó contra la pared mientras subía. Escuchó el típico ¡*ding*! y esperó a que la puerta se abriera. No manifestó sorpresa a ver a su subalterno parado frente a la puerta, pero eso le presagió noticias no muy agradables. Lo saludó de una cabezada y esperó a que le dijera lo que pasaba.

—Detective, las cosas no pintan muy bien en el caso del finado. Como siempre, nadie vio, nadie supo, nadie oyó. En esa casona saben guardarse lo suficiente, porque todos concuerdan en lo mismo: el tipo no era muy sociable con sus vecinos, no le saben de relación fija, aunque a veces llegaba con diferentes mujeres y hombres. Uno de ellos lo dijo muy típico: «ese, picha, cacha y deja batear».

»A pesar de ello, parece que tenía una relación más regular que las demás… Podían llegar a ser muy ruidosos, pero ninguno de los que entrevisté estaba seguro si era mujer u hombre, o las dos cosas para el caso».

Marat miró a su compañero una vez que terminó, y se levantó para beber más agua. Regresó a su escritorio y le comentó lo que había pasado en la fonda. Ambos permanecieron en silencio unos momentos.

—Sólo nos queda la mujer del concejal, así que vayamos a hacerle una visita al marido, para ver qué sabe —dijo—; pero antes, necesito otra cerveza, o algo así.

Abandonaron el edificio y se metieron al primer local con comida y bebidas. Comieron algo ligero, Marat bebió dos cervezas y se lamentó no tener un perico a mano. Pagaron el consumo y salieron rumbo al Ayuntamiento. Una vez ahí, después de identificarse, preguntaron por la oficina del concejal Baldón; les dieron las instrucciones precisas y uno de los guardas se ofreció a guiarles. Agradecieron el gesto y lo siguieron en silencio, cada uno de ellos con sus propias ideas: el guarda intentaba adivinar los motivos de la visita;

Giménez pensaba cómo presentarían las preguntas; Marat deseaba otra cerveza, un tequila y un pase para despertar del todo. Quería estar en otro lugar en ese mismo instante.

Llegaron frente a la oficina de Baldón, que tenía la puerta cerrada. Eso produjo sorpresa en el guarda, pero prefirió omitir sus comentarios al respecto.

—Es extraño que la oficina esté cerrada a esta hora. Sé que la secretaria no vino hoy, pero el concejal llegó a la hora de siempre.

—¿Se le veía preocupado o algo diferente que los otros días? —preguntó Giménez con un tono un tanto ansioso, mientras aguzaba el oído por cualquier ruido procedente de la oficina.

—No —contestó categórico el guarda—. Saludó como siempre: amable y con una sonrisa. No creo que haya salido y si lo hizo, no lo vi hacerlo.

—¿Suele salir sin despedirse o sin que nadie lo vea? —preguntó esta vez Marat.

—No, detective; normalmente, salen por la misma puerta por la que ustedes entraron, pero también, pueden usar el elevador que los lleva directamente al estacionamiento. Eso es raro; ya sabe, como todos los políticos, le gusta que la gente lo vea y hacer zalamerías.

Se encaminaron al elevador que estaba al fondo del pasillo y bajaron al estacionamiento. Una vez ahí, el guarda señaló el cajón de estacionamiento que le correspondía al concejal. Estaba vacío.

—Parece que se fue sin avisar —comentó entre sarcástico y serio—. Creo que lo mejor es que llamen a su secretaria mañana, porque hoy no vino a trabajar.

Regresaron por donde llegaron y se despidieron en la puerta del precinto, no sin antes que Giménez entregara su tarjeta al guarda y le pidiera que le llamara en cuanto el concejal regresara a su despacho.

—¿Y ahora qué, detective?

—Vamos a casa del concejal a ver si encontramos a la mujer. Tal vez eso debimos hacer antes de venir aquí. En fin. Ya veremos, como dijo el ciego.

Pidieron la dirección a la base de radio y se dirigieron rumbo al fausto vecindario donde vivía el matrimonio Baldón. Mostraron sus credenciales en la puerta de entrada. Observaron a una guarda. «¿Qué se sentirá vivir rodeado de estos tipos?» pensó Marat, mientras la verja de metal, terminada en chuzos afilados, se abría con lentitud y parsimonia frente a ellos.

Una vez dentro, dieron una vuelta de reconocimiento por algunas de las calles circunvecinas y se detuvieron frente a la casa de los Baldón. No se veía a nadie en los alrededores. Primero llamaron por el timbre y, unos minutos después, tocaron la puerta con intensidad. La respuesta fue la misma: nada. Nadie salió a la puerta. Era inútil tratar de dar la vuelta a la propiedad, ya que una barda de por lo menos cuatro metros la rodeaba. No les quedó más remedio que subir al auto y dirigirse a la puerta de la entrada. Una vez ahí, preguntaron por el matrimonio, pero no les supieron dar razón. Según ella, acababa de empezar su turno tan sólo unos minutos antes de que ellos llegaran, y no se llevaba un registro de las entradas y salidas de los residentes, sólo de las visitas y entregas a domicilio de paquetería.

—Todo esto es más extraño y fuera de lugar de lo normal, Giménez. Nadie sabe nada del concejal o su mujer; la dueña del changarro no sabe de su hija; en el antro, juran y perjuran no conocer al finadito; casualmente, la secretaria del concejal no va a trabajar. Veamos si podemos localizarla.

Llamó a la comandancia para que le proporcionaran la dirección de la vivienda, mientras Giménez conducía y se atascaba en el tránsito de la ciudad. Minutos después, Marat recibió un mensaje de texto, con el nombre y la dirección de Margarita del Rosal y Buenrostro.

—Con ese nombre, espero sea una belleza la mujer —dijo mientras cerraba los ojos, tratando de imaginarla—. ¡Por supuesto, Giménez! Es la que lo acompañaba cuando lo vimos en el restaurante. Sí que está buena la mujer. No más nos falta que tampoco la encontremos. De ser así, no tenemos una sola pista para tratar de resolver este caso.

Llegaron a casa de Margarita, llamaron a la puerta y recibieron la misma respuesta nula que en casa del concejal. Tampoco había a quién preguntar o alguien que les diera razón sobre ella. La frustración se reflejó en el rostro de ambos.

—Regresemos a la comandancia; aquí no tenemos nada qué hacer —comentó Marat—. El único que podrá dar una luz sobre esto es el concejal, así que debemos ponerle cola lo antes posible, pero para ello, debemos hablar con el comandante. No creo que lo haga muy feliz, en especial si tiene cualquier aspiración política.

Al llegar a la comandancia, los recibieron con la novedad de que Mondragón los estaba esperando junto con el concejal Baldón. Este último llevaba una gorra de béisbol, una chaqueta desgastada —del tono oliva que solía usar el ejército hacía unos años—. De una oreja le colgaba la máscara quirúrgica que se usó durante el año y medio de pandemia, ya de uso frecuente, en su oficina. Ninguno dijo nada, pero la mirada que intercambiaron los hizo comprender que ninguno de los dos esperaba nada bueno de esa entrevista. Todo parecía indicar que el político no quería que se le reconociera en la calle o por haber entrado en el edificio.

Entraron con algo de parsimonia. Marat miró el rostro del concejal, no tan fresco como lo recordaba, mientras que Giménez notaba la constante agitación del pie derecho del hombre sentado en la silla frente al comandante. Por su parte, este tenía cara de ídolo precolombino: carente de toda expresión y con una mirada fija al frente. Nada bueno presagiaba el cuadro a su vista. Esperaron a que uno de ellos abriera el diálogo.

—Marat, Giménez, este es el concejal Baldón. Tiene algo importante que compartir con todos nosotros; para ser más exacto, con ustedes. A mí ya me ha puesto en antecedente. Antes de que comience a explicarse —dijo dirigiéndose al político—, quiero que sepan que esto requiere más que la completa discreción de ambos, dicho y no dicho, si saben a lo que me refiero.

—Me comenta el comandante que ustedes están a cargo de la investigación del asesinato reciente de un ciudadano —tomó la palabra Baldón— y eso me afecta directamente. Bueno, no tanto porque tenga yo la más remota idea de quién ese ese hombre, sino porque he recibido un mensaje en que se implica la reputación de mi esposa… —hizo una pausa, para continuar— y también la mía, por supuesto.

»Me quieren chantajear con cinco millones de pesos y, por supuesto, como programa gringo de policías y ladrones, me han exigido que no acuda a la policía. Por ello visto como lo hago, para que no me reconozcan, por si me están siguiendo, aunque no lo creo. Más tarde hoy, he de recibir un mensaje en la forma y el lugar donde debo entregar ese dinero. Por supuesto, si lo hago, estoy cierto que no tardarán en pedir más dinero y, bueno, será el cuento de nunca acabar… aunque se me acabe el dinero, que, dicho sea de paso, no tengo ni remotamente la cantidad que me piden.

Sin necesidad de mirar a Marat, Giménez creyó saber lo que pensaba, que era lo mismo que él estaba haciendo: «A otro perro con ese hueso», pero se abstuvo de hacer cualquier movimiento que delatara su pensamiento. Por su parte, el detective, simplemente se dedicó a mirarse las uñas.

—Por si esto fuera poco, mi esposa ha desaparecido sin dejar rastro. No creo que sea partícipe del chantaje; no, eso está fuera de toda duda; sin embargo, la fotografía que me han enviado me hace creer firmemente que quien quiera que intenta extorsionarme tiene razón: mi esposa y el muerto, en alguna forma se entendían, si comprenden lo que quiero decir.

»Lo que vengo a solicitar son dos cosas: la primera, que encuentren al que pretende hacer ese chantaje; la segunda, que encuentren a mi esposa. Por alguna razón, creo que si hallan a uno, aparece la otra… En otras palabras, temo que la hallan secuestrado».

Un silencio pesado se hizo en la oficina y se contagió al resto del piso..., al menos eso les pareció. Después de esa larga pausa, Baldón sacó el celular y les mostró el mensaje a los tres policías. Giménez lo miró con avidez, tratando de buscar la manera de rastrear el número del que procedía; Mondragón se revolvió incómodo en su sillón —toda eso de la tecnología moderna lo tenía en un apuro, ya que no sabía bien a bien cómo utilizarla y delegaba en sus subalternos esa responsabilidad—; Marat miraba fijamente al concejal y, después de aclararse la garganta, sin mirar a su jefe preguntó a bocajarro:

—¿Primero quiere que encontremos al chantajista y después a su esposa? No me parece el orden muy adecuado. Cualquier otro pediría las cosas en diferente orden, a menos que, claro, después del incidente, ella haya pasado a segundo plano y la plata sea más importante. Creo que tengo preguntas para usted: ¿cómo afecta todo esto su posición política? ¿Dónde se encontraba la noche del asesinato? ¿Le dijo la señora a dónde iba ese día. Esto es, ¿conocía usted sus planes para esa tarde?

—¿Me pregunta, en concreto, si tengo alguna coartada? No lo creo tan estúpido como para venir a pensar que maté al fulano ese y me presento aquí con toda una historia de chantaje y esas cosas. ¿En verdad, Mondragón, este es su mejor detective o se está haciendo el gracioso?

Tomó su celular de la mesa y, sin esperar respuesta, se levantó y se dirigió a la puerta; una vez ahí, dio media vuelta y se dirigió a los tres policías:

—Estaba en el cabildo... No, mi mujer me dijo que se reuniría con una amiga de toda la vida; si se hace público el desliz de mi mujer, me llevará años poder recuperar la posición en que me encuentro de futuro candidato a la gubernatura de mi estado natal. Aunque, tal vez, eso despierte simpatías entre las mujeres y eso me dé más votos; pero no estoy, por ahora, interesado en eso. Quiero que encuentren al que tomó esa foto y busca chantajearme y, sin importar sus comentarios, quiero que encuentren a mi esposa; su seguridad me preocupa —terminó su pequeño monólogo y, sin despedirse, abandonó la oficina dando un portazo.

—¿Está usted loco, Marat? —por fin pudo decir Mondragón—. ¿Qué puto mosco le picó?

Marat no dijo nada. Trató de digerir el epíteto de estúpido con el que lo abofeteó el político. Lo siguió con la vista hasta que desapareció del piso y luego giró la mirada hacia su superior, quien leyó una especie de sentencia de muerte en la frialdad de su mirada. El detective meneó la cabeza, tratando de alejar el pensamiento y digerir ese insulto, pero no lograba hacerlo.

—Giménez y yo vimos al difunto y a la doña esa entrar al hotel. Nunca pensamos que el desenlace sería la muerte de un hombre. ¿Quién pudo seguir a la mujer y tomarle la foto? ¿Alguno de esos paparazis? Tal vez, pero son tantos los que se dedican a eso… y luego están los que buscan fama instantánea en los medios sociales, lo cual abre una posibilidad ilimitada de sospechosos.

»Si nosotros los vimos por azar y la reconocimos, ¿a cuántos más podría haberle sucedido lo mismo? Giménez, ¿tiene alguna idea de cómo podemos rastrear el número? Por cierto, comandante Mondragón, llame a ese hombre de nuevo, para que nos diga la hora y lugar de la cita. Tal vez, logremos apresar al chantajista… Después de eso, ya veremos.

—Explique eso de que ambos la vieron —dijo Mondragón sin dirigirse a ninguno en particular— y por qué no dijeron nada cuando el concejal estaba aquí.

Antes de responder, Marat sacó su celular, y se puso a buscar algo en él. Pasados unos segundos, lo giró y mostró la pantalla a Mondragón, en ella se veía la foto que había tomado, sin saber porqué, de Malinalli y el Coqueto saliendo del hotel.

—Quería saber si tenía alguna coartada. Fuimos a su casa hoy y no apareció nadie; lo buscamos en el ayuntamiento y nada, hasta que llegamos aquí; lo cual fue una sorpresa. ¿Tuvo algo que ver en todo esto? Creo que no —dijo Marat mientras respiraba más tranquilo—, pero eso no significa que lo crea inocente del todo, aunque, pueda serlo, por supuesto.

Unos momentos después, reapareció Baldón en la puerta. Se veía más tranquilo, pero no confiado.

—Lamento haberle llamado como lo hice detective, pero creo que ustedes comprenden que, en estos momentos, son más reacciones que pensamientos claros los que me gobiernan. No es fácil digerir el saber que la mujer le es infiel, que ha desaparecido y, más todavía, de ser posible, saber que estuvo con un hombre que, de buenas a primeras, aparece muerto y es noticia de primera plana. Espero acepte mi disculpa.

»En unas pocas horas se vence el plazo que me han dado. Por supuesto, no tengo la cantidad que me han pedido; me he comunicado con ciertos amigos. Ninguno de ellos me ha pedido detalles, pero para asegurar su inversión desean hacerse de un terreno de mi familia. Como pueden comprender, debo aceptar, pero me resisto a perder parte del patrimonio familiar. Por ello, mi urgencia de capturar al chantajista, y comenzar la búsqueda de mi esposa, en el supuesto de que no la tengan secuestrada.

Se sentó, sacó de nuevo el celular y lo puso sobre la mesa. Giménez alargó la mano para tomarlo, pero antes Baldón lo recuperó, le quitó el bloqueo a la pantalla y se lo entregó.

—¿Tiene alguna idea de cómo podemos rastrear el texto?

—Mi idea es diferente, concejal. Lo que pretendo es poner un rastreador a su celular, y uno en la bolsa donde depositará el dinero; también, con su permiso, instalaré una aplicación con la que podamos escuchar su conversación con la otra persona; ninguno de ustedes sabrá cuándo nos conectamos y estamos escuchando. Una vez que estemos en la comunicación, podremos rastrear a distancia al supuesto criminal.

—Vaya, Giménez —dijo Mondragón—, no deja de sorprenderme su conocimiento en la tecnología moderna.

—Entonces —añadió Marat— podemos tener dos vehículos para hacer el seguimiento de chantajista, sin que este sospeche que le seguimos. Buena idea, Giménez.

—Haga lo que tenga que hacer oficial. Gracias por su ayuda a los tres.

Quince minutos después, Baldón abandonó el edificio de la misma forma como había ingresado, no sin antes, haber recibido otro teléfono celular para comunicarse con los policías, por si acaso tenía alguna novedad o conocía el sitio del intercambio. A partir de ese momento, Giménez y Marat podían seguirlo y escuchar todas las llamadas que hiciera desde su celular particular.

Dos horas después, Giménez recibió un texto del concejal: «Les he escrito que ya tengo el dinero. Aún no responden».

—Escueto el mensaje, parece que creció utilizando el telégrafo —comentó Marat al escuchar a su subalterno—, pero al menos sabemos que hizo contacto. Creo que este es el plan: una vez que sepamos a dónde lo esperan, iremos en autos separados. Cada uno de nosotros irá acompañado de cuatro oficiales, eso suma diez personas. Pero antes de dirigirnos al lugar del encuentro, debemos tener ojos ahí, lo que va a resultar un tanto difícil, porque no sabemos el dónde, ni la hora, sin embargo, creo que podemos tener una de las águilas listas para despegar en cuanto sepamos. Así, tal vez, podemos seguirlos desde el aire y, si tienen el cómo, igual y unos de esos juguetes a control remoto tampoco nos caería mal.

Giménez tomaba notas y al oír lo de «el juguete» lo miró un tanto confundido, pero recordó los drones que recién había adquirido el cuerpo de policía. Empezó a buscar los permisos pertinentes en el sistema, así como la solicitud para tener un helicóptero listo para despegar en cuanto fuese necesario.

Repiqueteó el teléfono veinte minutos después. Pudieron escuchar a Baldón contestar. Del otro lado, una voz de hombre, automatizada, le daba las instrucciones sobre lugar, hora, forma de entrega y, con sarcasmo, el recordatorio de que, si algo salía mal, las fotos llegarían a la prensa, la radio y la televisión en menos tiempo del que el concejal pudiera decir el nombre de su mujer. Tenían el tiempo encima, no más de media hora. Giménez envió la solicitud del helicóptero y, al mismo tiempo, levantó el auricular para dejar saber a Mondragón la urgencia de que se aprobara la solicitud, así como actualizarlo en el desarrollo de los hechos, además de la petición de los autos y hombres para llevar a cabo la misión. Una vez que cortó la comunicación, ambos policías salieron con paso redoblado rumbo a elevador.

***

El sitio, contario a lo que esperaba Baldón, estaba bastante concurrido. Era día de tianguis, donde abundaban los puestos de comidas típicas, muchas de ellas fritas, cuyos aromas competían con los de las flores y árboles, sin olvidar el olor a gasolina; además, había puestos de ropa, utensilios de cocina, juguetes, plantas y macetas. Otra variopinta de frutas y legumbres rodeaban la plaza del parque, que estaba en una de las colonias más pobladas de la delegación.

Por si fuera poco, alrededor del mismo, había varios restaurantes, conjuntos habitacionales, tienditas de la esquina, farmacias y escuelas. No podía faltar en el centro del parque, una iglesia de la época colonial, así como algunos bustos de héroes nacionales, a los que les faltaba la placa conmemorativa de bronce —porque algún vivales se la había robado para venderla—. Lo mismo sucedía con algunos de los cables de los postes de alumbrado público.

Baldón, después de estacionar su auto en la calle, se caló la gorra deportiva. Esperaba no ser reconocido y se dirigió al parque en busca de una banca para esperar el contacto del desconocido. Trataba de no mirar a todos lados, ya que temía que lo observaran y ese constante girar la cabeza podía descubrir a los policías que lo seguían. Sacó el pañuelo del bolsillo trasero derecho del pantalón y se enjugó el rostro. Lo guardó y sacó el teléfono móvil que puso enseguida sobre la banca. Su mirada se perdió en el espacio.

El quinto timbrazo del celular lo regresó a la realidad, aunque le llevó unos segundos comprender en cuál realidad se encontraba. Apretó el botón para contestar, con el deseo de que los policías escucharan la conversación.

—Esto es lo que vas a hacer, pon mucha atención —le dijo la misma voz de hombre con acento de máquina—: frente a la fachada de la iglesia, hay un bote de basura. Vas a depositar el dinero ahí después de dar algunas vueltas completas al parque. Alguien se te va a acercar y te va a dar un ligero golpe en el codo. Esa es la señal para que deposites la bolsa que traes colgada. No hagas nada estúpido, no trates de ver quién te golpeó, sólo dirígete al lugar del depósito. Luego ve a tu carro y desaparece. Más tarde te llamaré para dejarte saber que todo salió según nuestros planes. No hagas pendejadas y todo estará bien.

Se cortó la comunicación después de eso. Respiró profundo, se levantó y comenzó a caminar. No tenía idea de cuándo sucedería lo indicado, o si se iba a confundir por cualquier contacto con las personas que se cruzaran con él mientras seguía las instrucciones. «¿Dónde estarán los policías?», se preguntó al llegar al primer puesto de frituras.

Los olores, curiosamente, le abrieron el apetito, contario a todo lo que él suponía que sucedería. Continuó caminando, sin pensar en nada más, aunque el antojo de unos tacos de carnitas le llenaban el paladar. «Y una cerveza para acompañarlos», se dijo, mientras esbozó una sonrisa. Estaba por comenzar la quinta vuelta, cuando sintió que alguien le daba un golpe en el codo, mientras trataba de pasar debajo de las lonas que cubrían uno de los pasillos de comida; giró la cabeza, pero a medio camino se detuvo al darse cuenta que estaba pasando frente al porche de la iglesia. Se encaminó rumbo a ella, entre aliviado y preocupado. Al final de cuentas, cinco millones de pesos no eran moco de pavo.

El bote de basura, casualmente, estaba vacío. Metió la bolsa deportiva en él, no sin antes dirigir algunas miradas inquietas a su alrededor para ver si alguien lo observaba hacerlo; la bolsa no estaba tan vieja como para no despertar la curiosidad de alguno de los indigentes que dormitaban alrededor de la iglesia. Sin embargo, hizo de tripas corazón, terminó de meterla en el bote y se dirigió a su auto. No había descubierto a ningún policía o algo que se pareciera cerca. «A la gente le pedimos que confíen en ellos, y aquí estoy, sin saber qué hacer o creer», se dijo. A continuación se encogió de hombros y se dirigió a su auto.

Pasó por uno de los puestos de carnitas y decidió

satisfacer el antojo. Iba por el tercer taco y media cerveza, cuando sonó su teléfono. Lo sacó sin prisa, pero con la ansiedad mordiéndole las entrañas. Era un número privado. Dudó en contestar, pero recordó que la policía podía escuchar también, así que al final lo hizo.

—Hola —dijo la voz de su mujer al otro lado de la línea, al tiempo que casi pegaba un brinco—. No tengo mucho tiempo, sólo quiero que sepas que estoy bien, pero que no volveremos a vernos jamás. No me busques, consigue un abogado, que no te faltará uno de confianza, y demándame por abandono de hogar. Así el divorcio será rápido y podrás continuar con tu vida y carrera política. Estoy bien y saldré adelante. Sé que tú también lo harás. Adiós.

Se cortó la llamada y él no pudo decir *ni pío*. ¿Podrían rastrear la llamada los policías? Ahora resultaba que estaba viva y no secuestrada como él quería engañarse. ¿Dónde estaría? Jamás se le hacía una palabra muy larga —y, además, quiero mi desquite, cómo que así nada más se va a desaparecer y listo, visto y no visto.

—No, corazón, no va a ser así de fácil, por Dios —murmuró mientras dejó un billete de cien pesos y se encaminó a su auto.

***

Baldón estaba en la penumbra de la sala de su casa, se servía un escocés doble, sin hielos en esta oportunidad, mientras pensaba en las posibilidades de encontrar a su mujer. Lo más importante, aunque se negaba a reconocerlo, era saber si la policía había recuperado los cinco millones de pesos y atrapado al chantajista. Miró a su alrededor, al igual que la casa, se sintió vacío por dentro. Bebió de un golpe el contenido del vaso y se sirvió otro igual. En ese momento, sonó su teléfono celular.

—¿Bueno? Detective Marat, pensé que ya se había olvidado de mí… Comprendo… Claro, lo imagino… ¡¿En verdad?! ¡Qué buena noticia! Los felicito… Claro, en la demarcación de policía, en veinte minutos. Allá los veo. Gracias una vez más por el eficiente trabajo del cuerpo de policía… Sí, por supuesto no lo olvidaré… Espero que pueda darme todos los detalles. Hasta pronto.

Cortó la llamada y soltó un suspiro, sonoro como un bufido y, a continuación, se bebió el segundo trago. Dejó el vaso sobre la mesa y se encaminó a la puerta de salida para abordar su auto y dirigirse a encontrar a Marat y compañía. Ardía en deseos de ver a quien trataba de chantajearlo, recuperar el dinero y llevarlo de regreso a la persona que le había hecho el préstamo.

—Eso me libra de más complicaciones a futuro, si es que sigo la ruta política y no cambian las cosas, nada peor que deber favores económicos en esta carrera. ¿Cuál chantaje será peor? En fin, no importa eso ahora. Primer escoyo superado; espero el segundo sea tan fácil, y encontrar a Malinalli. Una vez que lo haga, ya veré qué hacer —dijo mientras arrancaba el auto y luego condujo al precinto.

El viaje le llevó, para su sorpresa, menos tiempo del que pensaba; sin embargo, no encontró un lugar cercano para estacionarse y tuvo que caminar unas calles. Subió al piso donde lo esperaban, dentro del despacho de Mondragón, este, Marat y Giménez, ninguno con cara de buenos amigos. «Todos en su papel de policías que cumplieron con su deber», pensó malicioso, al tiempo que dibujó una sonrisa en su rostro, para aparentar estar más agradecido con la pronta solución a su problema.

—Detective Marat, oficial Giménez y, por supuesto, capitán Mondragón, no tengo palabras para agradecer la velocidad en la resolución de este caso. Si hay algo en que pueda ayudar, además de exaltar el trabajo del cuerpo policiaco de nuestra gran ciudad, no duden en que lo haré —después de una pequeña pausa añadió—: ¿hay alguna manera en que pueda enterarme de los detalles de su procedimiento?

—No fue muy difícil —dijo Marat, después de ver que Mondragón aprobaba con una cabezada—. El mérito es todo de Giménez, en verdad. El haber infiltrado su celular nos permitió saber cuáles eran los planes de los chantajistas y poder seguirlos durante una hora, al menos, hasta que todos estuvieran reunidos. No opusieron mucha resistencia, eran cinco jóvenes que no tenían ni la más remota idea en qué se metían. Es lo malo de ver tanta televisión.

»El cabecilla es, debemos decir mejor «era», un empleado del hotel. Estaba de turno, cuando de casualidad vio el video donde su esposa y el finado caminaban rumbo al lugar. Nos dijo que la reconoció en el acto y, sin pensarlo mucho, se dirigió al cuarto donde están los monitores; regreso un poco el video, tomó unas fotos y listo. Encontrar su número no fue tan difícil; usted sabe el resto.

Baldón miraba ya a uno, ya a los otros policías sin

dar crédito a lo que escuchaba. Como un relámpago, un pensamiento cruzó su pensamiento: «contra, espero que ninguno de los empleados de los moteles a los que he ido tenga la misma idea, o estoy perdido», aunque no dejó ver en su rostro la preocupación.

—Ahora, lo que nos intriga mucho —continuó Marat, mientras depositaba en la bolsa deportiva el efectivo recuperado, sobre la mesa de Mondragón— es la llamada que recibió de su esposa. Tratamos de rastrearla, pero no hubo éxito. Fue muy corta. ¿Tiene alguna idea de dónde pueda estar? Queremos poner un cable, con su foto, a todas las dependencias de policía del país, así como a la INTERPOL, además de los canales de televisión del país y las entidades federativas.

Baldón dio un respingo en su silla. Eso no le convenía en lo más mínimo para su proyecto político. Miró a los tres policías, en lo que se aclaraban sus ideas, aunque le pareció que sólo tomaban tintes grisáceos.

—Respondiendo a su pregunta… No, no tengo idea a dónde pudo haber ido, aunque he pensado que podría estar donde sus padres. Les iba a llamar, pero la incertidumbre de que podría estar secuestrada me detuvo. Después de su llamada, pensé en hablar con ellos, pero justo ustedes me localizaron.

»En cuanto al boletín, con su foto y todas esas cosas, ahora que sé que está libre, y que en cierta forma me ha dado el divorcio, preferiría que no lo hicieran. Si ella ha decidido no seguir conmigo, aunque me duela, respetaré eso.

—Me da gusto que sea usted tan… ¿cómo decirlo? ¿Moderno? —le interrumpió Marat—. Pero su esposa, o exesposa, como prefiera, es parte crucial en la investigación de un asesinato y, como comprenderá, nuestra labor es encontrarla para que nos diga todo lo que sabe... No, no la estamos culpando, pero fue hasta donde sabemos la última persona que vio con vida al hoy occiso.

Baldón sentía correr por su espinazo un sudor frío que le quemaba la piel. No encontraba la manera de pedir, exigir, que no se hicieran las pesquisas sobre el paradero de su mujer. Si la encontraban y eso salía a la luz pública, su carrera política estaba acabada o al menos eso le parecía. Su mente trataba de pensar en alguna posibilidad y se encontró de pronto pensando «¿dónde está Margarita cuando la necesito? Ella sabría qué decir». Paseó la mirada atónita de un individuo a otro, pero ningún rostro le ayudaba a tener esa idea que tanto le urgía.

Mondragón, que no había dicho ni pío, se levantó de la silla, dio la vuelta al escritorio y, poniendo la mano sobre el hombro de Baldón —como en una seña de que él se hacía cargo de la situación—, en un cruce de miradas con Marat, propuso la mejor solución.

—Marat, por ahora dejaremos fuera a la prensa, ya sea escrita, televisión o radio. Sólo enviaremos el boletín con la fotografía a las dependencias de policía y a la INTERPOL. Si hacemos mucho ruido, igual y nunca la encontraremos, pero si no inmiscuimos a la prensa, tendremos más oportunidad de hace las cosas pasito y calladitos, así como traer a la señora de Baldón a la capital para charlar con ella sobre lo sucedido ese día.

Giménez y Marat intercambiaron miradas, pero ninguno dijo nada. Baldón miró con agradecimiento a Mondragón. Este le regresó la mirada con una nota muy clara de ya te pasaré la factura….

—Tiene razón, detective Marat. Olvidé por un momento la implicación de mi esposa. En forma indirecta estoy seguro, en este caso. Le agradezco la gentileza, capitán Mondragón. Por favor, recuerden que estoy a sus órdenes si me necesitan. Si encuentran a mi esposa, por favor, déjenme saber en cuanto lo hagan. Para ser honesto, yo también tengo algunas preguntas para ella… Ustedes comprenderán. Si no me necesitan para otra cosa, creo que voy a retirarme.

—Antes de que se vaya, concejal —acotó Mondragón —, necesitamos que firme su denuncia para poder proceder con los cargos de chantaje a los presuntos inculpados. Después de eso, se puede pasar a retirar.

—Capitán —intervino Giménez—, si me permite la observación, creo que debemos mantener esa aplicación instalada en el celular del concejal, en caso de que su esposa se comunique de nuevo con usted. Tal vez, en esa oportunidad nos sea dado descubrir su paradero.

Baldón lo miró y recordó que ellos podrían escuchar todas sus llamadas en ese teléfono. Hizo un cálculo pronto de qué números y nombres debía borrar lo antes posible y enviar correos electrónicos para notificar de un nuevo número. Eso lo llevó a pensar en Margarita «debo llamarle desde la oficina, es lo mejor. Espero que esté mejor de salud.»

—Claro, oficial Giménez —dijo en voz alta—. Hagan lo que sea necesario para dar con su paradero. Sólo les pido un favor: recuerden que mis llamadas con otros políticos son confidenciales, por ello les suplico que no las graben.

—No se preocupe, concejal —terció Mondragón—, sólo nos interesa encontrar a su esposa. Giménez, escuche las llamadas que provenga de números sin identificar o privados; si no es la mujer de señor, se desconecta y no escucha. ¿Está claro?

Tanto Marat como Giménez hicieron un gesto afirmativo; sin embargo, un pensamiento colonial «se acata, pero no se obedece» fue el acuerdo tácito de ambos policías, sin necesidad de mirarse para confirmar lo que el otro pensaba.

VIII
SI HOLLARON,
NO LAS HALLARON

a desesperación comenzó a hacer mella en el ánimo de Marat y Giménez. No encontraban ninguna pista sobre el paradero de los posibles responsables del asesinato del que, entre ellos, llamaban «el catrincito». Era como si la tierra, el mar, el río, el desierto, la selva o lo que terciara se los hubiera tragado. El teléfono de Baldón sonaba, pero no eran llamadas de la esposa, ni de la secretaría que había desaparecido. Esa información la supieron por el concejal, que ahora se preocupaba por ella. Les había comentado que las había presentado y que un día después de desaparecer su esposa había hecho lo mismo la secretaria.

Ambos policías habían visitado la vivienda de Margarita y no encontraron un rastro de su posible paradero. Habían enviado fotos, tanto de ella como de Malinalli, a todas las secretarías de policía del país, así como a la INTERPOL. La única respuesta que obtenían era que nadie las había visto hasta entonces. De la Güirigüiri y la Mata Hari tampoco habían logrado saber nada. La madama de El Molinillo no tenía idea de dónde podía vivir, ya que la dirección que tenían de ella era de una caja postal, y nunca le habían enviado nada a ese lugar. Por su parte, la dueña de la fonda La Esquinita no tenía nada nuevo qué decir. Marat había visitado la escuela nocturna, pero ninguno de los profesores supo darle razón. El único que hubiese podido, se había ido ya de vacaciones y nadie sabía a dónde, aunque le informaron que regresaría para inicios del próximo ciclo escolar, en dos meses.

Por su parte, la prensa olvidó el caso pronto. Ya no había notas sensacionalistas, ya que se aproximaban las elecciones gubernamentales y de cabildos en varios estados del país. La nota pasó de la primera plana a los interiores. Luego desapareció por completo en pocos días, no sin dejar de lanzar el dardo de que la policía de la ciudad, no tenía la capacidad de resolver crímenes escabrosos, y como solución daban carpetazo al asunto y enviándolo al archivo muerto, como más de una vez denominaron a los basureros del departamento policiaco.

—¿Para dónde podrían haber ido todos estos? —preguntaba Giménez a Marat, mientras observaba una pizarra blanca que contenía los nombres de los presuntos responsables y la posible relación con el difunto—. Sabemos que la esposa de Baldón, la mesera de la fonda y la *muxhe*, tenían relaciones con el finadito, pero ¿por qué desaparece la secretaria del concejal? No tiene sentido. A menos que hubiera algo entre ella y la señora Axiola. ¿Podrían haber estado íntimamente ligadas sin que el concejal lo supiera?

—No, Giménez, no —respondió Marat—. Recuerde que no se conocían, hasta que Baldón las presentó. Pero bien podría ser que estuviera celosa de la esposa, por estar enamorada del concejal y, en alguna forma, supo de la traición de la esposa y... Pero no, tampoco hace sentido. En lugar de «eliminar» al catrincito, era más fácil delatar a la mujer con el marido y, tal vez, abrirse paso para compartir la cama del concejal. Ahora que lo pienso en voz alta, igual y tiene razón, Giménez. Tal vez sí es de la mujer del concejal de la que está enamorada... ¿Estarán juntas? ¿Cómo carajo saberlo? Esto no tiene ni pies ni cabeza, para ser preciso. ¿Qué estamos olvidando o ignorando?

Ambos se enfrascaron en sus propios pensamientos por varios minutos. Marat se levantó de pronto y, sin decir nada, se dirigió rumbo a la salida. Giménez, como autómata, lo siguió. Entraron al elevador y bajaron para salir a la calle. Marat caminaba con paso firme, sabedor de la ruta y Giménez lo siguió proyectando en su mente el tablero de sospechosos. Entonces sonó el teléfono que interceptaba las llamadas de Baldón. Por reacción natural, lo sacó, apretó los botones de contestar y silencio. Enseguida, escuchó la conversación por unos segundos. Haló del brazo a Marat para que se detuviera y con la mirada trató de comunicarse con él mientras se metía en una tienda donde pudiera escuchar la conversación en el altavoz, con la esperanza de que nadie pusiera mucha atención a lo que se decía.

—He estado muy indispuesta y no voy a regresar a trabajar con usted concejal —decía la voz de una mujer—. Mi familia está pasando, además, por momentos muy difíciles y debo estar con ellos. Mi abuela, la madre de mi mamá, está muriendo. El cáncer le ha invadido el cuerpo, le dan sólo unas semanas de vida y no voy a estar lejos ni de ella ni de mi madre en los últimos momentos. Lamento no haberle informado antes.

—Margarita —respondió Baldón—, gracias por dejarme saber. Comprendo lo difícil de estos momentos y su deseo de acompañar a su familia, pero estamos por lograr grandes cosas y ahora más que nunca la necesito... ¿Ha hablado con mi esposa, de casualidad?

Del otro lado de la línea se produjo un silencio largo. Los policías, y seguramente Baldón también, llegaron a creer que la comunicación se había perdido. Sin embargo, los sonidos que se escuchaban de fondo, aunque muy lejanos, hacían pensar en otra cosa. El silencio más bien fue de Margarita. En un momento dado les pareció escuchar, a lo lejos, el anuncio de unos tamales típicos, y otro que recordaba el silbido del que vende camotes calientes.

—No, concejal, no sé nada de ella desde que dejé la ciudad hace varios días... ¿Por qué me pregunta? —dijo Margarita con un tono de desconfianza, como si hubiera percibido la misma sensación de parte de Baldón.

—Sólo por curiosidad, por si habían planeado algo para estos días. Eso es todo —respondió Baldón después de una breve pausa—. ¿Dónde se encuentra ahora? ¿Hay algo que pueda hacer por usted y su familia, Margarita? Puedo enviarle algo de efectivo para los gastos inmediatos o para lo que usted considere necesario.

—Gracias, concejal. Agradezco su atención, pero por ahora debo rechazar su oferta..., pero en el futuro si se ofrece, lo dejaré saber. Hasta luego. Dé mis saludos a Malinalli y, por favor, explíquele lo que está pasando. Ya me comunicaré con ella otro día.

—Muy bien, Margarita. No se preocupe por mi esposa; ya le comentaré, desde luego. Por favor, manténgase en contacto. Recuerde que la necesito y muy pronto, más de lo que se puede imaginar.

Se cortó la comunicación. Marat y Giménez se miraron por un momento. El teléfono celular del detective vibró un par de veces y luego leyó el texto «no se pudo rastrear la llamada».

—¡Carajo! —exclamó Marat—, tanta tecnología y nada. Por lo pronto, sabemos que la secretaria no se ha comunicado con la esposa del concejal. En cuanto al cuento ese de su abuela, me parece más falso que una moneda de dos pesos… Por algún motivo, me parece que la tal Margarita está en la ciudad. El tránsito que se escuchaba al fondo no es de un pueblo pequeño… ¿Dónde leí que la mejor manera de esconderse era en la gran ciudad, en lugar de irse a otro lado? En fin. Ya la encontraremos.

—Pero ya han pasado cinco días y seguimos sin ninguna pista. Por cierto, ¿a dónde vamos, detective?

—Íbamos, más bien, Giménez. Pensé en visitar de nuevo la fonda donde vi al catrincito la primera vez, pero he cambiado de idea. ¿Tiene aún la dirección postal del *drag*? Tal vez le ha llegado algo y podría servir.

Giménez sacó una libreta de notas, encontró la dirección y acto seguido buscaron un taxi. Cuarenta minutos después llegaron a la oficina de correos. Se identificaron con el encargado de turno, quien les notificó que ese apartado había sido cancelado hacía unos días. Buscó el registro, a petición de Marat y, sin sorprenderse mucho, se dieron cuenta de que toda la información era falsa. La imagen de la credencial de identificación era la de una mujer muy entrada en años. Anotaron la dirección, luego salieron y detuvieron otro taxi para dirigirse a la cantina La Caminera, donde habían visto al concejal, su secretaria y otros más del cabildo.

IX
CUANDO EL DESTINO NOS ALCANZA, O LA ÚLTIMA Y NOS VAMOS

ueno, Giménez —decía Marat, con la voz entrecruzada de la cantidad de alcohol que había ingerido—, la cosa se ha puesto color de hormiga, como dicen. El catrincito ese se me hace que era mero pie plano.

Giménez, que no las tenía todas consigo tras haber tratado de seguirle el paso a su jefe en la cantidad de ingesta de cervezas y tequilas —cosa que no lograría en los días de su vida—, trataba de decidir cuál de los dos Marat que veía sentados frente a él le hablaba. Con acento pastoso, preguntó:

—¿«Pie plano», detective?

—¡Sí, hombre! Sí, «pie plano» porque «pisa parejo», ja, ja, ja.

A Giménez le llevó un par de segundos comprender la broma, pero cuando lo hizo soltó una risa histérica. Media cantina se volvió a mirarlos, pero los olvidaron unos momentos después.

Marat, ya atravesado del todo, sacó una pequeña bolsita de una de las bolsas del pantalón y, después, una pequeña cucharilla de plástico, de esas que dan para remover el café en ciertos lugares. La llenó con un poco del contenido de la bolsita y aspiró con fruición. A pesar del grado de embriaguez que tenía ya, Giménez lo miró desconcertado, aunque la niebla de alcohol le permitió recordar que no debía hacer comentarios innecesarios sobre ciertas actitudes de su jefe. Este, lo miró, sonrió, llenó otra cucharadita y se la alargó mirándolo fijamente.

—No le va a pasar nada. Bueno, tal vez sí, se va a despertar y vamos a seguir la fiesta. Hoy nos merecemos un descanso; aunque igual y nos llega por inspiración divina la solución al pinche caso del pie plano —le espetó Marat, casi metiéndole por la nariz el polvo blanco que le ofrecía.

A Giménez no le quedó de otra que aceptar y sintió el efecto del perico de inmediato. Se le despejó el seso, pero se le trabó la quijada. Sonrió de forma un tanto estúpida, mientras el cerebro le daba vueltas. Marat, por su parte, se metió otro perico y buscó al mesero para pedir más tequilas. Ambos habían ya perdido la cuenta de los que llevaban.

—Mire, Giménez, sé que hay muchos rumores sobre mí en el departamento, y de por qué llegué a él. No es fácil de contar, pero cuento con su discreción, porque lo que le voy a contar no lo sabe nadie, ni mi madre, así que cuidadito y se va de la boca… si sabe lo que quiero decir.

Sin esperar respuesta del interpelado, Marat se bebió de un golpe un par de caballitos y más allá de los medios chiles comenzó a hablar con la vista perdida en una de las vigas de la cantina, como si su vida pasara por ella en imágenes nada agradables.

—Me metí a esto de la policía para huir de casa. Mi padre, de quien aún no sé qué esperar que le esté pasando —si guisándose de a poco en el infierno, o en la santa gloria de lo que los mochos llaman purgatorio—, abusaba de mi madre cuando llegaba con dos botellas de aguardiente entre seso y pecho. Nosotros nada más la oíamos gritar que no le hiciera daño, pero él no le hacía caso. Mi hermana la mayor se huyó con el primer hijo de vecino que se la quiso llevar y jamás volvimos a saber de ella. Mi hermano, que era el que le seguía, desapareció un buen día sin dejar rastro. Así, a mí me tocó lidiar con los llantos de mi madre, la violencia de mi padre y la miseria que nos rodeaba.

»Nada nos iba bien. Mi padre cada día se perdía más en el alcohol. Mi madre se deslomaba lavando ropa ajena y cocinando en casa de gente pudiente. A veces, cuando sabía que mi padre dormía la borrachera y creía que yo hacía lo mismo, se iba por esas calles en procura no de amor, no, pero sí de unos pesos para ir tirando en la semana. Un buen día se cansó de toda esa miseria. Escupió un «estoy hasta la coronilla» y se fue en busca de mi padre donde él trabajaba. Horas después regresó por mí y, sin decirme nada, armó un itacate con las pocas cosas que teníamos y abandonamos la casa. ¿Qué fue de mi padre? Nunca lo supe, pero lo puedo imaginar.

»Anduvimos de la Seca a la Meca, como dicen, por algún tiempo. Nos fuimos del pueblo y del estado. Llegamos a la capital, con una mano delante y la otra detrás. Recorrimos no sé ni cuántas casas de ricos y siempre era la misma historia: el patrón con ganas de tirarse a mi madre; la patrona despidiéndola al poco tiempo; los hijos no hacían más que ofenderme, burlarse, explotándome con demandas estúpidas. Mi madre no resistió mucho: no saber de sus hijos mayores, la vida de puta y esclava que le daban en las casas de los pudientes... Todo eso la llevó un día a colgarse de un árbol. Yo no lo supe enseguida, pasaron varios días antes de que me dieran una maleta, las gracias y unos pesos. Me entregaron a una monja que me llevó al hospicio. Tenía entonces diez años cumplidos.

»La vida en el orfanato fue un infierno. Los mayores se aprovechaban de los más pequeños. Ahí aprendí que la vida no vale nada, como dice la canción, y el que llora pierde, y el que se deja lo abusan hasta la destrucción total. Así que me volví como ellos, peor todavía. Mi odio era contra todos y contra todo. Morir era una palabra dulce, pero me tenía metido entre ceja y oreja que no me iba a ir solo. Las monjas ya no sabían qué hacer conmigo, así que un buen día el sacerdote que las confesaba me llevó a la academia de policía. Tenía la esperanza de que ahí me hicieran un «hombre de bien», lo que sea que signifique.

Marat se empujó tres caballitos de tequila, uno tras otro, y después se dio dos pericos. Inhaló fuerte para que la base no le corriera por la nariz y ofreció otro pase a Giménez, quien lo miraba desconcertado. No sabía qué hacer o decir y recordó aquello de que «calladito, te ves más bonito».

Inhaló el perico y no dejó que la base le escurriera. Se empujó un caballito de tequila, dispuesto a seguir escuchando, sin parpadear o hacer movimientos súbitos. Sabía que «el horno no estaba para bollos».

—... así que ingresé en el cuerpo y, por algún tiempo, pensé que había encontrado mi camino: atrapar criminales y hacerles pagar por todo. Además, tenía la chapa de mi lado. Todo era demasiado bueno para ser cierto. Claro que la vida no fue fácil. Más de una vez tuve que darme a respetar con los que presumían de grados superiores al mío. Uno de los calabozos se volvió íntimo amigo para mí. Hasta la fecha no han podido borrar todo lo que escribí ahí.

»Finalmente, me gradué. Sin honores, no... Esas tonterías que a muchos impresionaba. Sin embargo, no había uno que me pusiera en segundo lugar al tipo, a los golpes, o a descubrir pistas donde nadie las encontraba. Bueno, los que las plantaban eran los únicos, pero eso no cuenta. Me dieron uniforme, pistola, cartuchera y asignación. Al principio, en patrulla, con pareja y todo, pero al poco tiempo solo y en motocicleta. Capturé a varios criminales, pero a los políticos era, es y seguirá siendo imposible torcerlos. Entre todos se protegen, aunque le den atole con el dedo a gente diciendo que son contrarios.

»Me costó hacerme a la idea, pero conocí a una buena mujer. Se convirtió en todo para mí, me manejaba a su antojo; nunca para mal, no, sólo quería lo mejor para mí y ella. Nos casamos, tuvimos dos hijos, y cuando el segundo cumplió su tercer año, la desgracia se adueñó de nuestra felicidad. Dicen que «no hay mal que dure cien años», pero la felicidad no dura ni cinco. Créame.

Marat dejó caer la cabeza en el pecho. Giménez pensó que se había quedado dormido. A pesar de no ser muy creyente, dio gracias al cielo; estaba por pedir la cuenta y buscar la manera de salir de ahí con un poco de dignidad, cuando Marat regresó de donde quiera que hubiera estado, con la mirada vidriosa, cargada de rencor. Su voz ahora reflejaba un odio que parecía de siglos; su gesto se había endurecido y Giménez, al verlo, decidió que no daría un centavo por quien se atreviera en ese momento a atravesarse con él.

—Me llamaron de la Secretaría de Seguridad Nacional. Habían escuchado que era lo mejor de la casa en esos días y me ofrecieron algo que era imposible reusar. Todo lo que había soñado en lo material: plaza amarrada de por vida, la seguridad para toda mi familia garantizada y un ascenso meteórico en las filas. Ya me veía de general como me pitaron las cosas. ¡Los muy putos y remalditos!

»Para poder tener y hacer lo que me pedían, tenía que «desaparecer» una temporada, un par de años, para que toda mi información dejara de ser asequible. Pasamos dos años maravillosos en familia, en un lugar encantado, en verdad. No tenía ganas de salir de ahí y no enfrentar lo que me esperaba. Un buen día, recibí la notificación, mi nueva identidad y la de mi familia estaba lista. Debía ir a un sitio en especial por toda esa información. Cuando regresé a casa, mi familia había desaparecido, ni siquiera les dejaron escribir una nota de despedida. Son ya diez años de no tener idea de dónde puedan estar o si siguen vivos para el caso.

»Empecé a cumplir mi misión desde abajo. Poco a poco me fui infiltrando en la banda del Pelos de Ángel, el mayor traficante en varios países de fenciclidina, o «polvo de ángel» como lo llaman en la calle. Me llevó tiempo y salud ser parte de su núcleo selecto. Me convirtió en su sicario principal. Descubrí a todos los que estaban coludidos con él; no sólo eso, también a los que estaban en su lista de pagos; desde expresidentes, dirigentes de la CIA, la INTERPOL, la DEA, hasta barrenderos. Un asco. Supe que no iban a procesarlo si lo capturaba y lo entregaba a la justicia; la iba a librar toda y mi esfuerzo no valdría de ni madres. Por eso hice lo que hice. «Muerto el perro, se acabó la rabia», dicen.

»Pasé cinco años escondido en la selva. No fueron los peores de mi vida, pero sí los más angustiantes. Por supuesto, con las adicciones que tenía, no había más opción que atracar cuanto narco y narquito se aparecía. Y había que eliminarlos, ¿comprende? No podía dejar huella. Un día, de la nada, decidí regresar, me apersoné con el que era mi jefe entonces; no hubo fiesta ni honores, tan sólo un «muchas gracias, esta es su nueva locación». De mi familia nada, por supuesto. Y ahora, aquí, pocos saben lo que hice en realidad. La fama que tengo es por otras cosas, pero no lo que tuve que hacer.

Giménez no estaba cierto de haber escuchado el largo relato, entre la droga y los vapores del alcohol, no tenía plena conciencia de sí mismo. Decidió levantarse para ir al baño; trastabilló, chocó con empleados y clientela hasta llegar a su destino. Orinó, se lavó las manos, se enjugó el rostro tratando de tener un poco de lucidez. Fue entonces cuando recordó que no le había notificado al detective Marat lo que le había pasado en la morgue. Las imágenes y la conversación con el médico forense fue tan clara, que le parecía que todo estaba pasando en ese momento.

Revivió la vista del edificio pintado de blanco, sobre el que había diferentes grafitis. La puerta principal estaba abierta y un tubo de luz parpadeante iluminaba el pasillo. Se identificó con el oficial de guarda y fue en busca del médico forense. El olor a desinfectante era intenso y se mezclaba con el del formol, lo que podía producir una especie de suave mareo a quienes no estaban acostumbrados.

Después de llamar a la puerta del jefe de médicos entró con paso decidido para tratar de disimular la sensación de andar como marino en tierra firme. Saludó de apretón de manos, se sentó en la silla que le ofrecían, sacó su cuadernillo de notas y se dispuso a escribir, con la certeza de llevarse de paso el reporte.

—Interesante el caso que investiga, Giménez —dijo el médico, con voz cansina y ausente, como si todo lo que sucediera a su alrededor careciera de importancia—. El cadáver muestra una serie de heridas, veinte y siete para ser exactos, pero ninguna de ellas es mortal. No sólo eso, creemos que ya estaba fiambre, si me permite usar la expresión, cuando se las dieron.

Hizo una pausa para ver si la expresión usada o la información producían el efecto que esperaba, pero no le sorprendió mucho lo contrario.

—Lo interesante es que tiene una serie de pequeños piquetes, que en un principio no descubrimos, pero que, después del análisis de sangre, tuvieron la relevancia pertinente. El hombre tenía en el torrente sanguíneo una sobredosis de metanfetaminas inyectadas en diversas partes del cuerpo: cuello, tríceps del brazo derecho, mejilla derecha, y entre los omóplatos.

»Pero eso no es todo, parece que el finado es alérgico a la droga, así que su organismo reaccionó con una dosis inmunoglobulina muy fuerte. La reacción de ambas le aceleró una reacción que produjo un paro cardiaco no inmediato. Al parecer pudo moverse por algún tiempo, aunque no tenemos idea del grado de conciencia que pudo tener durante ese lapso. Hacia el final, pasados entre veinte minutos y una hora, que esto no es ciencia exacta, sufrió del paro cardiaco que le menciono. Quizá en sus condiciones no se haya dado cuenta.

Giménez tomó nota de lo que el médico le decía. Al mismo tiempo, todo lo llenó de diferentes preguntas, desde cómo lo habían inyectado, hasta cómo había llegado a su habitación. Cerró el librillo y se dispuso a salir ya con el reporte en la mano, cuando se le ocurrió preguntar si era posible que le enseñaran el cuerpo para ver las heridas y los piquetes.

El médico no dio muestras de asombro. Se levantó y le indicó que lo siguiera. Entraron a la morgue propiamente dicha, donde abrió uno de los frigoríficos, donde el cuerpo del Coqueto se mantenía a temperatura bajo cero, para demorar la descomposición y esperar a que alguien lo reclamara después de la investigación policial y administrativa. En caso contrario, sería cremado y depositado en una fosa común.

—En el reporte vienen incluidas las huellas digitales y dentales, ¿no es así? —preguntó Giménez recordando lo que había visto en televisión y pretendiendo sonar lo más conocedor posible sobre el tema.

El médico no se dignó a mirarlo al responder que ya se habían enviado fotografías a la entidad gubernamental correspondiente, pero que no había respuesta aún.

Respecto a las placas dentales, no tenía idea si servirían de algo, ya que no se contaba con un archivo nacional con esa información. Se detuvo, abrió uno de los frigoríficos, sacó el cuerpo cubierto por una sábana blanca y, sin dejar de mirar el cadáver, preguntó:

—Supongo que revisaron sus pertenencias y habrán encontrado algún tipo de identificación cuando levantaron el cuerpo.

—No encontramos nada que lo identifique. Por eso le pregunto sobre las huellas dactilares, doctor; pero le agradezco la información. ¿Podría enseñarme los piquetes que mencionó? Las heridas de arma blanca las he visto ya.

Con displicencia el médico señaló los cinco piquetes que tenía el cuerpo: dos en el trícep del brazo derecho, uno en el cuello, debajo del hueso de la mandíbula, uno en la espalda y uno en la mejilla, cerca de la comisura de la boca.

—Entonces, fue la alergia a la metanfetamina lo que lo mató, no la sobredosis. ¿Es así?

—En efecto, sin esa reacción del cuerpo, hubiera sobrevivido, algo lesionado, claro, en lo mental y en lo físico a causa de las puñaladas, pero seguiría vivito y coleando.

«Tengo que decirle a Marat todo esto, a ver qué decide», se dijo mientras intentaba lavarse las manos. Una serie de gritos le llegaba desde a distancia y, como taladro, trataba de entrar a su conciencia, si es que le quedaba algo de ella. Sin embargo, el subconsciente, por esos azares del destino, le despejó el seso.

Salió del baño y se topó con una escena de esas que llaman «dantesca»: gritos por doquier; mujeres y hombres corriendo en búsqueda de una salida o dónde esconderse, el inconfundible sonido de armas de fuego... Sin saber qué hacía, corrió hacia el área principal de la cantina. Vio a Marat parapetado, disparando su pistola contra enemigos que no alcanzaba a ver, pero que los sabía reales. Buscó en la sobaquera su treinta y ocho especial, y trató de aproximarse a su compañero. Enseguida, por el rabillo del ojo, vio una de esas ametralladoras de asalto, conocida como cuerno de chivo apuntándole directamente. Trató de girar, disparar y protegerse, pero el exceso de alcohol hizo lentos sus movimientos y sintió los impactos en el pecho. Mientras volaba hacia atrás, sólo tuvo tiempo de pensar que eso no podía estar pasando, que era un sueño. Con la última palabra, cayó de espaldas un par de metros del lugar en donde impactado. No se levantó más.

Marat se dio cuenta de lo que acontecía. Vio a Giménez caer y un furor incontrolable lo invadió. Se levantó del parapeto disparando a diestra y siniestra, vaciando el cargador de su arma. Cuando buscó refugio para recargar, sintió un golpe seco en la espalda y se fue de bruces. Alguien lo giró de una patada en el pecho. Con la vista nublada y gritando una serie de improperios, trató de levantarse, pero sólo alcanzó a ver un fogonazo de algún lugar:

—¡Toma, puto, en nombre del Pelos de Ángel!

Sintió su cabeza rebotar contra el piso y luego sólo oscuridad y silencio absolutos.

EPÍLOGO

Margarita del Rosal y Buenrostro abrió los ojos mientras estiraba el cuerpo en una cama mullida y grande, tan grande que podía soportar sin ningún problema tres cuerpos adultos en forma cómoda para cada uno. Giró la cabeza y observó con pasión el cuerpo que dormía a su lado debajo de las sábanas. A pesar de la tela, podía entrever la espalda torneada, de un color blanco lechoso, hasta la altura de los glúteos. Por un momento, tuvo el deseo de recorrerla con los dedos y después con la lengua. Se contuvo y decidió que lo mejor era levantarse, vestir la túnica lila que usaba para estar dentro de casa y bajar a la cocina a preparar café. Era feliz. Recapitulando su pasado, se decía que lo que había sentido por Malinalli era más pasional que amor; este último lo había encontrado en la persona que estaba en su lecho. Bajó con la suavidad de los gatos, y miró a través de la ventana de la cocina. Vivían en un edificio antiguo, todo lo antiguo que una ciudad del Canadá lo permitía. Sus padres habían hecho el sacrificio de cumplirle el capricho con el que se les presentó un buen día inesperado: enviarla a estudiar el doctorado en leyes internacionales al vecino país norteño. Su argumento fue convincente: en el país no había oportunidades, su jefe no tenía muchas posibilidades de ascender en su carrera política, y con los acuerdos comerciales entre los tres países del hemisferio norte de la América, además de su fluidez en tres idiomas distintos, tendría con seguridad el futuro deseado. Tal vez un día los podría llevar a vivir a ese país, una oferta que sus padres rechazaron entre risas. Desde luego, no se veían viviendo en ningún otro lugar que no fuese la gran capital del país.

No le molestó su postura, todo lo contrario. Era lo que esperaba para poder huir y ser «ella» sin la mojigatería de los padres: poder ser y tener la libertad que su sexualidad le permitía. Todo el pasado poco a poco se borró de su memoria y, por momentos, se convencía de que había sido sólo un mal sueño de juventud. Lo importante era el presente y el gran amor de su vida: Adrienne, una de sus profesoras de doctorado. Era un poco mayor que ella, hablaba con fluidez el inglés, alemán y español, pero, sobre todo, en las artes del amor bien podría ser una concubina reputada de la antigüedad.

Terminó de colar el café, lo vertió en una pequeña taza y colocó dos terrones de azúcar en el platito que acompañaba el servicio. Subió lentamente las escaleras. Todo su pasado, en especial el que había sido causa de su huida del país, quedó archivado en algún lugar de su cerebro y sólo tuvo tiempo para gozar con antelación el despertar de su amada y el futuro, que, a pesar de ser incierto, le parecía brillante y lleno de felicidad.

***

Amparo caminaba por la playa de arena blanca y fina. A su izquierda, se extendía un mar de un tono azul que se confundía con el horizonte del cielo. Se sabía feliz y estaba convencida de que nada empañaría ese sentimiento. Por si fuera poco, vivía ahora en un lugar lejano a la gran ciudad y de su madre; en dos palabras, del pasado. Había encontrado el amor de su vida, algo que pensó imposible cuando huyó hacia el norte del país que había abandonado, estaba segura, para siempre.

Mientras caminaba y contemplaba las olas de ese mar tranquilo, el recuerdo de dos años atrás le llenó la mente. Después de llegar a la ciudad —no muy lejana a la frontera—, decidió dirigirse hacia el extremo opuesto, decisión que influyó en el hecho de que el profesor pudiera poner a su madre o la policía tras su pista. Ahora sabía que esa había sido la mejor idea de su joven vida. Después de unos días de viajar en camión para despistar, llegó a las playas de moda de ese momento en el país. A pesar de no dominar otro idioma, sabía que podía atender mesas para empezar. Poco a poco, podría ir aprendiendo el extraño lenguaje de los turistas. No había pasado mucho tiempo cuando le dieron la oportunidad de trabajar detrás de la barra de la playa. El supervisor descubrió en ella un talento natural para los cocteles, además de una belleza singular y la gracia de ser una mujer de pocas palabras con mirada profunda. Esto le ayudada a generarse la simpatía de la clientela.

No pasó mucho tiempo cuando fue la titular detrás de esa barra que, en las épocas de temporada alta, estaba atestada de sedientos turistas. A la par, decidió tomar clases de inglés y se descubrió hablando con fluidez ese idioma antes de lo previsto, lo cual le ayudó con las otras lenguas nórdicas. Muy pronto, alemanes, noruegos, escandinavos y suecos se fueron convirtiendo en su clientela usual. Todos buscaban llevarla a su habitación o a donde terciase si hacia el caso, pero ella, curada de espantos, a todos decía que sí, pero nunca cuándo, como la canción. Más de uno le prometió volver, pero ella no les prestaba atención.

Un verano, mientras preparaba un cóctel de su invención, sintió la mirada intensa, desde uno de los bancos, de un hombre bronceado, de cabello castaño claro, largo y rizado, con ojos del color de la noche, pestañas largas y boca sensual, bien proporcionado de cuerpo. Al principio le incomodó la fijación de sus ojos, pero después de que entregó un vaso a algún cliente y se dirigió a quien la miraba con tanta intensidad, esbozó una sonrisa. En un perfecto español, su interesado le preguntó si lo recordaba.

Buscó en el archivo de su memoria y, antes de que pudiera contestar, se anticipó al decirle que se llamaba Aldo. Entonces lo recordó. Había estado en el hotel durante la Semana Mayor del año pasado. Como muchos otros le había prometido regresar y, para su sorpresa, ahí estaba, tan campante. Después, todo fue un torbellino: él dispuesto a todo; ella insegura, hasta que al final la convenció de irse a vivir con él a una isla griega, donde el turismo era igual, pero sin gringos, junto con su familia italiana. Manejaba una *trattoria* que era un éxito rotundo, y que, sin hacer publicidad de ninguna especie, gozaba de una reputación envidiable en el viejo continente. Se habían casado hacía seis meses, aunque la familia de él la había aceptado sin más desde el principio, antes de las nupcias.

Amparo levantó la mirada, contemplando el atardecer, y antes de emprender el camino de regreso a la *trattoria*, con un suspiro profundo y tranquilo se repitió con calma en voz baja:

—Esto es la felicidad. Lo mejor del caso es que no escucharé a nadie decirme de nuevo la Güirigüiri —sonrió y se encaminó en busca de su amado y la rutina que le parecía maravillosa.

***

El calor sofocante de las dos de la tarde entraba por todos lados a los portales del centro del pueblo. Ni las moscas se molestaban por pasearse por ahí a esa hora. En una mesa solitaria, un hombre entrado en carnes, con sombrero de palma ladeado medio dormitaba la siesta. Estaba sentado en una mesa un tanto desvencijada, acompañado de un café expreso que esperaba ser bebido. Un puro de los Churchill estaba encendido sobre el cenicero. Nadie de la gran ciudad hubiese reconocido en el personaje al otrora famoso concejal Camilo Baldón de Ambrosía.

No vivía en su pueblo, ni remotamente. Sabía que no podría pasar desapercibido después del fracaso de su carrera política. Había perdido, a consecuencia del abandono de Malinalli, por un lado y de su secretaria Margarita del Rosal y Buenrostro, por el otro. Se fue todo el apoyo y la magia que habían sido los conductores de su vida por casi cuarenta años.

Al principio le fue fácil mentir sobre el paradero de su esposa, pero conforme pasaban los días, la gente comenzó a murmurar. Sus participaciones en el ayuntamiento eran «un pan sin sal». Divagaba hacía silencios innecesarios o abandonaba el podio bajo cualquier pretexto. Eso hizo que poco a poco quienes lo apoyaban se alejaran de él, al grado de que, en medio de la campaña por la gubernatura, su partido «cambió de gallo» según expresión coloquial y muy al uso de sus miembros. Llegaron a pedirle que «se retirara como concejal por problemas de salud», que era lo más digno que podía hacer.

Así las cosas. Abandonado por todos y en especial por sus pilares, la esposa y la secretaria, se fue perdiendo en la oscuridad y la depresión, hasta que tocó fondo. Tratando de recuperarse, se fue a vivir a un pequeño pueblo en la provincia, lo más cercano al mar del Golfo, donde no lo conociera nadie. Trató de instalar su bufete de abogado, pero no tenía mucha clientela. Sin embargo, gracias a la herencia paterna, y además a los recursos económicos que se hizo a lo largo de su carrera política, tenía para vivir con comodidad, sin preocuparse si tenía o no clientela. A su familia, sólo le comentó que se tomaría un año sabático para recuperarse, pero de eso ya eran dos y estaba entrando en el tercero. No volvió a conocer mujer, ni maldita la importancia que le daba. No le deseaba mal a su ex, pero tampoco la cubría de bendiciones y buenos deseos. Lo único que en verdad deseaba era olvidar todo su pasado y no permitir que el presente lo atormentara.

Dio una cabezada sobre la silla, despertó, dio un sorbo a su café, una chupada al tabaco y, sin poner más esfuerzo, contempló los portales. Para sus adentros, se dijo que si aquello no era vida, tampoco lo era la muerte y podría seguir así hasta el final de sus días.

—Total —dijo ya en voz alta—, esto es mejor que toda esa responsabilidad de gobernar y además tener una mujer a la que hasta el hijo del bolero desea… Y la muy piruja pueda ser capaz de complacerlo. En efecto, es mejor solo que mal acompañado, de eso no cabe duda.

Aunque, a veces, la idea volarse la tapa de los sesos, por un rescoldo de dignidad, le sonreía por algunos días.

***

Ulises Mascota, que hasta hace poco era mejor conocido por su personaje artístico la Mata Hari, bebía chocolate caliente mientras se balanceaba en una hamaca. Tenía dos años viviendo en Puerto Escondido. Al fin era feliz. Podía ser él y ella, según lo deseara, aunque la mayor parte del tiempo se identificaba como ella. Había sabido ganarse el respeto de su comunidad, y se había convertido en uno de los *muxhes* más respetados de la zona. Desde luego, eso no le había evitado seguir trabajando, pero lo que había guardado a lo largo de los años le permitió abrir un pequeño hostal en la playa. La labor principal era el cuidado de ancianos y una pequeña guardaría con enseñanza; además, por si fuera poco, sobre la pequeña colina donde se había asentado, tenía un par de cabañas pequeñas para el turismo europeo.

Había encontrado a un hombre que la hacía feliz y le daba aquello que los otros no supieron darle nunca: amor y respeto. Era un zapoteco que hablaba —además de su propio idioma— español, inglés, alemán, francés e italiano. Era maestro titulado y, en la guardería, se encargaba de educar a los niños de las familias que no pueden mandar a sus hijos a la escuela en los horarios regulares, ya que tenían que ayudar en las labores del hogar y milpa.

Ya no se hacía llamar «Mata Hari», nombre que, por lo demás, no significaba nada en el área. Ahora respondía al nombre de Felicia, aunque en los documentos legales siguiera apareciendo el nombre que le dieron sus padres al nacer. Había desarrollado un talento escondido para cocinar los complicados guisos de la región y, poco a poco, aprendió el secreto para destilar su propio mezcal, que, según varios miembros de la región, era uno de los más prometedores. A pesar de ello, ni ella ni su pareja tenían pensado mercarlo a un nivel más allá de la zona de influencia del hostal.

Su día era muy rutinario, lo cual le causaba felicidad: despertar y preparar el puntal para su hombre; hacer pan en el horno de adobe y llevárselo a los viejos que cuidaban, junto a un tazón de chocolate caliente; preparar guisos variados con huevos de las gallinas ahí criadas, acompañados de tortillas hechas en casa —producto de la milpa que trabajaban junto con algunas de las familias de los niños—. A media mañana, bajaban al puerto y seleccionaban la pesca del día, tanto para los viejos y los niños como para los turistas. Después de hacer de comer, tomaban una ligera siesta en su hamaca luego de beber un tazón de chocolate amargo con un poco de polvo de chile, descubrimiento que le cambió el paladar para siempre.

El Coqueto era cosa del pasado. Si alguna vez lo recordaba, era como una de esas pesadillas que cualquiera trata de olvidar; de aquellas que cuando suceden pueden creerse recurrentes, pero nunca parte de la realidad. Tenía planes a futuro, pero no la inquietaban en lo más mínimo, pues se consideraba feliz. Cuando su pareja le preguntaba sobre la relación, hacía un gesto vago con la mano y, sin agitarse mucho, sólo contestaba con una sonrisa de satisfacción:

—En su momento, querido. En su momento.

***

Malinalli Axiola Sotomea tenía ya dos años allende de la frontera norte, pero no había logrado asentarse a pesar de que su familia la había llevado varias veces a diferentes ciudades y dominaba el idioma. No dejaba de atormentarla el pasado y, sobre todo, el precio que había pagado por dejarse apabullar por una tarde de lujuria. Contemplaba la calle aquel día de verano caluroso, desde la ventana de un café de esos muy comerciales. Si bien esos lugares eran conocidos a nivel mundial, carecían del «ángel» de los de su país natal. Eran muy simples, sin personalidad, individualistas, a pesar de la sonrisa tatuada de todos los empleados, o de que escribieran el nombre del cliente en el vaso de la manufactura reciclada.

Por el internet había seguido las elecciones del país que había abandonado. Fue la manera como se enteró de que su exesposo había fracaso rotundamente y, para su consternación, también había desaparecido por completo del mapa político. Pensaba en alguna manera de ponerse en contacto con él, disculparse, explicarle, pero no hallaba la manera correcta de hacerlo. «Todo se lo llevó el carajo», se dijo con una sonrisa cargada de tristeza y desesperación. «Para colmo, ni regresar puedo. ¿A qué? ¿Para qué?», continuó el hilo de sus pensamientos. En eso, se le presentó la imagen de sus padres, a quienes no había visto ni contactado en largo tiempo. «¿Cómo estarán», continuó pensando mientras sorbía un poco del café con crema que tenía enfrente. «Esto es todo menos café, ¡puf! Una mierda en verdad», concluyó mientras alejaba el vaso.

«Aún tengo dinero y, a decir verdad, lo he invertido bien, así que no va faltar, al menos para darme algunos gustos. Creo que por salud mental debo buscarme un trabajo, de lo que sea, no importa... Bueno, sí importa. Nunca trabajaré en un lugar como este, de este lado de la barda. Todo es tan impersonal...», continuó el hilo de sus pensamientos, mientras abandonaba el local. Salió a un calor cuya temperatura rayaba los cuarenta grados centígrados. «Vaya, ni sus sistemas de medición tienen sentido; en verdad, me jodí yo solita», se dijo con un tono de profunda tristeza y desesperación.

Escuchó un silbido proveniente de algún lado, pero no le dio mucha importancia. Sólo sus paisanos eran capaces de expresar así su gusto por las mujeres. El gesto la llenó por un momento de contento, pero la sumergió en una nueva depresión. Regresó al modesto departamento que alquilaba: un cuarto, con sala comedor, cocina, un baño y un pequeño patio bardado donde había puesto algunas macetas y plantas que regaba todas las mañanas, una poltrona que usaba para leer cuando podía, pero más que nada para lamentar su presente. Abrió la puerta y, de forma mecánica, pensó: «No tengo ni perro que me ladre», y se rio sin muchas ganas del viejo refrán.

Se sirvió un vaso con agua, encendió la computadora y jugueteó un poco con los sitios internet. Después se puso seria y en voz alta se dijo:

—Bueno, ya va siendo hora de que dejes de hacerte la mártir, salgas de esto y avances, carajo. No tienes aún cuarenta y cinco años y pareces una mujer derrotada de cien, así que ¡ya basta!, como dijo aquel.

Tres días después, el ascensor al que subió se impregnó de un olor intenso a jazmines. Hombres y mujeres, sin darse cuenta, aspiraron con gusto y sintieron un extraño efecto en sus subconscientes. Cual más, cual menos, todos experimentaron una especie de deseo carnal que apenas lograban disimular. Malinalli abandonó el elevador, como siempre, simulando no darse por enterada del efecto que producía, pero con un placer interno que la hacía sentirse superior al resto de los morales. «Estoy de regreso. De ahora en adelante, sólo para arriba, y sin remordimientos», se dijo, mientras una sonrisa traviesa y coqueta se le dibujó en los labios al entrar en el despacho donde tenía una cita para una entrevista laboral en un bufete de abogados.

SOBRE EL AUTOR

Nahuí Ollín, pseudónimo de Jorge Manuel Prado Brabata, quien vio las primeras luces allá por los años sesenta del siglo XX en el valle del Anáhuac [hoy, Ciudad de México] y la tierra de los *yokot'an* [hoy, Villahermosa, Tabasco]. Por eso se mueve entre la selva de concreto y la del trópico húmedo con facilidad. Tiene herencia mestiza yokot'an, nahua, española, mora y goda [aunque lo dice más por romanticismo a la mexicana que por haber realizado alguna de esas pruebas de DNA que están tan de moda en estos días inciertos].

Se ha dedicado, tanto en México como en EE.UU., a la docencia, a la radio y a la televisión, como reportero y productor, así como al periodismo. Sus artículos y columnas han sido publicados en los países de lo que llaman América del Norte. Además ha sido locutor, presentador de noticieros, productor de radio y televisión y fotógrafo gráfico, y un tanto actor teatral y de vídeo.

Ha recibido dos premios por artículos publicados otorgados por la Asociación Nacional Hispana de Periodistas [NAHJ, por sus siglas en inglés], además del Premio México, otorgado por el Consulado Mexicano en San José, California, a quienes han contribuido de modo substancial a mejorar o informar a la comunidad mexicana. Aunado a ello, se ha dedicado a la enseñanza en todos los grados escolares, desde jardín de infantes hasta el grado universitario en dos países. Su colección de narraciones y cuentos cortos *¿Dónde estabas? Narraciones cotidianas y otros cuentos* fue galardonado con una Mención Honorífica por parte del *International Latino Books Awards* en 2024.

Dos de los cuentos que aparecen en esa publicación, forman parte de la antología *Buena compañía: versos, cuentos y prosas para celebrar a Felipe Garrido* (Editorial Salto al reverso, 2025).

Hoy radica en las áridas regiones de la Alta California, en la denominada Área de la Bahía de San Francisco, junto a su esposa e hijo, donde se desempeña dentro del ámbito educacional, desde el cual a los latinoamericanos a entender la vida en Estados Unidos y sus costumbres, apoyándolos en su aculturación, sin perder su identidad, sin dejar de escribir para medios impresos y en línea.

La inquietud lo ha llevado, a lo largo de los años, del cambio del siglo, a escribir narraciones, cuentos y la presente novela negra. Además tiene en mente y en el tintero, otra colección de cuentos cortos y de poesía, así como tres novelas: una del género de ucronía, una de género fantástico o de fantasía, y otra más que continúa con unos de los cuentos que aparecen en la colección relatos cortos *¿Dónde estabas? Narraciones cotidianas y otros cuentos*. Todas ellas esperan poder ver la luz del sol, o de la luna, algún día de estos tiempos modernos del siglo XXI, tanto sus cuentos como novelas con tintes de realismo mágico, sin estar cierto de lograrlo. Al final, como bien dice: «No hay peor lucha que la que no se hace».

ÍNDICE